전자책 시대, 저자는 어떻게 탄생하는가?

전자책 시대,
저자는 어떻게 탄생하는가?

• 이동준 지음 •

에밀
E-MEAL

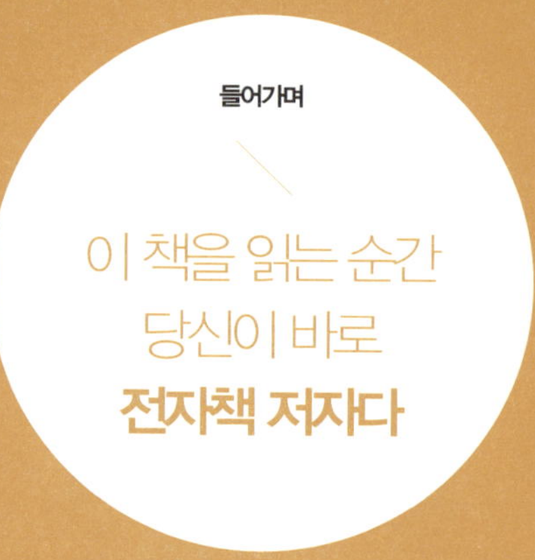

지금으로부터 27년 전, 세계 전자책의 역사에 기록될 만한 한 소녀가 미국 미네소타 주 변두리에서 태어났다. 어렸을 때는 집이 너무 가난해 케이블 TV도 볼 수 없었다. 그래서 그녀가 시작한 것이 책 읽기였다. 이미 일곱 살 때 제인 오스틴, 스티븐 킹, 셰익스피어 등의 작품을 탐독했다. 지루하고 심심한 시간을 보내기 위해 이 소녀가 선택한 것은 장편 소설을 읽는 것이었다. 그리고 열두 살에 이미 짧은 이야기를 50편가량 썼고 열일곱 살에 첫 소설을 완성했다. 그리고 친구들과 가족들 그리고 여러 출판사에 원고를 보냈다.

하지만 실패! 그리고 8년 동안 생계비를 걱정해야 할 만큼 지독한 가난과 싸워가며 글을 썼다. 그동안 단 한 권도 책으로 출간되지 않았다. 2010년 그녀는 스물다섯 살이 됐다. 그녀는 '머핏쇼the Muppet Show'라는 TV 프로그램의 광팬이었다. 시카고에서 열리는 머핏쇼 전시회 소식을 듣고 너무 가고 싶었으나 300달러나 되는 비용을 마련할 수가 없었다. 어쩔 수 없이 아마존에 직접 자신의 소설을 전자책으로 만들어 올렸다. 이전까지 그녀의 머릿속에는 출판사나 저작권 에 이전시를 통한 종이책 출판만 있었다. 출판사들로부터 8년 동안 거절만 당해왔기 때문에 다른 방법이 없었다. 셀프 퍼블리싱 혹은 개인 출판이라고 부르는 방식으로 자신의 첫 책을 출간했다. 아마존의 개인 출판 솔루션인 '킨들 다이렉트 퍼블리싱Kindle Direct Publishing'을 이용했다. 저자인 그녀가 직접 출판을 한 것이다. 6개월 후, 그녀가 머펫쇼 전시회를 보기 위해 필요했던 300달러를 포함해서 아마존으로부터 받은 금액은 2만 달러였다. 책은 총 1만 5,000카피(Copy, 전자책을 세는 단위)가 팔려나갔다. 2011년에는 매달 10만 카피가 넘게 책이 팔려나갔고 아마존의 '킨들 백만 부 작가 클럽'에 가입했다. 현재까지 200만 달러가 넘는 인세를 벌어들였다. 그녀의 작품 중에 『트라일 트릴로지Trylle Trilogy』는 할리우드에서 영화 제작 계약을 맺고 현재 시나리오 작업 중이다.

그녀는 바로 아마존 킨들 베스트셀러의 대표적인 작가이자 로맨스 스릴러, 판타지 로맨스 소설가인 아만다 호킹Amanda Hocking이다.

이와 비슷한 작가로 주로 범죄 소설을 쓰는 존 로크John Locke가 유명하다. 그는 한때 킨들 베스트셀러 10위 안에 자신의 소설을 6권씩이나 올려놓으며 100만 달러가 넘는 인세를 벌어들였다. 호킹과 로크 말고도 몇몇 저자들이 고수익을 올리며 킨들 베스트셀러 목록에 자신의 책을 올리고 있다. 한국엔 스포츠 소설 『축구 이야기』를 쓴 JOON이라는 필명을 가진 작가가 10만 카피를 팔아서 범상치 않은 수익을 올렸다. 이렇게 되기까지 그들이 작품을 위해 쏟았던 노력은 말로 다할 수 없을 것이다. '죄송합니다'로 시작하는 출판사의 거절 편지를 수십 통을 받아가며 좌절했을 것이다.

전자책 시대가 열렸다. 본격적인 전자책 시대를 위한 조건이 만들어졌고, 종이책 없이 전자책만으로도 성공할 수 있는 시대가 온 것이다. 전자책 시대, 새로운 저자들이 속속 태어나고 있다.

이 책은 '전자책 저자란 무엇인가'에 대해 말하는 것이 아니다. '이 책을 읽는 순간 당신이 바로 전자책 저자다'라는 선언을 하는 것이다.

당신이 저자가 되는 데 필요한 것은 문학상도, 인지도도, 전문가로서의 경력 혹은 자비출판을 위한 돈도 아니다. 당신을 저자라고 불러

주는 것은 독자다. 그렇다. 우리에게 필요한 것은 독자를 만나겠다는 '용기'와 독자에게 질 좋은 읽을 거리를 제공하겠다는 '겸손', 그리고 끊임없는 '글쓰기'와 중단 없는 '퇴고'가 필요할 뿐이다.

대한민국 국민의 71퍼센트가 자신이 쓴 책을 가지고 싶어한다는 설문조사 결과를 본 적이 있다. 이 책을 읽은 후 여러분이 직접 저자가 돼 자신의 독자를 만나는 모습을 떠올려본다.

이제는 전자책 시대, 새로운 저자들이 몰려오고 있다.

당신도 함께 가자.

차례

1장

저자는
어떻게 태어나는가

"이 책 저자가 누구야?"
얼마나 가슴 뛰는 말인가. 내가 없는 곳에서 칭찬이든 비판이든 내 글에 대해 말하고 있는 사람이 있다는 것이. 저자가 된다는 것은 누군가 내 책을 읽고 있을 때부터다. 쓰는 과정은 힘들지만 책이 나왔을 때 우리는 행복하다. 그 기억으로 우리는 두 번째 책을 쓰게 된다.

1

책을 쓰기 전 우선적으로 해결할 것들

당신은 국문과를 나왔다. 중견 회사를 2년 동안 문제 없이 다니다가 사표를 던졌다. 그리고 말한다.

"난 이제부터 책 쓸 거야."

이 말, 문제없다.

"난 이제부터 책 쓸 거야."

이 말, 답이 없다.

사표는 내지 말고 주위에 이런 말을 던져보라. 혈액 검사처럼 애정 검사를 할 수 있으니, 당신을 사랑하는 사람과 그렇지 않은 사람을 구분할 수 있다. 이 말에 세 가지 반응이 나온다.

"그래, 밀어줄 테니 한번 해봐."

당신을 정말 사랑하는 사람이다.

"일단 회사 다니면서 써봐도 되잖아."

당신을 사랑하는 사람이다.

"미쳤니?"

그는 사람이다.

작가 선언 이후 친구에게 만나자는 연락을 해보라. 당신의 선택에 문제가 있다고 생각한 친구들이 관심을 보일 것이다. 당신이 생각할 때 당신을 가장 잘 아는 친구가 이렇게 말할 것이다.

"난 네가 뭘 하든 믿어."

이럴 때 말하는 방법이 있다.

"너도 나랑 같이할래? 너도 책 좋아하잖아."

친구의 표정이 겸손해진다면? 무책임한 친구가 분명하다.

│ 난 이제부터 책 쓸 거야 │

그래도 회사 동료나 친구의 반응은 그냥 말로 끝날 뿐이다. 당신의 선언에 대한 가족의 반응은 어떨까? 지체 없이 의성어로 나타난다. 작가 선언을 한 사람이 국문과 출신이라면 이해할 수도 있다. 그러나 공대나 경영학과 졸업생이라면 상황이 달라진다. "저 이제부터 책 쓸래요"라는 말은 밥 먹을 때 피해야 할 말이다. 아빠가 밥상에 숟가락을 '딱!' 소리가 나게 내려놓는 게 상상되지 않는가? 아니 어쩌면 숟가락이 밥상 밑으로 떨어지는 소리를 들을 수도 있다. 이 소리가 듣고 싶다면 "사표 냈어요. 이제부터 글 쓸래요"라고 말하라. 여기서 더 이상의 조합은 참자. 당신을 사랑하는 사람들의 마음을 당신은 잘 알고 있다. 그들에게 전업 작가 선언은 충격이라는 것을.

작가는 못 먹고 못 산다? 이것은 편견이다. 수만 부에서 수백만 부 베스트셀러 작가가 있기 때문이다. 하지만 틀린 말은 아니다. 작가의 현실은 그만큼 어렵기 때문이다.

만약 당신이 초고를 완성했다고 생각해보자. 3개월 만에 A4 150매 분량인 원고지 1,200매를 써낸 당신, 100여 개의 출판사에 메일을 보낸다. 기다림 끝에 한 출판사에서 계약하자는 답장이 온다. 그렇다면 당신의 그 원고는 운이 좋은 것이다. 당신의 눈가에 눈물이 맺힌다. 어른거리는 눈으로 메일을 여러 번 본다. 계약 조건은 인세 10퍼센트, 계약금 100만 원(물론 이것은 출판사마다 원고 상황에 따라 다르다). 숫자나 퍼센트는 눈에 들어오지 않는다. 작업에 몰두한 시간과 비교하면 턱없이 부족한 대가다. 게다가 첫 책은 재판 인쇄를 못할 수도 있다. 상황은 점점 더 곤혹스러워진다.

작가가 피해야 하는 말 중 하나가 돈이다. 돈을 보고 글을 쓰면 안 된다는 생각은 작가에게 자존심 같은 것이다. 이 생각은 빈틈이 많다. 현실적으로 작가는 책을 써서 돈을 벌 수 없다. 출판사에서 줄 수 있는 돈도 한계가 있다. 더군다나 우리나라 출판 환경은 열악하다.

미국에는 2만 개의 공공도서관과 1,300개의 서점 체인망을 거느린 반스앤노블Barnes & Noble, 전 세계 영어권 책 시장을 한 손에 쥐고 있는 아마존Amazon까지 있다. 게다가 미국 인구는 3억 명이 넘는다. 튼실한 유통망과 대규모의 독자 군을 가지고 있으며, 학교에서조차 도서관에 가지 않으면 할 수 없는 과제를 내준다.

한국의 인구는 5,000만 명이다. 그들은 몰아주기 문화 속에서 베스트셀러에 구매를 집중한다. 그렇기 때문에 대부분의 책들은 재판에 들어가지 못한다. 결국 작가는 초판을 출간하고 난 뒤에도 200~300

만 원의 돈밖에 더 받지 못하는 처지가 된다. 인구도, 유통도, 도서관 수도 뒷받침해주지 못하는 한국 출판의 현실에서 전업 작가로 사는 길은 단 하나, 베스트셀러 작가가 되는 수밖에 없다. 돈 걱정 안 하고 글을 쓸 수 있는 베스트셀러 작가는 몇 명이나 있을까? 한 300명 정도 될까? 중요한 건 이들 역시 스테디셀러 작가가 되지 못하면 계속 베스트셀러를 내야 하는 상황에 처하게 된다는 사실이다. 책을 낼 때마다 베스트셀러가 되기란 쉬운 것이 아니다. 이러한 현실에서 전업 작가라는 것은 '로망'이 될 수밖에 없다.

이렇듯 전업 작가는 책과 작품만으로 생활할 수 없기 때문에 몇 가지 다른 길을 모색한다. 모두는 아니겠지만 어떤 이들은 고스트 라이터Ghost Writer가 되어서 대필 작업을 하거나 신문이나 잡지에 기고해서 원고료를 받기도 한다. 혹은 글쓰기 강사나 학원교사 또는 방과 후 수업 강사나 지자체와 관공서 문화강좌의 강사를 하기도 한다. 요즘은 글쓰기 강의를 듣는 사람이 늘어나서 일부 작가들은 인세보다 강의 수입이 더 많다. 전업 작가에게 부업은 필수다. 그러나 이 또한 등단했거나 본인의 책이 몇만 부씩 나간 베스트셀러 작가에 해당하는 경우다. 그나마 벌이는 시원찮다. 작가들이 '솔로'가 많은 이유는 이 때문이다. 사람들에게 알려지지도 않은 무명의 초보 작가들이 직장생활을 하다가 그만두고 글을 쓰는 것은 무덤에 들어가는 것과 비슷하다. 2~3년 정도 버틸 돈을 모아야 한다. 그 돈을 생활비로 다 쓰고도 생활이 계속 어렵다면 다시 취업을 해야 한다. 이럴 때 이력서에는 2~3년 정도가 비어 있게 되고, 결국 오도 가도 못하는 처지에 빠지게 된다.

큰 유리창으로 된 카페에 앉아 있다. 따뜻한 햇살과 커피. 노트북을 꺼내놓고 음악을 듣는다. 잠시 후 당신은 글을 쓰기 시작한다. 지금은 화요일 오후 1시. 사람들은 점심시간을 마치고 종종걸음으로 사무실로 향하지만, 당신은 웃는 얼굴로 여유 있게 노트북 화면으로 눈을 돌린다.

회사를 그만둘 즈음 머릿속에 그려보는 멋진 장면이다. 얼마나 멋진 꿈인가? 작가는 자신의 시간을 지배한다. 직장인이 주어진 시간에 기대어 산다면 작가는 자신이 계획한 시간대로 글을 쓴다. 독자는 책 속의 시간에 갇힌다. 이런 것들 때문에 사람들은 작가를 꿈꾼다. 자신이 만들어낸 시간 속에 살고 싶어 하는 사람들을 위해 글을 쓴다.

하지만 현실에서 전업 작가와 직장인은 일하는 시간대만 다를 뿐이지 마음이 바쁜 건 마찬가지다. 대필과 기고로는 자신이 원하는 글을 쓸 수 없다. '나의 글'을 쓸 시간을 내지 못한다. 게다가 강의까지 하면 직장 생활과 아무런 차이가 없다. 그러므로 대부분은 직장을 다니면서 틈틈이 글을 쓸 수밖에 없다. 일단 본업으로 돈을 벌고 부업으로 작가를 해야 한다. 직장 생활을 하면서 글을 쓰려면 얼마나 힘들까? 힘들고 지쳐서 스트레스에 술도 마셔야 한다. 자기계발도 해야 한다는 주변의 잔소리에 심리적인 압박까지 받는다. 부업 작가로 살기도 만만찮다. 여기서 나는 작은 결론을 내본다.

베스트셀러 작가도 그 시작은 가난했다. 『칼의 노래』와 『남한산성』의 작가 김훈은 책을 쓰는 이유를 '먹고 살기 위해서'라고 강연에서 밝힌 바 있다. 1,800만 부 베스트셀러 작가 공지영 역시 육아비와 생활비 때문에 글을 쓰기 시작했다고 말했다. 독자와 소통을 하고 독자가 감동하고 무엇인가 배울 수 있는 책, 그 행간에서 우리는 '배고픔'의 흔적을 발견해야 한다. 『해리포터』 시리즈의 작가로 잘 알려진 조앤 롤링Joanne Kathleen Rowling의 배고픔에는 유모차에 누워 있는 아이의 모습이 비친다. 스티븐 킹Stephen King의 배고픔에는 아이가 열이 39도까지 올랐는데 병원에 갈 돈도 없이 집을 나서야 했던 그의 뒷모습이 어른거린다. 그래도 이들은 모두 성공했으니 이런 이야기는 성공담이 됐다. 성공도 그냥 성공이 아니다. 바로 김훈, 공지영, 조앤 롤링, 스티븐 킹이다. 수억에서 수십억 원의 인세를 받는 작가들이다.

충분히 유명세를 얻었고 이미 부자가 된 작가가 인세 문제로 출판사와 다툰다는 소문을 들은 적이 있다. '돈을 밝히는 작가'는 오명이 아니다. 그들에게는 촘촘히 박혀 있는 가난의 기억이 있다. 그 가난은 본인뿐 아니라 가족과 주변을 힘들게 했다. 이문열은 어릴 적 배고픔 때문에 베스트셀러 작가가 된 후에도 거실에 쌀가마니를 쌓아두었다고 고백했다. 거실을 지나다 괜히 쌀가마니를 발로 건드리며 흐뭇해 했다는 그의 글에서 작가의 기억을 만나게 된다.

얼마 전 한 여성 영화 시나리오 작가가 굶어 죽었다. 이 죽음에 대해 영화인들과 예술인들이 여러 이야기를 쏟아냈다. 어떤 이들은 후회하고 자책했으며, 또 다른 이들은 예술을 대하는 사회 시스템에 대해 강도 높은 비판을 했다. 향후 예술인의 생활대책에 대한 정책적인 논의도 곁들여졌다. 우리 집에서도 화제가 됐다. 그가 죽은 이유보다도 죽었다는 사실에 내 부모님은 관심을 더 가졌다. 한나라당 당원인 아버지는 "죽긴 왜 죽어. 뭐라도 해서 먹고 살아야지", 민주노동당 지지자인 어머니는 "죽은 사람만 불쌍하지"라고 말했다. 가혹하게 말하든 불쌍히 여기든 그가 받았을 고통에 대해 안타까운 마음은 하나였다.

문자가 생긴 이후로 지금까지 그리고 앞으로도 작가는 굶어 죽을 위협에 시달린다. 그리고 실제로도 굶어 죽기도 했다. 이것은 작가가 만든 결과일 수도 있고 사회가 만든 상황일 수도 있다. 원인과 결과를 따지기 전에 이미 작가는 위협에 시달리며 산다. 이것이 사실이다.

작가 선언만 하면 차비와 밥값을 주는 정부는 없을까? 불어로 글을 쓰면 가능할 수도 있다. 한국도 등단한 작가를 위해 초중고에 작가 파견 사업을 하거나 각종 공모를 통해 지원금을 주고 있긴 하다. 하지만 이것 또한 소수의 작가만이 누리는 특권이다.

작가에게 일간지 연재는 첫 번째 행복이 된다. 안정된 원고료가 들어오기 때문이다. 반대로 연재가 없다면 언제 올지 모르는 원고청탁을 기다리고 있어야 한다. 그러나 연재 원고가 있다고 해도 상황은 마뜩하지 않다. 작가 김현진은 생식 배달을 했다. 김현진은 한겨레신문과 경향신문, 시사in, 한겨레21에 연재를 한 작가다. 고정 팬도 있고, 단행본도 세 권 낸 그녀가 생식 배달을 해야 했다. 글로 생계를 해결하지 못하면 다른 일을 해야 한다. 일단 살아야 작가다.

작가가 되기로 결심했다면 회사를 그만두면 안 된다. 그만두게 되더라도 아르바이트를 해야 한다. 글쓰기 말고 우선 다른 일을 해야 한다고 생각하라.

물론 이렇게 배고픈 경우만 있는 것은 아니다. 생명보험사 이사가 책을 냈다. 소설이나 에세이가 아닌 재테크와 노후 연금에 관한 책이다. 『2000원으로 밥상 차리기』의 저자 나물이는 백수로 지내며 적은 돈으로 해먹는 요리를 개발하고 자신의 사이트에 요리법을 올렸다. 나물이는 어떤 프로 요리사나 요리 연구가보다 많은 인세를 받으며, 수십만 명의 독자를 거느린 스테디셀러 작가가 됐다. 그는 예외적으로 배고프지 않은 저자였다. 전국 모든 가정에 있다는 『삐뽀삐뽀 119 소아과』의 저자 하정훈 원장도 있다. 유명한 출판사인 〈열린책들〉에서는 『열린책들 편집 매뉴얼』이라는 책을 내서 출판사 편집자들을 고정 독자로 만들었다. 『토익 답이 보인다』의 저자 김대균은 유명 토익 강사다. 그는 강의 때마다 사용하던 자료를 모아 책으로 묶었다. 물론 베스트셀러 작가가 됐다. 이처럼 작가가 꿈은 아니었지만 전문 분야와 자신의 일을 글로 바꿔내는 작업을 통해 작가가 되기도 한다.

이들은 자기가 하고 싶은 취미나 일을 한 것이지만 결과적으로는 작가가 됐다. 직업이 따로 있는 경우라서 이 저자들의 책 출간은 일종의 외도였고 인세는 일종의 부수효과였다. 요즘은 이 부수효과가 주 수익모델로 바뀌는 경우가 많다. 직장 생활 10년, 취미 생활 10년이면 그 분야의 주전 선수가 되어 있다. 선수들이 쓰는 글은 바로 책이 된다. 이 경우에 잘만 풀린다면 연봉보다 높은 인세 수익을 올릴 수도 있다. 꾸준히 한 분야에 매진해온 서른 살 이상의 사람이라면 누구나 책을 쓸 수 있는 요건을 갖추고 있다는 이야기다.

후배 둘이 있다. 하나는 글을 쓰기 위해 시청 공무원이 됐고 다른 하나는 학교 행정실 직원이 됐다. 안정된 직장을 가지고 난 후, 둘에게 '글은 쓰니?'라고 묻지 못했다. 그들은 지쳐 보이기는 했지만 행복한 삶을 살고 있었다.

이렇듯 매월 잊지 않고 나오는 월급은 지우개다. 글 쓸 생각을 지운다. 부업 작가는 전업 작가보다 글쓰기가 더 어렵다. 뇌의 기능이 반으로 나누어져 일과 글쓰기를 분리하지 않는 이상 일반인이라면 하나의 일밖에 할 수 없기 때문이다.

더군다나 직장을 다니면서 인간관계, 스트레스, 술자리를 쉽게 피할 수 있을까? 이럴 때는 현실적인 타협안을 찾아야 한다. 직업을 글 관련 쪽으로 바꾸거나 혹은 처음 하는 직장 생활을 글쓰기 관련 업계에서 시작하는 것도 좋다. 물론 원하지 않는 글을 써야 하기도 하고, 남의 글을 다듬는 일을 할 수도 있다. 이런 일들이 작가의 미래에 아무런 도움이 되지 않을까? 그건 사람에 따라 다를 것이다. 우리는 도움을 받는 쪽으로 노력해야 한다. 이렇게 글쓰기와 관련된 일을 한다는 것만으로도 행복하다. 이런 행복한 작가가 될 기회를 놓치지 마라. 월급이 적더라도 작가가 되고 싶다면 출판사 편집자가 되어 보는 것도 좋다. 책을 읽고 글을 고치는 일은 일종의 연습 기간이 될 수 있기 때문이다.

사실, 많은 작가가 출판사 편집자 출신이다. 소설가 정이현도 편집자였다. 그리고 기자 출신의 작가들도 많다. 김훈과 김소진은 기자였다. 시인 김경주는 등단 전에 유명 광고 회사의 카피라이터였다. 김경주는 본인이 원하는 글쓰기는 아니었지만 자신의 일을 유리한 방향으로 이끌어갔다. 글과 가까이 살고 싶다면 출판사와 잡지사 혹은 카피라이터처럼 본인이 쓰고 싶은 글이 아니더라도 글을 쓰고 고치는 직업을 택하라.

이런 행운이 없을 수도 있다. 글과 아무런 관계없는 직장이라면 독한 결심이 필요하다. 무조건 글만 쓰는 시간을 따로 만들어야 한다. 한 시간이든 두 시간이든 중요하지 않다. 꾸준히 매일 글을 써야 한다. '지우개와의 싸움'이 쉽지는 않겠지만 해야 한다. 월급이 적더라도 글을 쓸 수 있는 시간이 확보되는 직장이 좋다. 계약직으로 취업하는 것도 방법이다. 정시 출근에 정시 퇴근을 할 수 있는 곳 말이다. 아니면 카뮈같이 하루 서너 시간만 일해도 되는 행운의 직장을 찾아야 한다. 작가를 꿈꾼다면 주변 상황을 자신에게 유리한 쪽으로 만들어야 한다. 이것이 현실적인 생각이다.

작가는 글을 쓸 뿐, 책이 판매되고 인세가 통장에 들어오는 일은 작가의 생각대로 되는 일이 아니다. 우리는 평생 경제적인 안정 없이 허덕이다 글쓰기를 마감할 수도 있다. 부업을 하는 전업 작가와 직장을 가진 부업 작가의 공통점은 두 가지 일을 해야 한다는 것이다. 그것은 자신이 원하는 글쓰기와 돈을 벌기 위해 해야 하는 다른 일이다.

이 두 가지 일을 하나로 만들려면 베스트셀러 작가가 되거나 든든한 스폰서를 옆에 두면 된다. 직장을 다니게 되면 월급이 들어오지만 글쓰기는 돈이 생기지 않는다고 생각하는 사람들은 어쩔 수 없이 글쓰기를 포기하거나 늦출 수밖에 없다.

글을 쓰기로 했다면, 우선 생계에 대한 우려를 줄일 수 있는 직장과 자금 계획이 당장 필요하다.

'두 가지 일을 하며 절약하라!'

세계작가협약을 만든다면 제1조에 들어갈 말이다. 써놓고 보니 후회가 된다. 그래도 이 책을 지금 작가거나 작가가 될 독자가 볼 텐데, 결국, '3년 만에 40억 만들기' 같은 재테크 책의 소제목으로나 쓸 주제를 들먹이고 말았다. 만약 자기계발이나 경제경영 분야의 저자가 보았다면 고개를 끄덕일 내용이지만, 문학이나 인문사회 분야의 저자가 보면 혀를 찰지도 모른다. 이 글을 읽고 예술가적 풍모를 보이는 저자가 있다면 꼭 친구가 되고 싶다. 그는 분명 부자다.

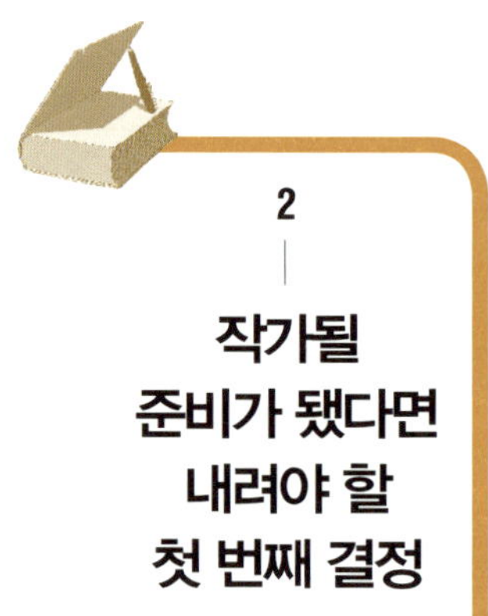

2

작가될
준비가 됐다면
내려야 할
첫 번째 결정

"소설을 어떻게 씁니까?"

기자들이 움베르토 에코Umberto Eco에게 물었다. 그는 대답했다.
"왼쪽에서 오른쪽으로 씁니다."

틀린 이야기는 아니지만, 아랍어 권에서 들으면 화낼 것이라고 에코는 걱정한다. 『장미의 이름』이 수백만 부가 판매된 이유를 많은 기자와 비평가들은 이해하지 못했다. 성공 요인을 워드프로세서 같은 컴퓨터 프로그램이라고 평가한 사람도 있다. 그는 소설의 성공 이유를 그동안 해왔던 연구 작업의 성과라고 말한다.

『장미의 이름』은 중세 시대 수도원을 배경으로 일어난 사건을 수도사 윌리엄이 과학적 추리를 통해 해결하는 내용의 소설이다. 에코는 중세 시대에 대한 방대한 연구 작업을 진행해온 학자다. 그는 원고를 쓰기에 앞서 전반적으로 소설의 큰 틀을 구성하고 어느 부분에 무엇을 넣어야 할지 결정하는 방식을 택했을 가능성이 높다. 기본 줄거리 위에 중세 시대를 복원하는 방식으로 집필했을 거라는 말이다. 거기에 수도원을 직접 방문해 낚아올린 현장감 있는 묘사로 소설에 감칠맛을 살렸다.

이런 방식의 글쓰기에는 워드프로세서 같은 컴퓨터 프로그램을 사용하는 게 제격이다. 물론 에코가 워드프로세서를 사용했다고 단정하는 것은 아니다. 그는 세계적인 작가이니 집필 도구가 중요한 건 아니었을 것이다. 문제는 우리가 그런 작가가 아니라는 사실이다. 타자기를 사용하든 원고지에 글을 쓰든 작가의 마음이다. 하지만 우리는 문장과 문단을 오려내고 붙이고 지우고 모으고 할 수 있는 컴퓨터 프로그램으로 글을 쓰는 게 적합하다는 생각이다.

사실 글쓰기보다 어려운 것이 치밀한 계획이다. 집필이란 계획과 실천이 공존해야 한다. 게다가 방대한 지식에 살을 붙여나가는 글쓰기라면 더욱 그렇다. 에코도 이 책을 쓰는 데 2년이나 걸렸다.

컴퓨터가 있는 풍경

실제 글쓰기는 시작과 결말만 있고 중간이 비어 있는 경우가 많다. 방대한 자료를 연구할 시간이 있다면 모를까, 현실에서 우리는 시작에서 도착까지 헉헉거리며 뛰면서 겨우 결승선에 다다르는 초보 저자일 뿐이다. 그래서 우리가 직접 원고지에 혹은 타자기로 한 번에 글을 써내려간다는 건 어려운 일이다. 집중력을 잃지 않고 한달음에 원고를 쓰는 것은 경험이 풍부한 저자라도 힘겨워하는 집필 방식이다.

일반적인 집필 과정은 쓰고 고치며 생각해보고 다시 고치는 작업의 연속이다. 그렇게 원고의 완성도를 높여간다. 이렇게 보통의 글쓰기로만 이어져도 쓸 만하다. 문제는 3~5분 이상 같은 생각이 이어지지 않는 우리의 머릿속이다. 심지어 의도한 것과 다른 결과가 나오기도 한다. 글을 쓰다보면 아무리 정신을 집중해도 자신이 쓴 글에 자신이 끌려가는 경우가 종종 있다. '여기서부터는 이 내용을 써야지'라고 생각하지만 글을 쓰다보면 정신줄을 놓고 만다. 이 상태에서 글쓰기는 계속된다. 의도했던 내용은 한 문장도 없이 상관 없는 이야기들만 자판에 퍼부어댄다. 맥락에 부합하지도 않으며 이야기의 중심에서 벗어나서 헤매고 있다. 어? 어! 하는 사이에 글은 산으로 가고 있다. 가끔은 산 정상까지 올라가기도 한다. 중간에 멈춰 하산해 원래 자리로 돌아왔다면 그나마 다행이다. 한숨 돌리고 썼던 원고를 지우려고 할 때 우리는 깨닫는다. 정신없이 쓴 원고가 매력적이라는 것을. 거기에 본전 생각이 더해지면 그 원고는 절대 지울 수가 없다. 그렇지만 불필요한 원고는 지워야 한다.

만약 이런 상황이 원고지에 글을 쓰다가 발생했다면 자신의 머리를 수차례 쥐어뜯게 될 것이다. 원고지를 부분부분 가위로 오려낸 다음 원하는 곳에 붙이는 일을 반복하다가 결국엔 원고지를 집어던지게 되지 않을까? "나 작가 안 해. 직장으로 돌아갈래!"라고 외치면서. 그러나 절망하지는 말자. 이런 우리를 위한 구원이 있으니 바로 '아래아한글'이나 '워드' 같은 편집 프로그램이다. 이런 편집 툴로 글을 쓰게 되면 오려두기나 붙이기 도구로 원하는 위치에 옮겨넣을 수 있다. 표를 넣거나 그림 삽입도 되며 맞춤법도 잡아준다. 이 프로그램

들을 활용하면 본문 자체를 디자인할 수 있기 때문에 '인디자인' 같은 전문 편집 프로그램을 활용하지 않아도 바로 종이책으로 만들 수도 있다.

한글이나 워드를 사용할 때 유용한 기능 중 하나는 다른 파일을 열어 이런저런 원고를 모아둘 수 있다는 점이다. 현재 쓰고 있는 원고가 문맥에 적합하지 않지만 나중에 다시 활용할 수 있겠다고 생각한다면 한 파일에 모아놓을 수 있다. 작가들 대부분은 이런 재활용 쓰레기통 역할을 하는 별도의 파일을 가지고 있다. 그들은 워드나 한글을 사용할 때, 해당 부분에 어울리지 않는 원고 등을 모아두었다가 필요할 때 다시 꺼내 쓴다. 이것이 편집의 기본 기능인 오려두기, 복사하기, 붙이기 기능이다. 이것으로 글쓰기는 달라진다. 이렇게 되면 치밀하게 맥락을 짜놓고 집필하는 방식에서 글쓰기를 우선에 두고 구성을 나중에 하는 형태의 글쓰기로 바꿀 수 있다. 다시 말하면 '일단 쓰기 시작하라'는 말이다.

덧붙이자면 '닥치고 글쓰기'에 적합한 편집 툴로 '메모장'을 강력하게 추천한다.

어떤 도구로 글을 쓸 것인가

만약 나에게 기자가 움베르토 에코에게 했던 질문을 던진다면?
"아이패드2로 씁니다"가 대답이다.
폼나게 아이패드로 글을 써야겠다고 마음 먹었다. 아이패드로 글쓰기가 가능하려면 투자를 해야 했지만, 돈 없는 저자로서 투자는 먼 나라 이야기다. 그런 와중에 한 친구가 걸려들었다. 아이패드와 아이패드용 키보드를 얻어냈다. 키보드 없이 글을 쓸 수는 없다. 아이패드 비용은 통신비에 포함된 상품으로 골랐고 키보드 가격은 12만 9,000원에 3개월 할부로 구입했다. 그 다음에 무슨 앱을 써서 글을 쓸지 결정해야 했다. 어떤 앱이 좋은지 검색을 하기 시작했다. 앱에 대한 평가가 찬반이 분분해서 쉽게 결정할 수 없었다. 당장 글은 써야 해서 아이패드에 탑재된 메모장을 열었다. 맞춤법 자동 체크 기능이나 글자를 진하게(볼드Bold) 만드는 기능도 없고 서체(폰트font)를 결정할 수도 없고 글자 크기를 키울 수도 없었다. 이미지를 넣는다는 생각은 아예 할 수 없었다. 손가락을 화면에 대서 오려내고 붙이는 편집 기능을 사용해야 했다. 불편했지만 글을 쓸수록 아이패드 메모장은 단점보다 장점이 많았다.

　글을 쓰다보면 가끔은 디자이너나 편집자 역할을 할 때가 있다. 한글이나 워드에서 글을 쓸 때 맞춤법이나 띄어쓰기가 틀리면 빨간 줄이 그어진다. 거기에 마우스를 가져다대고 재빨리 고쳐버린다. 누가 맞춤법이 틀렸다고 지적하면 깔끔하게 고치고 싶은 것이 사람 마음이라 어쩔 수 없이 편집자가 되고 만다. 한글이나 워드에는 글자 수를 세는 기능이 있는데 200자 원고지 몇 매를 썼는지 확인하는 기능이다. 목표 원고 분량을 맞춰야 하기 때문에 이 기능을 자주 사용하게 된다. 시험공부할 때 남아 있는 뒷부분의 양을 자주 확인하는 것처럼 말이다. 메모장에는 이처럼 몰입을 방해하는 기능이 없다. 페이지를 나누지도 않는다. 끝이 보이지 않는 아주 긴 두루마리에 글을 쓰고 있는 것과 같다.

메모장은 단락 구분이 가능하다. 엔터키를 사용할 수 있다는 것도 고마운 일이다. 삭제키는 원하지 않는 글까지 지워질 수 있다는 약간의 위험성이 있지만 자주 쓰인다.

한글이나 워드를 쓴다면 글쓰기 능력이 안 될 때 쓰는 기능이 있다. 강조를 위해 볼드 기능을 사용하거나 글씨에 색깔을 입히는 것이다. 글쓰는 단계에서는 굳이 필요 없는 작업이다. 이미지도 삽입해야 해서 사진을 찾느라 글쓰기가 두 시간이나 중단되기도 한다. 하지만 메모장에는 글쓰기 외의 다른 일들을 할 수가 없다. 스티브 잡스처럼 디자인이나 폰트에 신경을 쓴다고 하면 모를까, 아이패드의 메모장은 온전히 저자의 글쓰기만 남겨놓는다. 오직 글쓰기에만 몰두하게 한다. 아쉬운 것은 되돌리기 기능Ctrl+z이 없어 한 단계 전으로 돌아가지 못한다는 점이다.

일반적인 컴퓨터나 노트북의 경우 원고를 다듬고 쓰려면 책상과 의자가 필요하고, 때로는 사무실이나 작업실이 필요하다. 지금 필자가 원고를 쓰고 있는 곳은 성북행 1호선 지하철 안이다. 내 옆에 앉아 있는 여학생도 노트에 글을 쓰고 있다. 곁눈질로 보니 남자친구와 일기장을 돌려쓰고 있는 것 같다. 소름 돋는 인사말들도 보인다. 아름다운 모습이다. 그 옆에서 나는 아이패드로 원고를 쓰고 있다. 메모장으로 원고를 쓰고 있다니 옆에 학생이 알면 웃을지도 모를 일이다. 그래도 나를 위로해주는 작가도 있다. 『지문 사냥꾼』으로 작가대열에 합류한 가수 이적은 트위터를 이용해 140자씩 원고를 썼다. 그가 트위터로 연재했던 것처럼 우리도 여러 방법으로 책을 쓸 수 있다.

글을 본격적으로 쓰기 전에 어떤 툴Tool로 쓸 것인지 결정해야 한다. 워드에 쓸 것인지 한글에 쓸 것인지 같은 문제다. '뭐 그냥 평소에 쓰던 툴을 쓰면 될 일을 결정까지 해야 한다니'라는 질문을 던질지도 모르겠다. 그러나 우리는 지금 '전자책 시대, 저자는 어떻게 탄생하는가?'라는 제목의 책에서 전자책 시대의 저자에 대한 이야기를 하고 있는 중이다.

앞 문장에서 우리가 신경 써야 할 단어는 '평소'다. 우리가 평소에 글을 쓸 때 어떤 툴을 사용하는지 생각해보자. 우리는 핸드폰으로 문자를 보낸다. 메일도 보낸다. 카카오톡도 한다. 메신저도 한다. 블로그도 한다. 페이스북도 한다. 트위터도 한다. 댓글도 쓴다. 일기도 쓰고 숙제도 한다. 필기도 한다. 기획안도 쓴다. 연애편지도 쓴다. 감사 카드도 보낸다. 사진도 찍는다. 그림과 만화도 그린다. 동영상도 촬영한다. 아주 가끔은 녹음도 한다.

이렇게 평소에 우리는 무엇인가 새로운 것을 쓰거나 찍거나 그리거나 녹음한다. 전자책 시대의 저자는 글뿐 아니라 사진과 동영상, 그림, 음성까지 모든 것을 활용해서 책을 만들 수 있다. 그렇다 보니 우리의 손가락이 만져서 만들어내는 것은 무엇이든지 전자책으로 연결된다.

우리집 비법 요리를 만들었다. 요리 과정을 휴대폰 사진으로 찍고 레시피를 블로그에 올렸다. 우연찮게도 네이버에서 그 요리법을 메인 화면 오픈캐스트에 올려주었다. 당신이 그것에 흥미를 느껴 요리법을 꾸준히 블로그에 소개하면 네이버 메인에 블로그는 자주 노출되고, 그러다 보면 네이버 쪽지로 출판사의 연락을 받게 될 것이다.

20년 전이었다면, 당신이 요리책의 저자가 되기 위해서는 요리를 전공을 하거나 호텔 요리사거나 혹은 엄마나 시어머니가 유명한 요리 연구가라야 가능했다. 지금은 블로그 포스트만 잘 작성해도 저자가 될 수 있다. 글을 쓰거나 사진을 찍어 편집할 수 있는 저작 도구도 많다. 그리고 바로 당신의 작품을 볼 수 있는 상황도 만들어진다. 덧붙이자면 어떤 저작 도구를 쓰느냐에 따라 글쓰기의 내용이나 효율이 달라진다. 어떤 저자는 이메일을 활용해서 10만 부 베스트셀러 작가가 됐다. 『고도원의 아침편지』다. 그는 짧은 글로 사람의 마음을 움직였다.

이렇게 글쓰기 툴에 대해 이해하게 되면 책의 내용이나 방향이 달라진다. 그래서 어디에 쓸 것인지 결정하는 것이 중요하다. 만약 당신이 워드로 글을 쓴다면 당신밖에 보지 못하지만, 블로그에 글을 쓴다면 다른 사람도 보게 될 것이다. 대중문학 연재 사이트인 〈조아라 닷컴〉이나 〈문피아〉에서 글을 쓴다면 판타지, 로맨스, 무협, 추리소설을 써야 할 것이다. 문자 메시지로 쓴다면 독자는 한 명이다. 이처럼 공개된 네트워크를 활용하면 당신의 원고를 모니터링해줄 익명의 사람들이 있다.

어디에 글을 쓸지 결정하는 기준은 친숙하게 자주 사용하는 도구인지의 여부다. 그리고 효율성도 고려해야 한다. 다른 일 때문에 쓸 시간이 없는데 고집스럽게 컴퓨터 앞으로 향한다면 글이 나오지 않을 수도 있다. 다이어리를 잘 쓴다면 그것으로 결정해도 좋을 일이다.

결정했다면 다음은 창고를 만드는 일이 필요하다. 당신은 당신이 얼마나 멋진 말을 하고 쓰고 있는지 아직 모른다. 원고 창고, 문장 저장소를 만들어라. 수시로 꺼내 쓸 수 있는 곳이 되어야 한다. 밤새 연인에게 썼던 편지를 아침에 일어나서 읽고 버리는 경우가 많다. '너무 유치해서'라는 말을 덧붙인다. 이제 작가가 되기로 결심했다면 버리지 말아야 한다. 당신이 버린 편지를 들고 행복해하는 독자가 있을지 누가 아는가.

이제 당신이 찍은 사진, 동영상, 직접 그린 그림, 녹음한 음성, 그리고 쓰는 글까지 하나도 빼놓지 않고 창고에 쌓아라. 그리고 자주 들여다보라. 숙성된 김치도 있고 햄이나 소시지도 있을 것이다. 이제 그것들을 모아 요리를 하면 된다. 재료 창고를 만드는 일이 중요하다. 이 창고는 후에 다른 사람이 생산한 재료도 넣을 것이다. 하지만 당신이 생산한 재료는 꼭 넣어두어야 한다. 지금 당신의 밭에서 신선한 채소가 나오고 있다. 그것을 버리고 다른 것을 사다가 넣는 바보짓은 피해야 한다.

낭만의 복원

우리는 초등학교 입학식을 앞두고 선물로 받았던 가방과 노트를 기억한다. 학교에 간다는 두려움과 새 가방과 노트, 연필이 주는 설렘이 함께했다. 글을 쓰는 것도 마찬가지다. 이 오래된 마음을 기억해보자. 책가방, 노트, 연필, 필통, 지우개 같은 설레는 소품이 작가에게 있다. 이런 소품들이 우리를 정서적으로 작가로 만들어준다. 소품이 주는 감정은 낭만을 향해 있다. 어떤 이유에서든지 낭만주의를 채택해야 한다. 어디에 글을 쓸 것인지 결정했다면 이제 자신을 위해 낭만적인 선택을 해보자.

돈이 드는 일이지만 그리 비싼 건 아니므로 걱정은 하지 말자. 낭만을 살 수 있는 비용치고는 저렴하다. 낭만적 소품은 작가에게 자의식을 만들어주기도 한다. 화가는 그림을 그리고 있는 모습에서 자의식을 만들 수 있다. 다큐멘터리 감독도 카메라를 들고 다니니 무엇을 하는 줄 안다. 유독 작가만이 외관상으로 확인할 길이 없다. 길을 걸을 때 옷에 작가라고 붙이고 다닐 수는 없는 일이다. 회사원들이 컴퓨터를 켜놓고 열심히 무엇인가를 쓰고 있으면 그가 애인과 메신저로 대화를 할지라도 외관상은 분명히 일을 하는 것이다. 하지만 노트북으로 무엇인가를 하고 있으면 그 사람이 작가인지 혹은 게임을 하는 백수인지 알아차릴 방법이 없다.

작가에게 낭만적 소품이란 무엇일까? 글을 쓰는 도구 중에 가장 그럴듯한 것은 과거의 향기가 배어 있는 것이다. 그렇다고 파피루스나 거북이 등껍질, 죽간을 찾을 수는 없는 일이다. 물론 구한다면 인테리어 소품으로 좋을 것이다. 작가의 소품은 이와는 조금 다르지 않을까?

나에게는 원고지, 잉크, 펜촉, 펜대가 낭만을 복원하는 소품이었다. 이렇게 원고지 위에 '손으로 쓰는 것'이 가장 낭만적인 도구라고 생각했다.

글쓰기가 무엇인지 눈으로 직접 보는 행운을 누릴 수 있었다. 낭만을 눈으로 본 마지막 기회였다. 시청 앞에는 언론문화재단의 사무실이 있는 프레스 센터가 있다. 나의 첫 직장은 그 빌딩에 있었던 언론개혁시민연대였다. 나중에 MBC 사장을 했던 김중배 선생이 대표를 맡았던 시민단체다. 한 번은 오후 세 시가 조금 안 돼서 선생이 술 냄새를 풍기며 나타났다. 그때 햇빛이 커튼을 통해 은은히 비추고 있었다. 선생은 서류가방을 탁자 위에 올려놓고 양복 안주머니에서 낡았지만 비싸 보이는 만년필을 꺼냈다. 가방에서 꺼낸 것은 잉크병과 원고지였다. 잉크병 뚜껑을 열고 만년필을 담갔다. 10여 년이 지난 지금도 또렷하게 기억난다. 선생은 큰 숨을 한 번 쉬고 원고지를 펼쳤다. 그리고 글을 써내려가기 시작했다. 대가의 느낌이 은은한 햇빛을 강렬함으로 바꿔놓았다. 볼품도 없고 낮술까지 먹은 아저씨는 더 이상 거기에 없었다.

글쓰기란 그렇게 눈에 보이는 행위였다. 분위기와 느낌과 낭만이었다. 그가 쓰던 글은 매주 일요신문에 기고하던 칼럼이었다. 당시에도 글을 쓰는 주된 도구는 컴퓨터였고 이메일로 원고를 보내면 됐다. 하지만 그의 원고지는 누군가 용산에 있는 일요신문사로 가지고 가야 했다. 술, 만년필, 잉크, 원고지, 원고를 배달하는 사람까지 이런 재료가 작가의 것이다.

그 이후로 원고지에 글을 쓰는 어른은 단 한 분도 보지 못했다. 만약 당신이 작가라는 것을 알리고 싶다면 김중배 선생처럼 하면 된다. 한 번 해보는 것도 나쁘지 않다. 작가가 되려고 한다면 원고지와 만년필과 잉크를 사들고 카페로 가라. 펜촉을 잉크병에 담그고 원고지에 글을 쓰면 창피할 수 있다. 너무 낭만적이기 때문이다. 카페에서 '원고지 퍼포먼스'를 하기 어려운 사람을 위한 방법도 있다. '낭만 보관법'이다. 당신의 책상 서랍에 이 낭만을 넣어두어라. 위치는 맨 윗서랍이 좋겠다. 글이 안 나오거나 하는 일에 치여 글을 못 쓸 때 서랍을 열어 당신의 꿈을 보라.

어디에 쓸지 결정했고, 글 창고도 만들었고, 낭만도 서랍에 넣어두었다면 이제 연애를 시작하자. 가슴 한 번 아파보지 않고 어떻게 글을 쓸 수 있을까?

3

동기를
부여할
뮤즈를
찾아라

서른여덟 마리의 강아지를 돌보는 동물병원 원장이 있었다. 그는 얼마 전에 여자 친구가 생겼다. 그는 여자 친구에게 밤마다 '잘 자!'라는 문자를 보내기로 마음 먹었다. 3일째 '잘 자!'라는 문자를 보내면서 사랑을 표현하기에는 부족하다는 생각을 하게 됐다. 그때 좋은 생각이 떠올랐다. 강아지들이 자거나 조는 사진을 같이 보내면 여자 친구를 즐겁게 해줄 수 있을 것 같았다. 예상한 대로 반응이 좋았다. 일주일을 보내니 이제는 '잘 자!'라는 말이 문제가 됐다. 다른 말이 없을까? 그때부터 '잘 자!'라는 말을 대신하기 위한 그의 검색이 시작됐다. 명언 카페에 가입해서 잠에 관련된 말을 찾았으나 일주일 동안 사용할 분량밖에 없었다. 블로그 탐사에서부터 시작해 나중에는 뉴스까지 뒤졌다. 100일이 넘어가고 그는 서점에서 책 수십 권을 사야 했다.

'잘 자!'의 다른 표현과 자고 있는 강아지들 사진으로 된 문자가 200통이 넘고 있을 때였다. 여자 친구가 별 이유 없이 떠나버렸다. 연락도 되지 않았고 그녀를 만날 수도 없었다. 그녀가 떠난 지 한 달이 채 되지 않아 그는 우울증에 걸렸다. 곧 강아지들도 우울증 증세를 보이기 시작했다. 병원 문을 닫았다. 그에게 남은 것은 우울증과 200여 장의 강아지 사진과 '잘 자!'라는 말을 대신할 수 있는 200여 개의 발췌문뿐이었다. 그녀의 사진보다 강아지 사진이 더 많았다.

어느 날 멍하게 컴퓨터를 바라보던 그가 검색창에 한 단어를 썼다. '우울.' 검색 결과로 너무 많은 정보가 나왔다. 그중에 유독 눈길을 끄는 책이 있었다. 바로 『더 블루 데이 북 – 누구에게나 우울한 날은 있다』라는 책이었다. 표지에는 침팬지가 있었다. 바로 책을 주문했고, 다음날 책을 받자마자 30분 만에 다 읽어버렸다. 책은 거울을 보는 것 같았다. 이후로 그 30분은 100번 정도 더 있었다. 하마가 표지로 돼 있는 책도 샀고 개구리가 출연한 책도 샀다. 그렇게 시간이 흘렀다.

언제부터인가 그는 웃으면서 강아지를 돌볼 수 있게 됐다. 웃는 시간이 늘수록 강아지도 늘어났다. 그러던 어느 날 그는 그녀의 사진을 지우기로 했다. 그녀 이름의 폴더를 열었을 때 강아지 사진과 이미 시가 되어버린 '잘 자!'가 그를 반겼다. 그는 폴더를 지우지 않고 압축했다. 압축 폴더를 푼 것은 그녀가 아니었다. 행운은 출판사 사장인 친구 녀석에게 돌아갔다. 그 폴더는 원고가 되어 책으로 출간되었다. 책 제목은 〈잘 자!〉. 『더 블루 데이 북』만큼은 아니지만 책은 베스트셀러가 됐다. 병원 간판도 바꿨다. 〈Good Night! Puppy〉

위의 내용은 전업 작가는 아니더라도 이런 저자가 태어났으면 하는 바람으로 떠올려본 짧은 스토리다. 뮤즈는 저자를 만들어낸다. 나의 뮤즈를 찾자.

글을 쓰게 되는 우연한 계기

우연을 잡는 것이 글쓰기의 시작이다. 글을 쓴다는 것은 우발적인 계기로 시작된다. 연애일 수도 있고 죽음일 수도 있다. 혹은 뼈에 사무치는 억울함일 수도 있다. '이 정도 책은 나도 쓴다'는 오기 때문에 글을 쓰기도 한다. 아쉽게도 '이 정도 책'도 못 쓰는 경우가 많다. 이렇게 생활을 하면서, 경험하면서, 글을 보면서, 당신은 글을 쓸 기회를 만나게 된다. 모두에게 이 우연이 생기는 것은 아니다. 이 우연을 기회로 만드는 것은 오로지 당신의 선택이다. 그냥 흘려보낸다면 아무것도 아니겠지만 글로 옮기는 순간이 바로 기회다. 우연은 선택이고 잡는 것이다.

우연한 계기를 잡을 때 유의사항이 있다. 감정적으로 과장하고 흥분해야 한다. 까칠하게 대하면 그 모든 것은 범상할 뿐이다. 친구 중에 이런 사람이 꼭 있다. '그거 원래 그래. 아직도 몰랐어?' '뭐 별 거 아니네?' 이런 태도는 글쓰기의 우연한 계기를 놓치게 하는 전형적인 훼방꾼이다(당신이 아니길 빈다). 그 사람만 당신의 이야기를 재미 없어 하는 것이라고 생각해야 한다. 당신이 그런 사람이면 어떤 계기도 활용할 수 없을 것이다. 소위 말하는 '필이 꽂히지 않는다면' 무슨 수로 글을 쓰겠는가. 그리고 세상에 아무도 몰랐던 새로운 이야기가 얼마나 되겠는가. 이 개명한 시대에 구글 검색을 하면 튀어나오는 수많은 자료가 있는데 '나만의 필'이 오지 않는다면 당신이 글을 써야 하는 이유는 없다. 빤히 아는 이야기라고 치부해버리면 이 계기는 아무것도 아니다. 당신의 가슴을 울렸다면 모두를 흥분시킬 수 있을 것이다.

친구 중에 시인이 있다. 이 녀석은 대학 때부터 습작을 했다. 1,000통이 넘는 연애편지가 그 증거다. 편지당 평균 2페이지를 썼다고 했을 때, 2,000페이지의 글을 손으로 쓴 것이다. 싸웠거나 여자 친구가 우울할 때를 따진다면 3,000페이지가 넘었을지도 모른다. 문학상을 수상해 등단했을 때 그 녀석은 편지에 고마워했을까 아니면 '엑스걸프렌드'에 고마워했을까. 어쨌든 연애편지를 썼던 이유는 사랑이었다. 그 당시, 훗날 그 친구가 시인으로 문학상을 수상할 것이라는 예측은 할 수 없었다.

글은 글을 써야겠다는 생각에서 시작되지 않는다. 우연한 계기가 동기가 되고, 그 동기가 열정을 만든다. 그러면 편지지 3,000장을 사게 된다. 그 친구에게 물어보지는 않았지만 평소 스타일을 봤을 때 여고생들이 쓰는 꽃 편지지일 가능성이 높다. 남자가 꽃 편지지를 사러 문구점에 방문하는 경우는 굉장한 용기가 필요한 일이다. 그것은 다른 말로 사랑이다. 모든 소설과 시에 사랑이 끼어드는 것은 사랑이라는 계기가 열정을 만들기 때문이다.

사랑의 열병인 그 결과물이 시나 소설만 있는 것은 아니다. 그림이나 음악 등 모든 창작물의 원인이 된다. 그리스 신화 중에 학문과 예술을 관장하는 신으로 뮤즈Muse가 등장한다. 음악과 미술, 문학을 관장하고 모든 작가에게 영감을 주는 신이다. 사람들에게는 사귀고 있는 혹은 헤어진 애인이 뮤즈며 실연은 작품의 산실이다. 이별이 없었다면 노래도 없었을지도 모른다.

　글을 써야 한다는 동기가 사라졌을 때 열정도 사그라진다. 그렇다면 이제는 고통의 연속이다. 소설가 이외수는 책을 다 쓸 때까지 집필실의 방문을 철창 감옥처럼 만들고 그 안에 들어가 나오지 않았다고 한다. 이 유명한 기행은 글쓰기의 혹독함을 말해준다. 열정이 없다는 것은 동기가 없다는 것이고 결국 계기가 없다는 것이다. 이 상태에서 작가는 글 감옥에 갇히고 만다.

│ 진실이 된 거짓말, '집필 선언' │

　다음에 우리가 할 일은 떠드는 것이다. 일종의 거짓말이다. "난 이렇게 책을 쓸 거야"라고 주변에 이야기하라. 책이 나오면 거짓말이 아니다. 움베르토 에코는 쉰 살이 되기 3년 전 어느 편집자에게 우연히 건넨 말 때문에 소설을 쓰기 시작했다. 7개 국어를 하는 언어학자이자 20세기를 대표하는 지성이라는 찬사를 듣는 철학자, 그의 거짓말을 들어보자.

　"범죄소설을 써야 한다면 최소한 500페이지 분량에 배경은 중세 시대 수도원이 될 것이다."

　출판사 직원의 단편 추리소설 집필 요청에 대한 에코의 답이었다. 이 말을 하고 집에 돌아온 에코는 수도사들의 이름 몇 개를 적어놓은 메모를 찾았다. 책을 읽던 수도사가 독살당하는 이야기면 좋겠다는 생각이 떠올랐다. 어떤 계획도 없이 무심코 내뱉은 말이 진실이 된 건 2년이 지나서였다. 만약 소설『장미의 이름』이 나오지 않았다면 에코가 출판사 직원에게 했던 대답은 거짓말이나 말실수에 그쳤을 것이다. 그리고 우리는 세계적인 기호학자가 쓴 우아하고 흥미로운 소설 한 편을 만날 수 없었을 것이다.

거짓말하는 방법을 소개하고 싶지만 그것보다 거짓말을 하는 편을 택하겠다. 이제부터 쓰는 글은 이미 가족과 친구에게 한 거짓말이다. 쓰고는 있지만 언제 나올지 모르는 책에 대해서 주변에 떠들어댈 것이다. 잘난 척한다고 구박을 받거나 비웃음을 받을지 모르겠지만 신경 쓰지 않을 것이다. 지금은 거짓말이지만 곧 책을 쓴다면 이 말은 집필 선언이 될 것이다. 이렇게라도 하지 않으면 게으름에게 질 것을 너무 잘 알고 있기 때문이다.

첫 번째 거짓말, 첫 번째 집필 선언

이 글을 쓰기 얼마 전까지 엄청난 우울증에 고생하고 있었다. 집 밖을 나서기도 어려웠고 사람을 만나는 것도 무서웠다. 음악을 듣고 영화를 보는 것이 유일한 낙이었다. 가사 있는 노래가 더 힘들다는 것을 깨닫고 클래식을 듣기 시작했다. 그러다 아주 우연한 기회에 구스타프 말러Gustav Mahler의 교향곡을 듣게 됐다. 1번 교향곡이 너무 좋아서 번호 순서대로 10번까지 들었다. 10번 미완성 교향곡까지 러닝타임은 20시간에 가까웠다. 9번까지는 마음이 편해져서 오랜만에 행복한 느낌까지 들었다. 그런데 10번을 듣고 있자니 불편함이 느껴지는 동시에 내 옆에 말러가 앉아 손을 잡아주는 듯한 느낌을 받았다. 일상적이지 않은 감정이었다. 무엇인가 속에서 튀는 듯 불편했지만 애절했다(여기까지 우연한 계기다).

말러의 인생이 궁금해졌다. 그래서 구글로 갔다. 궁금증이 다 풀리지 않아서 다음 날은 서점에 들러 책을 샀다. 말러의 인생은 불우한 성장 과정과 가슴 아픈 결혼 생활로 인해 불행의 연속이었다. 딸이 성홍열로 죽고 아내는 젊은 남자와 연애를 했다. 열아홉 살 어린 아내 알마 말러Alma Mahler가 결혼 생활을 아프게 만들었지만 그렇다고 구스타프 말러도 훌륭한 남편은 아니었다. 알마의 표현에 의하면, 피를 말리고 숨이 막히는 결혼 생활이었다고 한다. 아내가 바람핀 것을 알고 구스타프 말러가 작곡한 것이 미완성인 교향곡 10번이다. 아내에게 하고 싶은 말과 용서, 신뢰를 보여주려고 10번 교향곡을 작곡했으나 결국 끝내지 못하고 죽고 말았다. 9번까지의 교향곡은 어렸을 때의 고통스러운 성장 과정과 딸의 죽음, 신비주의 등이 합쳐져서 대체로 신과 자연에 대한 경외심을 보여준다는 평을 받는다. 이전 작품과 다르게 10번 미완성 교향곡은 신의 자리에 연인을 가져다두었다. 여기서 갑자기 구스타프 말러에 대한 관심은 뒷전으로 밀렸다(흥분하기 시작했다).

알마 말러의 이야기를 글로 쓰고 싶다. 구스타프 말러는 그냥 궁금증이었다면 알마의 삶은 책으로 엮고 싶었다. 알마에 관련한 자료를 찾기 시작했고 자료가 끝없이 쏟아져 나왔다. 1999년 알마를 주인공으로 내세운 〈바람의 아내〉라는 영화가 개봉했다. 유럽과 미국에서는 알마와 사귀었거나 그녀에게 미쳐버린 열다섯 명의 남자, 그리고 세 명의 남편과의 러브스토리를 콘셉트로 한 관광코스도 있었다. 그 장소에서 연극 형식의 퍼포먼스가 열리며 알마의 파티로 알려져 있는 행사가 매해 다른 지역에서 10년 넘게 열리고 있었다.

알마가 결혼 전에 만났던 남자는 화가 구스타프 클림트Gustav Klimt 였다. 그녀는 의사에서 건축가, 시인, 화가 등에 이르는 유럽 예술가들의 마음을 달뜨게 했다. 오스카 코코슈카Oskar Kokoschka라는 화가는 실물 크기의 알마 인형을 만들어 안고 자고 음악회에 갈 때 그 인형을 가지고 가서 옆자리에 앉혀 두었다고 한다. 이런 이야기가 알마의 평생을 이어온다. 이들 예술가에게 알마는 연인이었으며 작품 활동을 하게 만드는 뮤즈였다. 19세기 말과 20세기 초까지 유명세를 떨쳤던 예술가들이 알마의 주변에 있었다. 구글 검색 자료들은 알마의 일면만을 다루고 있었다. 그리고 조금씩 다른 정보들을 보여주었다. 풍부한 자료에 일단 책이 될 수 있다는 확신을 가졌다(이 대목에서 책을 쓰기로 결정했다).

책으로 써야겠다는 마음을 굳힌 것은 알마의 가족사 때문이었다. 알마의 아버지와 어머니, 알마의 딸의 인생을 조사하는 과정에서 놀라운 사실을 발견했다. 알마의 엄마는 결혼을 두 번 했다. 알마는 세 번, 알마의 딸은 다섯 번 했다. 모녀 삼 대가 결혼한 총 횟수는 열 번이다. 그 남편들은 하나같이 유명한 예술가였다. 뮤즈가 딸을 낳고, 다시 그 딸이 딸을 낳으며 19세기와 20세기의 그리스 로마 신화를 새로 쓰고 있었다. 이 이해할 수 없는 모녀 삼 대의 인생에 마음을 온통 빼앗겼다. 기가 막힌 이 이야기를 들려주고 싶었다. 그리고 용기를 내서 집 밖으로 나섰다(이때는 최면에 걸린 사람처럼 걸어나갔다).

사람들을 만날 때마다 알마의 이야기를 들려주었다. 말을 하는데 걸리는 시간은 5분이 채 안 됐다. 강의를 들을 때 빼놓고 한 사람 이야기를 5분 이상 듣는 것은 힘들 것 같아 줄이고 줄여 이야기했다. 사람들은 이야기가 재미있다는 반응을 보였다. 까칠한 반응은 거의 없었다. 책으로 쓴다는 이야기에 기대한다는 반응을 보였다(이럴 때 바로 시작해야 한다).

그날 이후로 모녀 삼 대 이야기의 자료를 정리하고, 책을 보고, 조금씩 매일 원고를 쓰고 있다. 3년 후에는 종이책으로 출간하고 싶다. 하지만 지금 당장은 어렵다. 그 방대한 자료 조사와 번역, 공부 과정이 필요하기 때문이다. 그래서 전자책으로 먼저 출간하려고 한다. 전자책은 이야기를 정리하는 정도로 나올 것이다. A4 20장 정도로 계획하고 있다(결국 책을 쓴다는 말을 하고 말았다).

이 거짓말은 내가 책을 쓴다면 진실이 된다. 만약 쓰지 못한다면 거짓말로 남는다. 아직 마감 때는 약속하지 못하지만 지금도 자료 조사를 하고 글을 쓰고 있는 것은 사실이다. 그래도 꼭 쓰겠다고 스스로에게 다짐하고 있다. 나에게도 '알마'급의 뮤즈가 있기 때문에 가능한 일이다.

두 번째 거짓말, 두 번째 집필 선언

무슨 일이든 옆으로 새면 일이 두 배가 된다. 왜 하필 그때 그게 궁금했는지 검색창에 다른 여인의 이름을 올리고 말았다. 독일의 알마와 비견될 만한 또 한 명의 뮤즈인 프랑스 여인이다.

'발라동.' 발라동Suzanne Valadon은 그 시대 드물었던 프랑스 여류화가다. 자료를 찾는 중 EBS 〈지식채널 e〉에서 발라동을 소개한 3분짜리

영상물을 보았다. 후기 인상파 유명 화가들의 누드모델이었던 그녀는 르누와르, 로트렉, 드가 등의 그림에서 전혀 다른 모습으로 등장한다.

파리에서 세탁부의 딸로 태어난 그녀는 사생아다. 엄마를 따라 열다섯 살 때까지 세탁 일을 하고 열여섯 살에는 서커스에서 곡예사를 했다. 열일곱 살 때부터 캔버스 너머로 옷을 벗기 시작했다. 그녀가 이젤과 캔버스 안쪽으로 들어오도록 영향을 준 것은 그녀를 그렸고 혹은 그녀와 연인이었던 후기 인상파 화가들이었다. 화가들의 모델을 하며 배운 그림으로 드디어 그녀가 붓을 들었다. 알마는 작가들에게 뮤즈가 돼 계기를 제공했지만 결과적으로 그녀는 수집가였다. 수많은 예술가들의 작품을 모았다. 발라동은 화가들과의 교류를 통해 자신을 키워갔다. 발라동은 연인을 멘토로 만들었다.

이 집안의 가족사도 만만치 않다. 발라동의 외동아들은 아홉 살 때까지 이름만 가지고 있었고 성이 없었다. 나중에 다른 집으로 입양되면서 성을 얻었다. 엄마와 아들 모두 사생아로 태어나고 살아온 것이다. 그 아들도 나중에 화가가 된다. 그것도 아주 독특한 계기로 말이다. 발라동은 마흔여섯 살 때 스무 살 어린 남편을 얻는데, 그때 아들의 나이는 스물아홉 살이었다. 아들은 위트릴로, 남편은 우터. 이 둘은 친구였다. 위트릴로의 엄마인 발라동은 자신의 아들보다 세 살 어린 그의 친구와 결혼한 것이다. 이것에 충격을 받은 위트릴로는 알코올 중독이 됐고 이것을 치료하기 위해 그림을 그리기 시작했다. 원인을 제공한 엄마 발라동이 아들에게 화가의 길을 열어준 셈이다. 사람들은 이 세 명의 동거인을 '위험한 삼위일체'라고 불렀다.

EBS는 공영방송이다 보니 방송에서는 이 기괴하고 기구한 이야기를 전부 빼고 역경을 이겨낸 여인으로만 그렸다. 그렇다면 도전해볼 만했다. 방송에서 빼버린 부분을 복원하면 이 여인은 입체적인 인물로 다시 구성되기 때문이다. 틈틈이 자료 찾기를 시도하고 있다. 이 책도 언제 나올지 모르겠지만 꼭 나올 것이다. 이렇게 두 번째 집필 선언을 했다.

지금까지 두 번의 거짓말을 했다. 나의 집필 선언이 거짓말이 되지 않게 노력하겠지만 지금까지는 거짓말이라는 것이 사실이다.

실존 인물 두 명, 동시대, 그리고 여인. 연인, 뮤즈, 멘티, 그리고 사랑. 아직 많은 사람이 알지 못하는 두 명의 여인은 나에게 우연히 찾아왔다. 이 여인들의 삶을 짧은 전자책 안에 담기 위해 지금도 헤매는 중이다. 뮤즈와 멘티, 알마와 발라동.

집필 선언을 하게 되는 배경을 순서대로 나열해보면 아래와 같다.

계기 → 흥분 → 결정 → 말(대화 혹은 거짓말)

기회를 만든다는 것은 소재를 발견하고 흥분하며 주변에 자신의 계획을 이야기하는 것이다. 글쓰기는 번개를 맞으며 시작한다. 우리 머릿속에 번쩍이는 불빛을 감지하고 나서 글로 옮기면 된다. 사랑, 이별, 죽음, 재미없는 책, TV프로그램, 영화, 우는 아버지, 옹알거리는 딸로부터 오는 충격을 글로 풀면 된다.

충격을 느낄 수 있게 여유 있고 여린 마음을 만드는 것도 빼놓지 말자. 그리고 일단 마음 먹었다면 계속 거짓말을 하며 사람들의 반응을 살펴보자.

4

저자는
어떻게
탄생하는가

저자에게는 엄마가 있다. 웬만해서는 태교를 하지 않는 엄마다. 태중에서 알아서 커야 한다. 이 엄마들은 기성작가, 학계, 신문사 기자 등 다양하게 존재한다. 이 엄마들이 어떤 아이들을 선택해 키워낼 것인지 미리 알아챈 영민한 저자들은 그 방법을 충분히 활용하는 것이 좋다. 미리 알아챌 수 없다 하더라도 전혀 걱정할 필요는 없다. 작가라는 아기가 계속 새롭게 태어나듯이 엄마들도 계속 생기고 있기 때문이다.

출판사, 아기를 낳아 기르다

문자를 보내는 당신도 작가, 블로그에 사진을 올리는 당신도 작가, 트위터에 멘션을 하는 당신도 작가, 페이스북에 일기를 쓰는 당신도 작가. 이렇다 보니 우리나라 작가들은 다 굶어 죽을 상황이다. 모든 분야가 그렇듯이 작가도 희소성으로 먹고산다. 이런 희소성을 지키기 위해 그 유명한 진입 장벽이 있다. 가난의 이편에서 성공의 저편으로 넘어가고자 수많은 작가 지망생이 원고지와 끝없는 싸움을 마다하지 않았던 장벽. 성공 저편에 선 자들이 그들의 원고지로 한 칸 높이를 더 키웠던 장벽, 이 장벽을 깨고 넓힌 것은 출판시장 현실에 눈을 돌리게 된 출판사다.

30년 전만 해도 소설가나 시인이 작가라는 자리 대부분을 차지하고 있었다. 신춘문예, 서평코너, 학계가 장벽의 문을 지켰다. 그 문의 이름은 신문, 학술지, 학회지, 문학계간지였다. 20년 전에는 역사, 인문, 사회, 정치 분야의 작가들이 대거 등장했다. 이때부터 출판사가 선택한 책이 늘기 시작했지만 그래도 작가의 제안에 의한 출간이 더 많았다. 10여 년 전부터 경제경영, 자기계발, 실용 저자들의 시대가 열렸다. 성공학이나 재테크 분야의 책이 나왔다. 그래도 자기 분야에서 성공한 사람이라야 책을 쓸 수 있었다. 그 와중에 또 하나의 문이 생겼다. 이름하여 '부자문'이다. 책으로 부자가 되는 법을 탄생시켰다. 이후로 이 모든 장벽과 문은 출판사가 지키게 됐다. 그러면서 출판계에는 기획출판이란 말이 생겼다. 아무래도 이전의 기획은 작가의 몫이었고 이것을 종이책이라는 형태로 만들어내는 것이 출판사의 업무였다. 하지만 기획출판이라는 말이 생기면서 출판사의 역할이 확대됐고 작가로의 진입 장벽엔 균열이 생기기 시작했다.

기획출판은 출간 계획을 출판사가 마련하고 마땅한 저자를 구해 원고를 쓰게 만드는 방식이다. 출간할지 말지, 혹은 어떤 내용과 형식의 책을 낼 것인지에 대해 출판사가 권한을 가진다. 즉, 출판사의 선택이 작가가 되는 기준이 된 것이다. 독자 입장에서 어떤 경로로 책이 나왔는지 그 이유는 그리 궁금한 이야기가 아니다. 그래서 독자의 니즈에 부합하는 책이라면 저자가 누구라도 상관이 없다. 작가는 아니지만 출판사에서 원하는 원고를 쓸 저자는 많다. 출판사의 기획출판으로 기성작가들이 세워놓은 진입 장벽을 넘지 않고도 작가가 탄생하는 경우가 생긴 것이다.

기성작가들이 만든 진입 장벽 말고 이보다 더 두껍고 높은 진입 장벽은 시장이 만든 장벽이다. 하지만 이 진입 장벽도 출판사의 생존 전략과 맞물리면서 점차 낮아지고 있다.

책 판매량은 보통 출간 후 3개월에서 6개월 사이에 판가름이 난다. 일반적으로 책 한 권을 만드는 데 드는 비용은 1,500~2,000만 원 정도다. 물론 출판사마다 상황은 다르다. 초판 판매가 예상보다 저조하다면 자동차 한 대 값이 날아가버리는 일이다. 그래서 이런 위험 부담을 최소화하기 위해 출간 기준을 높일 수밖에 없는 상황이다. 시장에서 반응을 얻을 수 있는 기획과 거기에 부합되는 원고를 찾는다. 이 과정에서 반려되거나 떠도는 원고들이 넘쳐난다.

물론 사명감을 지닌 출판사들의 경우 편집 기조나 출판사의 가치를 생각하면서 '색깔' 있는 책을 내곤 한다. 하지만 이들도 손익계산을 해야 한다. 원칙 있고 자신만의 출간 방향을 갖는 출판사들의 책의 가격이 높을 수밖에 없는 이유다.

출판사의 순기능은 좋은 원고를 선정해 독자에게 책으로 보여주는 것이다. 아무리 좋은 원고라도 팔리지 않아 출판사가 무너진다면 무슨 소용인가. 그래서 시장이 만든 진입 장벽의 위력은 막강하다. 그렇다면 시장은 무엇인가. 그 시장은 서점과 독자다. 이 불안한 두 곳은 예측이 불가능하다. 서점에서 어떤 책을 추천할지 독자가 어떤 책을 살지 알 수 없다. 출판사에서는 서점과 독자의 추천과 구매 성향에 대해 판단하게 된다. 시장조사를 하고 그것에 대한 판단을 통해 향후 출간 계획을 잡거나 검토하던 책 출간을 포기하기도 한다.

베스트셀러로 독자들의 구매가 집중되면 판매량이 적은 책들은 이전보다도 훨씬 판매량이 떨어지게 된다. 게다가 출판 시장은 점점 더 어려워지고 있다. 이 위험성을 감안해 출판사들은 초판 출간 부수를 줄이고 있는 상황이다. 3,000부 내외던 초판 인쇄 부수가 1,500부 내외로 떨어지고 있다. 일주일에 한 권씩 팔리는 책이라면, 일 년에 50권 정도가 팔리는 셈이다. 출판 시장에서 인터넷 서점 예스24의 시장 점유율을 15퍼센트 안팎으로 봤을 때, 시장 전체적으로 약 350부 안팎으로 책이 판매된다. 그렇다면 초판 1,500부를 찍고 투자비를 1,500만 원을 썼을 때, 이익으로 회수할 때까지 걸리는 시간을 따지면 4년이 걸린다. 투자비는 그대로 잠기는 돈이 된다. 사업으로 치자면 출판업은 정말 어려운 업이다. 이런 시장 상황이라면 당연히 출간 종수는 줄어야 하는데 오히려 계속 늘고 있다.

출판사는 일정 부수가 꾸준히 나가는 구간과 초반에 매출이 급격하게 오르는 신간을 중심으로 돌아간다. 신간이 꾸준히 나오지 않으면 출판사 매출은 떨어진다. 신간을 홍보하고 서점에서 초반에 팔아야 한다. 불안한 시장이라도 신간이 나오지 않으면 매출이 멈추거나 하락하기 때문에 투자 대비 효과를 따지기 전에 신간을 주기적으로 출간한다. 현금 유동성을 맞추기 위해서도 신간은 필요하다. 그리고 초판 판매량이 계속 떨어지는 상황에서 가격만 올린다고 되는 일이 아니기 때문에 자연스럽게 출간 종수를 늘린다. 기획출판이나 국내 작가의 경우 완성된 원고가 나오기까지 시간이 걸리기 때문에 원고 수급이 원활한 번역서를 선호하기도 한다. 실제로 10년 전만 해도 연간 2만 종의 신간이 나오던 시장이 10년이 지나지 않아 7만 종 가까이 늘었다. 출판사가 늘어난 이유도 있겠지만 신간 중심으로 움직이는 출판 환경의 변화 탓이다.

이에 따라 작가도 늘었다. 문학평론가나 지식인, 일부 매체에서 가지고 있던 진입 장벽이 출판사로 넘어오면서 진입 장벽의 해체가 가속화되었다. 그렇다고 출판사의 눈이 낮아진 건 아니다. 누구나 마음먹었다고 저자가 되는 건 아니라는 말이다.

사람들? 책 안 읽는다. 독자는 줄고 저자는 늘고 출판사는 수익구조상 어쩔 수 없이 정가를 올릴 수밖에 없다. 독자는 비싸서 책을 안 산다. 이 모진 굴레에 저자와 출판사는 견디기 어렵다. 저자는 늘어났지만 원고는 출판계 언저리를 떠돌다 사라지는 게 태반이다.

출판사의 경영진과 편집진은 출간 결정을 한다. 출간 결정을 할 때는 출간 방향, 분야, 시장성, 원고 가능성 등 여러 요소가 고려된다. 하지만 객관적으로 결정한다기보다는 결정권자의 성향과 출판사의 정체성에 의해 결정이 이루어진다. 개별 출판사마다 그 특성대로 출간을 결정하므로 원고를 가진 저자는 여러 출판사를 돌아다녀야 한다. 웹툰으로 유명한 만화가 강풀은 데뷔 초기에 500여 개 출판사에 원고를 무작정 보냈다. 틱낫한 스님의 『화』도 여러 출판사를 전전하며 출간까지 고된 과정을 겪었다. 이러한 것들이 출판사의 보수성이라고 말하는 이도 있다. 하지만 출판사의 생존의 문제이기 때문에 이해할 수밖에 없다.

여기에 작가의 자존심도 더해진다. 경제경영서는 〈북21〉에서 내야 하고 시집은 〈문학과지성사〉에서 내야 한다고 생각한다. 〈김영사〉나 〈웅진〉에서라면 말이 필요 없다. 전문 분야를 가진 대형 출판사들을 통해서 책을 내고 싶어 한다. 어떤 출판사에서 책을 내느냐가 자신의 책의 수준을 결정한다고 생각한다. 그리고 대형 출판사일수록 홍보나 마케팅을 더 해줄 것이라는 기대와 믿음도 가지고 있다. 이 기대치는 출판사의 브랜드 파워와 직접 연결된다. 친분 관계나 소개가 아니라면 대부분의 저자는 규모가 큰 출판사로 가고 싶어 할 것이다. 그리고 전통 있는 출판사에서 책을 내고 싶어 한다. 그 욕구를 인정한다. 사람이라면 당연하다. 문제는 저자가 이 기회를 노리고 있는 동안 책 출간 자체가 안 될 수도 있다는 것이다.

책 출간이 결정되기까지 저자의 기다림은 참으로 지치고 힘든 경우가 많다. 그렇게 오래 기다렸음에도 출판사에서 당신의 원고는 다른 수많은 번역서들과 원고들에게 뒤로 밀리는 경우가 종종 있다. 당신은 자존심에 상처를 입게 된다. 고생해서 쓴 기획안과 원고를 아무도 선택하지 않았다는 것을 알고 좌절한다. 그래서 자비출판에 관심을 두기도 한다. 자비출판이 유리한 것은 저자가 원하는 시점에 책을 낼 수 있다는 점이다. 하지만 돈이 많이 들어 출판을 포기하게 되고 결국 향후의 집필을 포기하기도 한다.

저자로서 당신이 포기해야 하는 것은 절대로 출판이 아니다. 당신이 포기해야 하는 것은 자존심과 욕심 그리고 명예와 돈에 대한 잘못된 생각이다. 당신이 저자가 되고 싶다면 많은 돈을 준비하지도 말고 출판사에 상처받지도 말자. 이 상황에서 저자가 잊고 있는 것이 있다. 원고에 있어 가장 중요한 것은 그 누구도 아닌 독자라는 것이다.

당신의 원고가 10년 동안 철학을 연구한 결과물이라고 생각해보자. 다수의 독자는 당신 원고의 첫 문장을 읽는 순간부터 어려워할 것이다. 출판사 입장에서도 훌륭한 연구 성과를 인정한다 하더라도 선뜻 출간 결정을 내리기 어려울 것이다. 그렇다고 출간을 포기할 것인가? 정말 당신의 원고를 보고 싶어 하는, 철학에 관심 있는 독자들은 어떻게 될까? 만약 108명의 독자가 당신의 원고에 관심을 갖고 있다면 그 사람들을 버릴 것인가? 독자가 적으면 어떻고 많으면 어떤가? 당신이 쓴 책을 읽으면서 배우고 기뻐하고 혹은 화내고 슬퍼할 독자들을 생각하는 것이 작가의 자존심이다. 책을 내기로 결정했다면 출판사 브랜드와 책이 판매되는 수량은 잊자. 기억해야 할 것은 오로지 당신과 책으로 교감하는 독자들이다.

일부 작가들은 자신의 책이 무조건 베스트셀러가 될 것이라고 생각한다. 겸손한 작가라도 자신의 책을 비판적으로 이야기하기는 쉽지 않다. "제 책은 읽을 사람이 많지 않아요"라고 말하는 작가들도 내심 기대를 하고 있다. 책이 판매가 잘 되지 않는 이유를 출판사의 홍보와 마케팅 때문이라고 말하기도 한다. 시장은 소수만 선택하고 다수는 버린다는 인식도 작가가 인정하는 바다. 사람인데 어찌 욕심이 없겠는가.

욕심을 내고 싶다면 직접 강의를 하든 블로그를 하든 수단과 방법을 가리지 않고 독자를 만나라. 독자를 직접 만날 기회를 성격의 문제나 자존심의 문제로 포기한다면 욕심도 포기하면 된다. 왜 홍보와 마케팅이 출판사의 몫인가? 그들이 파는 것은 당신의 책이다. 홍보와 마케팅을 직접 할 요량이 아니면 인터넷 서점에서 독자가 우연히 검색하다가 당신의 책을 사게 놔두면 된다. 당신이 쓴 책이 나왔다는 것을 독자가 알아야 살지 말지를 결정한다. 다시 한 번 기억해야 할 것은 오로지 당신과 책으로 교감하는 독자들이다. 그들을 찾아내고 만나는 건 저자의 몫이다.

독자를 만나고 싶은데 당신의 원고를 인정하는 출판사가 없다고 해서 자비출판을 선택하지는 말자. 너무 많은 비용이 든다. 그렇게 당신의 원고를 여기저기 알리고 싶다면 차라리 블로그에 전체 원고를 올려서 사람들이 볼 수 있도록 하는 것이 낫다. 책을 출간한다는 것은 책을 만들어서 판매하는 것이다. 오로지 책을 내서 작가로서의 권위를 가지고 싶어 하는 당신, 그 권위에 종속되지 말자. 당신의 원고와 당신은 그 권위보다 더 존중받아야 할 사람이다. 돈과 권위를 바꾼 당신은 행복할 수 있겠는가? 돈을 써서 명예를 얻고 싶었지만 결국 명예를 버리게 되는 일이 된다.

전자책 저자는 출간 과정의 리스크를 온몸으로 받아 안으며 독자를 직접 만나야 한다. 이 생각에 동의하기 어렵다면 전자책 저자가 되기 쉽지 않다. 전자책 저자들은 이 과정을 주도하는 기획자이며 원고 생산자다. 출판의 전 과정을 저자가 기획하고 진행해야 한다. 전자책은 특히 그렇다. 물론 무엇을 어떻게 해야 하는지 궁금하다면 끝까지 읽기를 부탁한다. 그것이 이 책이 나온 이유다.

신문사, 할머니가 되어버린 엄마

책이 팔리려면 일단 그 책이 출간된 사실을 독자가 알아야 한다. 책 출간을 알리는데 어떤 것보다 유효한 매체가 신문이었다. 신문 독자가 책을 읽을 가능성이 높다는 통계에서도 그 효과를 알 수 있다. 하지만 인터넷이 생기면서 그 효과는 반감됐다. 신문 서평이 책 판매에 끼치는 영향은 예전 같지 않다. 그 역할을 네이버 메인화면의 뉴스 캐스트 등과 같은 인터넷 매체가 대체하고 있다. 그렇다고 인터넷 매체를 통한 서평이 무조건 효과가 좋다는 말은 아니다. 각 언론사의 인터넷 신문의 서평란도 종이 신문의 서평란과 사정이 크게 다르지 않다. 인터넷 이용자가 관심을 기울이는 건 뉴스 캐스트 코너지 인터넷 신문의 서평란이 아니기 때문이다.

포털사이트 이용자들은 메인에 나온 몇 개의 기사로 신문을 다 읽었다는 만족감을 얻게 된다. 결국 일부 기사의 조회 수는 높지만 종이 신문처럼 사회면 정치면 문화면을 다 읽는 구독 시스템은 없어졌다. 신문사는 기사를 읽기 위해 자사 홈페이지에 들어온 독자를 붙잡아 두려고 하지만 독자는 해당 기사만 읽고 다시 포털로 돌아간다. 신문사가 독자적인 SNS 홍보 채널을 두는 것도 이런 상황 때문이다. 그러니 인터넷 신문의 서평란을 읽는 사람들이 예전보다 더 줄어든 건 어쩔 수 없는 현상이다. 출판계 종사자들을 제외하고 포털사이트의 신문 서평란을 따로 챙겨보는 사람은 거의 없을 것이다. 인터넷 한겨레와 프레시안은 〈북하니〉와 〈BOOKS〉 코너를 따로 만들고 자사 홈페이지 메인에 이 코너를 노출하고 있다. 그래도 인터넷 한겨레와 프레시안 홈페이지로의 진입 경로가 가장 많은 곳이 포털사이트다 보니 한계를 드러낸다. 기사를 클릭해서 들어가면 해당 신문사 메인화면으로 연결되는 것이 아니라 바로 해당 기사로 연결되기 때문에 그 기사만 읽고 창을 내린다. 차라리 네이버 오픈 캐스트에서 볼 수 있는 〈감성 36.5〉 같은 코너를 통해 소개된 책이 매출 효과도 톡톡히 본다. 종이 신문 기사가 인터넷 포털로 연결되면서 책의 노출이 확 줄었다는 것은 중요한 문제다. 자연스레 책을 볼 기회가 없어지고 있다. 이 상황에서 신문은 서평의 권위를 따지기 전에 아예 접근성이 없어져 간다고 하는 것이 맞다.

책에 대한 접근성을 대체할 공간이 생긴 것도 신문사에서 책 광고 영업이 힘든 이유다. 2010년 랭키닷컴의 자료에 따르면 예스24, 인터파크, 알라딘, 교보문고, 리브로 등 5대 인터넷 서점의 하루 평균 방문자 수는 110만 명이다. 출판사에서는 출판광고비 지출을 신문사에서 인터넷 서점으로 옮기고 있다. 신문이 가졌던 매체력을 인터넷 서점이 가져가버린 것이다. 그래서 지금은 신문사 서평을 받는 것보다 몇 개의 인터넷 서점에서 메인으로 선택되었는지가 더 중요해졌다.

이런 현상은 신문 서평을 쓰는 출판 기자들이 가진 어쩔 수 없는 한계 때문이기도 하다. 그들은 새로운 작가를 데뷔시키기도 하고 인터뷰도 한다. 하지만 문학 분야와 인문사회 분야는 일부 작가에게 집중돼 있다. 기획이나 콘셉트 중심의 책도 소개하지만 여전히 작가 중심이다.

그리고 그들은 너무 많은 책을 읽기 때문에 아주 특별한 기획이 아니면 선택을 안 한다. 출판 기자 입장에서는 차별화 요소를 찾다보니

책 고르는 눈이 까다로워진 것이다. 독자의 눈이라기보다는 차라리 출판인의 눈에 가깝게 책을 추천한다. 책을 많이 읽는 전문적인 독자를 상대로 신간을 소개하는 것을 자주 확인할 수 있다. 그러한 점에서 경향신문의 〈오늘의 사색〉 캠페인은 의미 있는 작업이다. 종이 신문 1면에 기자가 아닌 전문가나 사회 활동가들이 책을 소개하고 있다. 하지만 대부분 신문은 출판 기자의 성향에 따라 신간이 소개된다. 신문사 서평란을 통해 저자로 데뷔하기는 그만큼 쉽지 않은 일이다. 가끔은 기자들과의 개인적인 관계로 기사화되는 경우도 있으나 아주 드문 편이다.

이런 상황에서 처음 책을 내는 사람들이 전자책으로 나온 신간을 출력하고 제본해서 기자한테 보낸다고 무슨 소용이 있겠는가? 아예 포기하고 다른 홍보 채널이나 데뷔 공간을 찾는 게 낫다. 그렇기 때문에 전자책 저자는 홍보 수단으로 인터넷 서점과 블로그, 트위터, 페이스북 같은 SNS를 선택하는 것이 좋다. 개인 매체를 최대한 활용하고 자신의 활동을 넓혀나가는 것이 신문이라는 기존 매체에 기대는 것보다 훨씬 수월할 것이다.

전자책으로 처음 출간하는 저자에게 신문 진입은 지금으로서는 불가능하다고 볼 수 있다. 종이책 베스트셀러는 일상적으로 소개해도 전자책 저자는 기획기사로밖에 다루지 않는다. 자주 나오지도 않는다. 하지만 그렇다고 앞으로도 신문에서 전자책 저자를 계속 외면할 수는 없을 것이다. 전자책 시장이 커지고 종이책이 아닌 전자책으로만 책이 나오게 되면 전자책 신간 소개코너는 자연스레 생기게 된다. 전자책 저자로서는 그들이 움직일 때까지 두고 보는 수밖에 없다.

학계, 우리 엄마는 냉장고가 3대다

몸담고 있는 곳이 대학사회나 학계라면 거기서 당신은 어떻게 저자가 될 수 있을까? 대학사회 출판 시장은 학생이나 연구하는 사람이면 누구나 봐야 할 대학교재나 학술서를 중심으로 형성되어 있다. 규모는 작지만 고정 독자를 확보할 수 있어 판매 예측이 가능하며, 일단 출간된 책은 해마다 조금씩 고쳐가며 꾸준히 팔 수 있다는 장점이 있다.

20년 전이나 지금이나 교재용 책들의 판매량은 제한적이다. 출판사가 교재 한두 권으로 눈에 띄는 수익을 만들기 어렵다. 대학교재나 학술서 출판사들이 다종으로 출간하는 것은 규모의 경제를 맞추기 위해서다. 여러 명의 교수가 공저로 참여하고 각 학교에서 해마다 기본 판매량을 소화하는 경우도 협소한 독자 폭을 넓히는 효과적인 방법이다.

물론 이 시장에도 베스트셀러는 있다. 20년 전 대학 신입생 때 보았던 곽윤직 교수의 『민법총칙』과 김준호 교수의 『민법강의』는 아직도 그 분야의 베스트셀러 5위 안에서 판매되고 있다.

다른 시장에 비해 저자로서 입지를 세우기 쉬운 곳이지만 여기에도 한계는 존재한다. 학력 초과 현상으로 교수의 수가 많아져 비슷한 경쟁서가 나올 가능성이 커졌고, 출판사에서 많은 종류의 교재를 출간하는 것을 전략으로 내세우고 있지만 자신의 연구 성과를 책으로 만들고 싶어 하는 교수들의 원고를 모두 책으로 만들지는 않기 때문이다.

미국에서는 책을 내고 싶어 하는 공급자 수요를 서점에서 해결하기도 한다. 미국도 출판사에서 교수들의 연구 성과를 모두 책으로 내기는 어렵다. 그렇다 보니 교수들이 직접 원고를 아마존에 올려 PODPrint On Demand 형태로 출간하거나 전자책으로 판매한다. 출판사 없이 이루어지는 일이다.

국내에서도 비슷한 방식이 진행되고 있다. 학술서로 유명한 출판사 〈한국학술정보〉는 소량출판기기인 POD 출력기를 직접 소유하고 운영한다. 즉 인쇄소를 갖추고 많은 종수를 출간하고 있는 출판사다. 〈한울〉이나 〈박영률출판사〉의 경우 자체 사이트를 통해 PDF 파일 형태의 전자책 서점을 직접 운영할 예정이다.

대학교재와 학술서 저자들에게 전자책이란 어떤 의미일까? 먼저 이 분야 출판사들의 작업 방식과 자비출판 상황을 들여다보자.

전문 출판사들은 학회와의 제휴를 통해 학회지를 출간하고 학회 소속 연구자들의 책을 출간한다. 전문 분야를 정하고 출간 계획을 잡는다. 1,000부 내외의 적은 양을 인쇄하여 출간하고 책값은 다른 일반 도서들에 비해 비싼 편이다. 학술서는 편집 시간이 오래 걸리는 책이지만 그만큼의 시간이 주어지지 않는 것도 현실이다. 그래서 이 분야 전문 출판사들이 감당할 수 있는 원고량은 제한적이다.

이 분야 저자들에게 책은 아주 중요한 가치를 지닌다. 논문과 책은 연구자들의 중요한 평가지표다. 그래서 저자들은 종이책과 출판사 브랜드에 대한 선호를 거부할 수 없는 입장이다. 하지만 저자들의 원고가 이들 유력 출판사에서 수용할 수 있는 양보다 더 많은 게 문제다. 결국 전문 출판사에서 소화되지 못한 원고는 자비출판의 형태로 출간된다.

　자비출판은 출판물의 품질과 비용, 절판 등의 문제를 안고 있다. 자비출판은 보통 기획사 형식의 출판회사에서 만들게 되는데 아무래도 전문 출판사에 비해 편집 능력이 떨어진다. 자비출판이기 때문에 제작비에 대한 부담도 저자의 몫이다. 그리고 인쇄된 출판물은 절판되면 다시 인쇄하는 경우도 드물어 책을 구할 수 없는 상황에 처하게 되는 것이 일반적이다.

　상황이 이렇다면 저자는 무조건 종이책만 고집할 수는 없다. 그러기에 이 분야 저자들이야말로 전자책의 주요 저자이어야 한다. 그러나 이 분야의 저자들은 전자책을 고려하지 않는다. 이 저자들이 전자책으로 책을 읽은 적이 없기 때문일까? 절대 그렇지 않다. 각 대학에서는 온갖 해외 학술 DB와 학회지, 해외 원서 단행본 등 수만 종의 전자책을 학교도서관을 통해 서비스하고 있다. 이미 연구 과정에서 익숙하게 사용하고 있는 자료다. 그런데도 자신들의 책이 전자책으로 출간되는 것은 낯선 방식이라고 생각한다.

　학회지나 학술 논문은 인터넷을 통해 이미 유통되고 있다. 이런 형식의 유통은 네이버 같은 포털에서 논문 서비스로 진행되고 있다. 이것을 단행본 형태로 바꾸어 전자책으로 출간할 경우 교보문고, 예스24, 인터파크 등 인터넷 서점들과 SKT, KT 같은 통신사의 전자책 판매 시스템에서도 그 내용을 확인할 수 있다.

　전자 교과서가 5년 안에 본격적으로 도입되면 학생들이 책이 아니라 태블릿 PC로 책을 보는 시대가 열릴 것이다. 지금도 CD로 만든 교과서가 종이책 교과서와 함께 배포되고 있다. 만약 전자 교과서 시대가 열린 상황에서 학계의 자료가 디지털화되지 못해 시장 진출이 늦는다면 그 손해는 저자 몫이 된다.

지금 학계에 필요한 것은 학술서 전문 편집자를 대학과 연구소, 학회에서 양성하는 일과 현재까지 출간된 논문과 각종 자료를 전자책 형태로 바꾸어 인터넷 서점에서 유통할 수 있게 만드는 것이다. 포털 사이트에서 논문 저자로만 남을 것인지 교보문고에서 전자책 저자가 될 것인지 생각해보자. 큰 문제가 없다면 당연히 후자가 되어야 한다.

대학과 학계의 교수와 연구자들은 연구를 통해 만든 원고를 김치처럼 '냉장고'에 차곡차곡 쌓고 있다. 이들은 김치 냉장고 2대와 대형 냉장고 1대를 가지고 있는 우리 엄마와 비슷하다. 계속 쌓고, 쌓고 조금씩 꺼내고 다시 쌓는다. 그렇게 쌓아둔 것이 조리대로 옮겨질 때까지 그리고 다시 식탁에 오를 때까지 너무 오랜 시간이 걸린다. 가끔은 오래된 것을 그대로 버려야 할 때도 있다. 이 모든 것을 서점이라는 조리대로 가져오는 일이 절실하다.

문단의 확장, 낳은 엄마보다 기른 엄마

심사를 통과해야 한다는 것은 진입 장벽이 있다는 말이다. 심사는 공정성과 형평성을 추구한다. 심사위원의 주관적인 판단이 결과에 어느 정도 작용한다는 것은 피할 수 없는 사실이다. 작가가 되는 가장 확실한 방법인 신춘문예와 각종 문학상은 이런 심사를 통해 진행된다. 심사위원들도 전에 이 상을 받았던 사람들이다. 자식을 낳듯 작가를 탄생시킨다. 그리고 문예지를 통해 신인작가를 발굴하기도 한다. 이 역시 선배 작가가 후배 작가를 탄생시키는 일이다.

선배 작가가 후배 작가를 양성하는 과정은 엄마가 아이를 낳고 다시 그 아이가 아이를 낳아 엄마가 되는 과정과 같다.

해가 다르게 급변하는 출판 시장에서 문학상도 변하고 있고 문예지를 통한 등단도 다양한 경향을 띠며 환경에 적응하고 있다. 하지만 이 과정의 형식과 구조는 크게 변하지 않고 있다. 신춘문예, 문학상, 문예지는 좋은 작가를 발견하는 수단이라는 긍정적인 의미도 있지만 많은 작가 지망생들에게 진입 장벽이라는 부정적인 의미로 여겨지는 것 또한 사실이다. 과거제도와 일본식 등단 시스템을 합쳐 놓은 듯한 이 진입 장벽을 넘어 문학 작가가 되기란 그리 만만한 일은 아니다. 당신이 소설가나 시인이 되려는 꿈이 있다면 당연히 이 집단으로 들어가고 싶을 것이다. 지금 소설을 쓰고 시를 짓고 있지만 아직 당신은 작가가 아니다. 당선이라는 라벨을 붙여야 작가가 된다.

문학 분야에 관한 한, 출판사와 신문사가 우위에 있을 수밖에 없다. 전통적인 출판사들의 저력이 작가를 만든다. 그래서 시는 어디서 내고 소설은 어디서 내야 한다는 생각이 작가들 머릿속 깊이 박혀 있다. 어떤 작가 모임의 연말 총회가 특정 출판사의 송년회와 겹쳐 정족수 부족으로 총회 성사가 힘들었다는 이야기를 들었다. 그 다음 해부터는 출판사 몇 군데에 전화를 걸어 일정을 확인한다고 한다. 등단하고 싶어 하고 책을 내고 싶어 하는 작가들의 마음이 엿보인다.

하지만 이너서클이라고 비판받더라도 특정 그룹으로 움직여야 하는 작가의 희소성을 비판할 수는 없는 일이다. 세상에 그렇지 않은 일은 거의 없고 이것은 보편적 속성의 한 부분일 뿐이다. 작가들이 전자책 출간이라는 현실적 대안을 거들떠보지 않는 이유는 문단에 대한 낭만적 기대를 품고 있기 때문이다.

출판계에서는 전자책 소설이라 하면 대중 소설, 장르 문학 정도로 이해하고 있는 게 현실이다. 소설 작품은 종이책으로 나와야 하며 어느 정도 명망 있는 출판사 이름을 달아야 한다고 생각한다. 이런 이유로 출판사와 계약을 하지 못한 저자는 자신의 작품을 손에 든 채 어정쩡하게 달려야 하는 처지가 된다. 문단에 입성도 못하고 작은 출판사에서조차 외면 당하고 그렇다고 전자책은 뭔가 아닌 것 같아 망설이게 되고, 결국 이도 저도 못하는 상황에 부딪힌다.

그래도 원고를 손에 들고 있는 상황은 좀 낫다. 글쓰는 게 좋아서 틈나는 대로 정성을 들여 자판을 두드린다. 2~3년 하다보니 십수 편의 습작이 모이고 주변 사람들에게 읽히니 반응도 나쁘지는 않다. 하지만 이런 작가 지망생의 눈높이는 본인이 읽었던 책에 맞춰져 있다. 그리고 이렇게 말한다.

"제가 아직 책을 낼 만큼….".

이 책을 쓰는 끝까지 나는 이런 겸손함을 참지 못할 것 같다. 이렇게 말하는 사람은 다음처럼 말하지도 말아야 한다.

"이런 책은 쓰레기야. 왜 이런 책을 내는 거야!"

다른 책을 평가할 생각이면 당신이 먼저 책을 내라. 적어도 그 저자는 출판사의 선택을 받아 책을 낸 사람이다. 물론 기대에 못 미치는 책도 있다. 그것에 대한 비평은 불가피하다. 하지만 저자라면 책에 높낮이를 붙이는 일은 피해야 한다. 그건 평론가의 몫이니, 단지 그 책이 당신한테 필요 없는 책이라고 여겨라.

지금 우리가 하고 있는 이야기는 자신이 쓴 원고를 왜 책으로 내지 않느냐에 관한 것이다. 선호도나 비평에 신경 써가며 미리 판단하고 책을 내지 말아야 하는 이유로 내세우면 안 된다는 말이다. 평론가의 시각으로 책을 대하다 보면 자기가 쓴 원고도 그렇게 보게 된다.

당신이 되려고 하는 것은 셰익스피어인가? 공지영인가? 혹은 비평가인가? 겸손이 핑계라는 것은 당신 마음속의 욕심을 들여다보면 명확해진다. 욕심은 절대 나쁜 것이 아니다. 당신은 작가가 되고 싶은 것이고 작가의 자존심은 책을 내지 않으면 없는 것이다. 당신이 작가의 자존심을 내세울 정도로 원고에 정성을 기울였다면 책을 내는 것이 맞다. 욕심이 확인됐다면 과감히 책을 내자. 그리고 남으로부터 비평이든 칭찬이든 들어보자. 문단에서 그리고 출판사에서 거절 당한 당신, 습작을 들고 겸손함을 핑계로 망설이는 당신에게 전자책은 망설여야 할 무엇인가가 아니다. 어쩌면 당신이 저자가 되기를 포기해야 한다고 생각하는 지점에서 만나는 유일한 돌파구일 수 있다. 그곳에는 독자가 있기 때문이다.

전자책은 언제든지 당신이 독자를 만날 수 있는 기회를 제공한다. 소설가가 되고 싶다면 망설이지 말고 그냥 쓴 글을 전자책으로 만들어 올려라. 당신에게 지금 중요한 것은 당장 감동을 줄 독자이기 때문이다.

신문사와 출판사에서 전화나 메일이 오기를 기다리는 동안 당신이 할 일은 생각보다 많다.

조선일보 신춘문예 결선에서 아깝게 떨어진 어느 웹디자이너는 자신의 소설을 앱북으로 제작해 스마트폰에서 다운로드할 수 있게 했다. 이 디자이너는 운 좋게도 배우자가 앱 개발자였다. 배우자는 기술, 저자는 글쓰기와 디자인 능력이 있었다. 첫 작품은 무료로 배포했다. 무료 다운로드 횟수는 10만 건이 넘었다. 앱이 무료라고 독자가 무조건 다운로드하지는 않는다. 쉬운 일이 아니다. 그 작품 이후의 책은 유료로 판매하고 있다.

이런 경우도 있다. 『권 군과 미스 리 이야기』는 인터넷에 연재되던 소설인데 2004년 종이책으로 출간됐다. 중간은 오디오북과 전자책이 다리를 놓았다. 권 군은 탤런트 권상우를 말한다. 권상우와 연애하고 싶은 저자의 마음이 고스란히 드러난다. 평범한 주인공 미스 리와 유명 영화배우 권 군의 러브스토리인 이 하이틴 로맨스는 꽤 많은 독자를 만들어냈다.

이런 인터넷 소설 저자들은 〈조아라닷컴〉〈문피아〉〈로망띠끄〉〈신영미디어〉〈피우리〉 등 인터넷 문단에서 활약한다. 장르도 무협, 판타지, 로맨스, 추리, 스릴러, 팬픽, 과학소설 등 대중소설의 전 장르를 포괄한다. 그리고 요즘은 경계가 허물어져 장르통합이 일어나기도 한다. 로맨스와 판타지가 합쳐지고 판타지와 무협은 항상 같이 다닌다. 게임소설 형태의 출간도 이루어진다.

인터넷 문단이 세력을 확장하는 증거는 연재물에서도 나타난다. 예전에는 심심찮게 신문 연재소설이 책으로 묶여 나오는 것을 볼 수 있었다. 하지만 요즘은 신문 연재소설 자체를 구경하기 힘들다. 연재소설이라는 형식은 포털사이트, 인터넷 서점, 인터넷 문단 등으로 넘어왔다. 조회 수로 인기를 직접 확인할 수 있는 상황에 놓인 것이다.

특히 인터넷 문단에서 조회 수는 절대적이다. 인기가 많은 콘텐츠는 책으로 묶일 가능성이 높기 때문이다. 꼭 책으로 묶이지 않더라도 팬덤이 형성된다. 저자가 인터넷 공간에서 독자를 몰고다니는 현상이 생긴 것이다. 이런 현상이 지속되면 언젠가 이 저자는 오프라인 출판계로 떠오르게 된다. 드라마 〈해를 품은 달〉의 원작자로 유명한 정은궐이 바로 인터넷 문단 〈로망띠끄〉 출신이다.

문단에서 인터넷 문단까지 살펴봤다. 그렇다면 트위터나 페이스북, 블로그 등 SNS는 어떨까? 새로운 형식의 문단으로 형성된 것은 없지만 지속적으로 저자를 생산하고 있는 공간이기도 하다.

타임라인과 뉴스피드(또는 담벼락)는 각각 트위터와 페이스북에서 메시지를 전달하는 공간이다. 명칭에서 느껴지는 것처럼 두 공간은 시간과 관련이 있다. 현재를 기록하고 과거는 기억 너머로 흘려보낸다. 네트워크 영역이 넓어 친구가 많은 사람일수록 타임라인과 뉴스피드는 순식간에 내용이 바뀌게 된다. 이 공간은 저장 기능이 없다. 휘발성이 강해 기록을 남기기에 적당한 공간이 아니다. 물론 트위터와 페이스북에 올린 글을 따로 저장해놓고 책으로 묶을 수는 있겠지만 독자라 할 수 있는 SNS 친구들은 당신의 글을 콘텐츠라 생각하지 않는다. 관계망 속에서 새로운 소식과 지금 현재의 느낌을 공유하는 역할을 할 뿐이다. 하지만 트위터 140자의 공간에서 글을 쓰는 사람도 있다. 가수 타블로의 트위터 글쓰기와 트위터 연재를 바탕으로 글을 써 베스트셀러가 된 혜민스님의 『멈추면, 비로소 보이는 것들』도 그런 예일 것이다. 이들은 10만 명이 넘는 팔로어를 독자로 가진 대형 저자라는 사실을 기억하자.

새로운 미디어를 활용해 저작 공간으로 삼는 시도는 바람직하다. 그 결과물이 종이책이 아니더라도 독자와 소통할 수 있다면 책으로 건너가는 다리를 만날 기회는 얻을 수 있기 때문이다.

| 조금은 고전적 SNS인 블로그를 활용해보는 것은 어떨까 |

맛있는 요리를 자랑하고 싶어서, 내가 다녀온 여행의 즐거움을 알려주고 싶어서, 기분이 안 좋아서, 헤어진 애인이 생각나서, 좋은 경구가 있어서, 이 말은 꼭 해야겠기에, 혹은 누군가의 요청으로 등등 이렇게 당신이 블로그에 글을 쓰는 이유는 다양하다. 블로그는 일기처럼 개인적인 글쓰기의 공간일 뿐만 아니라 클릭 한 번으로 여러 독자를 만나게 되는 공적인 미디어의 성격도 함께 지닌다.

작가가 되기 위해 블로그에 글을 쓰는 사람이라면 단순히 자신의 글을 저장하는 공간으로서의 블로그라기보다 독자와 소통하는 미디어로서의 블로그를 인식할 필요가 있다. 그래서 블로그에 글을 쓸 때 상기해야 할 것이 바로 '나는 작가'라는 자의식이다. 자의식이 있다면 어떻게 책을 만들 것이고 어떻게 쓸 것인지에 대해 고민하며 자료를 모으면서 블로그를 할 것이다. 그리고 누군가 당신의 글을 보거나 볼 가능성이 있다는 것을 항상 잊지 말아야 한다. 글을 쓰는 원인이야 무엇이든 결과적으로 독자와 함께한다. 블로그에 연재 메뉴를 만들어놓고 계속 써내려가는 것도 바람직하다. 이것은 분명한 목적을 가지고 책을 낼 것이라는 뚜렷함이 있다. 작가로서 자의식을 가지고 글을 만들고 베끼고 모으는 것이 블로그 활용의 시작이다.

현재 출판계를 한마디로 말한다면 베스트셀러 작가의 시대라고 할 수 있다.

다양한 작가가 등장하고 우수한 콘텐츠도 많아졌지만 이를 감당할 만한 독자 수요는 제자리걸음이다. 오히려 기존 수요는 계속 줄고 있다. 출판 시장 전반이 어려움을 겪고 있는 상황이다. 하지만 베스트셀러는 죽지 않는다. 많은 출판사와 저자가 베스트셀러에 대한 욕망의 끈을 놓을 수 없는 이유다.

그렇다면 작가를 지망하는 모든 저자는 베스트셀러 작가되기를 목표로 글을 써야 할까? 일단 베스트셀러가 어떤 책인지 살펴보자.

베스트셀러는 시대에 따라 변한다. 사회의 이슈와 시대를 살아가는 사람들의 정서와 가치관을 반영하기 때문이다. 어떤 것은 높은 판매량을 보이기도 하고 어떤 책은 시대의 흐름을 잘 반영했음에도 제 몫을 못하고 사라지는 경우도 있다.

2011년 11월 6일 예스24 종합 베스트셀러 순위 20위까지를 살펴보자.

1위는 스티브 잡스 공식 평전 『스티브 잡스』, 2위는 〈나는 꼼수다〉 김어준의 『닥치고 정치』, 3위는 시골의사 박경철의 『자기혁명』, 4위는 도올 선생의 『중용, 인간의 맛』, 5위는 이정명의 『뿌리 깊은 나무』다.

『스티브 잡스』는 맥에어, 아이팟, 아이폰, 아이패드로 이어지는 시대의 아이콘을 만들어냈던, 그리고 그 자신이 아이콘이 됐던 한 인물의 평전이다. 이 책은 그의 죽음 직후에 바로 나와 화제가 됐다. 『닥치고 정치』는 스티브 잡스가 열어준 아이튠즈라는 공간에서 '팟캐스트'라는 방식을 사용해 한국 정치상황을 풍자했던 〈나는 꼼수다〉가 그 성공 요인이었다. 〈나는 꼼수다〉는 회마다 1,000만 건이 넘는 다운로드 수를 기록할 정도로 엄청난 인기를 구가했다. 3위 『자기혁명』의 저자 박경철은 '청춘 콘서트'와 원칙 있는 경제 평론가로 젊은이들의 멘토가 된 인물이다. 박경철의 첫 책은 『시골의사의 아름다운 동행』으로, 책을 내기 전 투자 자문가로 이름을 날렸던 터라 증권이나 경제 평론에 관련한 책으로 시작할 줄 알았지만 첫 책은 에세이였다. 경제나 증권 관련 인지도를 포기하고 낸 책이다. 그가 다음에 낸 책인 『부자 경제학』도 경제 철학에 대한 문제제기가 많이 담겼다. 최고의 투자 자문가로서의 활동은 접었다. 하지만 안철수와 함께 새로운 시대 가치를 강연을 통해 알리며 사회적 활동을 하는 시대의 멘토가 됐다. 4위 도올의 『중용, 인간의 맛』의 베스트셀러 진입은 〈나는 꼼수다〉의 도움이 컸다. EBS강의에서 중도하차하게 된 도올이 〈나는 꼼수다〉에 출연해 독자들의 관심을 불러일으킨 결과다. 9위 『나는 꼼수다 뒷담화』는 김용민의 책이다. 〈나는 꼼수다〉 관련 도서가 베스트셀러 10위 중 2, 4, 9위를 기록했다. 5위는 출간된 지 5년이 지난 『뿌리 깊은 나무』다. 물론 이 책은 5년 전에도 많은 독자를 확보하고 있었지만, 당시 방영되고 있던 드라마 〈뿌리 깊은 나무〉의 영향이 컸다.

베스트셀러 20위를 구성하는 나머지 책들도 이미 인지도를 가진 작가가 낸 책이 대다수다. 『독서 천재가 된 홍대리』는 『리딩으로 리드하라』의 저자 이지성의 책이다. 공지영의 『도가니』는 작가의 인지도로 베스트셀러에 안착했고 영화로 만들어지면서 판매량이 크게 늘어났다. 『엄마 수업』은 이미 베스트셀러 저자인 법륜 스님의 책이다.

베스트셀러 순위에서 확인할 수 있는 것처럼, 저자가 여러 방법으로 사회적 인지도를 쌓으면 그의 책은 베스트셀러가 될 가능성이 높아진다.

드라마의 원작자, 사회적 멘토, 인기 있는 매체 진행자, 명강의를 진행하는 강사 등 이미 다른 경로를 통해 유명세를 얻고 있다면 그 작가의 책은 대량 판매로 이어진다. 책의 콘텐츠가 사회 담론을 주도하기보다는 사회 현상이 책을 이끌어가는 형국이다.

지금 막 첫 원고를 탈고한 사람에게 베스트셀러 작가는 쳐다볼 수 없는 스타다. 당신이 아무리 좋은 내용으로 좋은 책을 만들었더라도 베스트셀러 작가가 될 거라는 기대는 하지 마라. 종이책이든 전자책이든 이제 막 세상에 나올 당신의 첫 원고는 당신의 이야기를 기다리는 독자에게 전달되면 되는 것이다. 목표로 삼을 수는 있지만 부러워하지는 마라. 다른 저자에게 신경 쓸 시간에 당신의 원고와 독자를 떠올려라. 그리고 당신이 베스트셀러 작가가 된다면 첫 원고를 함께 읽었던 몇 안 되는 독자에게 감사하라.

베스트셀러 작가는 말하자면 '친구 엄마'다. '엄친아'를 둔 그 엄마. 아무리 부러워도 당신의 엄마는 아니다.

도대체 당신을 작가로 낳아줄 엄마는 어디에 있는 것일까? 당신은 저자가 될 수 있을까?

｜ 전자책, 나를 낳은 것은 나다 ｜

이 책의 제목은 『전자책 시대, 저자는 어떻게 탄생하는가?』다. 왜 '작가의 탄생'이라 하지 않았을까? 전자책을 낸 사람은 작가가 아닌가?

이에 대한 답을 찾기 위해 조금은 시시콜콜하고 지루한 과정을 거쳐야 한다. 어쩌면 우리는 우리의 자리를 찾기 위해 국어사전을 고칠지도 모르겠다. 그렇게 해서라도 전자책을 쓰는 우리를 규정할 말을 찾을 것이다. 우리 스스로 우리를 잉태하고 낳아야 하는 순간이다.

질문 하나를 던진다. 전자책을 쓴 사람을 무엇이라고 부르는 게 정확할까? 저자, 작가, 필자, 예술가?

당신은 이제부터 작가가 왜 속이 좁아지는지 알 수 있다. 무엇이든 정확하고 싶은 것은 당연한 일이다. 글을 만지는 작가에게 이것은 아주 중요한 일이다. 시시콜콜한 것까지 신경 써야 하는 작가의 심정을 이해해주길 바라면서 지금부터 질문에 대한 답을 찾아보도록 하겠다.

네이버에서 제공하는 국어사전에서 낱말 뜻을 찾아보았다.

• 저자: 글로 써서 책을 낸 사람. • 필자: 글을 쓴 사람. 또는 쓰고 있거나 쓸 사람. • 작가: 문학, 그림, 조각 따위의 예술품을 창작하는 사람. • 책: 일정한 목적, 내용, 체재에 맞추어 사상, 감정, 지식 따위를 글이나 그림으로 표현해 적거나 인쇄해 묶어놓은

것. • 종이책: (국어사전에 없는 단어) • 전자책: 컴퓨터 화면에 떠 올려 읽을 수 있게 만든 전자 매체형 책.

크게 잘못된 정의는 없는 것처럼 보이지만, 자세히 보면 사전이 세상을 따라가지 못하고 있다는 것을 알 수 있다. 책과 전자책은 개념이 충돌한다. 사전적 정의에 따라 전자책의 뜻을 다시 정리해보자.

• 전자책: 컴퓨터 화면에 떠올려 읽을 수 있게 만든 전자 매체형 책으로 적거나 인쇄해 묶어놓은 것.

컴퓨터 화면을 묶어야 하나? 휴대폰이나 스마트폰으로 보는 것은 전자책이 아닌가? 동영상으로 만든 전자책은 아예 책의 범주에서 빠져버린다. 제일 서운한 것은 오디오북이다. 이 녀석은 도통 책도 아닌 것이 되어버렸다. 전자책은 글, 그림, 사진, 동영상, 음성 등을 사용해 만든다.

전자책을 만드는 사람들은 필자가 되기도 하고 혹은 작가가 되기도 하고 예술가가 되기도 한다. 하지만 저자는 될 수 없다. 사전적 정의에 따르면 저자는 종이책을 내는 사람만을 말한다. 그리고 그가 만든 것은 글로 이루어진 작품이어야만 한다. 종이책은 아예 사전에 나와 있지 않은 시중의 단어다. 즉 전자책은 책의 일부분이지 종이책의 상대적인 개념이 아니다. 종이를 묶고 엮는다는 개념의 책이 이제는 다르게 정의되어야 한다. 그렇지 않으면 우리는 저자가 될 수 없다.

- 책: 일정한 목적, 내용, 체재에 맞추어 사상, 감정, 지식 따위를 글이나 그림, 사진, 영상, 음성으로 표현해 적거나 인쇄해 묶어놓은 것이거나, 파일 형태로 만들어 전자 매체에서 보거나 듣도록 만든 것.

이렇게 정의하고 나면 저자의 개념도 바뀌어야 한다.

- 저자: 글이나 그림, 사진, 영상, 음성으로 책을 낸 사람.

이제 전자책 저자라는 말이 맞아떨어진다. 전자책 저자의 자리가 생겼고 전자책이 어떤 모습인지 명확해진다. 이렇게 정의하게 되면 전자책도 그냥 책이다. 종이책이라는 단어도 새롭게 국어사전에 기재되어야 한다. '전자기기에서 보는 것은 전자책이고 종이에서 보는 것은 종이책이다'라는 정의가 성립한다.

당연한 이야기를 다시 푸는 이유는 나는 전자책 저자로서 내 자리를 찾고 싶은 것이다. 일개 저자의 주장으로 국어사전이 바뀌지는 않겠지만 적어도 이 자리를 통해 전자책의 의미에 대해 고민해보고 넘어가야 한다는 생각이다.

전자책은 지금까지 책과는 다른 새로운 개념이다. 음성, 음악, 영상, 양방향 소통이 가능한 책이다. 기존의 플래시 애니메이션, UCC 영상, 뮤직비디오, 영상으로 제작된 미술 작품, 영화 등 디지털 매체와 구분할 필요성이 생긴다. '뭐 서로 비슷하다면 다 뭉뚱그려 디지털 매체라고 부르면 되지'라고 쉽게 생각할 수도 있겠다. 하지만 이 구분은 인식의 문제가 아니라 산업의 문제다. 지금까지 개별적인 산업구조로 존재했던 매체가 서로 간섭하고 침식하는 상황이 된 것이다. 쉽게 판단할 수 있는 문제는 아니지만, 출판계에서 전자책에 대한 정의조차 제대로 내리지 않는다면 전자책은 다른 디지털 매체의 산업에 종속될지도 모른다. 그래서 내가 내린 정의와 다르더라도 이런 작업은 반드시 필요하다는 생각이다.

그러면 처음 질문으로 돌아가자. 전자책 작가와 전자책 저자는 무슨 차이가 있는 것일까?

저자著者의 한자말 풀이에서 시작하자. 저자라는 말은 무엇인가를 드러내고 분명하게 하는 사람이라는 뜻이다. '생각을 쌓고 비축해두었다가 분명한 무엇인가를 정해 드러낸다'라는 뜻의 한자 '저著'는 의미 그대로 책을 쓰는 전체 과정을 설명하고 있다.

예전에는 자신의 생각을 드러내는 방식이 종이에 글을 쓰거나 그림을 그리는 것이었다. 지금은 지면의 시대가 아니라 화면의 시대다. 현대의 디스플레이 환경에서 저자는 다르게 정의되어야 한다. 저자가 무엇인가를 나타내고 분명히 하는 곳은 화면이기 때문이다. 인터넷 강의, 인터넷 신문 기자, 방송국 PD, 인터넷 라디오 DJ, 스마트폰의 앱 개발자, 블로거 등 이 모든 사람이 이 시대의 저자다. 이들은 책 목차를 잡듯 콘텐츠를 분류하고 데이터베이스를 구축한다. 그리고 이를 토대로 결과물을 만든다. 여기서 생성된 메뉴를 눌러보며 콘텐츠를 즐기는 사람이 독자가 된다. 전자책 저자도 화면의 시대 저자 중 한 사람으로 존재한다.

그렇다면 작가는 무엇인가? 예술품을 창작하는 사람이다. 전자책 작가는 전자책을 예술품으로 만드는 사람이다.

일반적으로 출판에서는 문학 분야를 예술품으로 말하곤 한다. 문학 분야의 저자를 작가라 칭하는 이유다. 그래서 작가와 저자 사이의 구분이 생긴다. 문학작품을 쓰는 사람은 작가, 다른 분야의 책을 쓰는 사람은 저자라고 말이다. 하지만 전자책 시대를 맞이한 현대에서 무엇이 문학작품이고 예술품인지 구분하는 것은 어려운 일이다. 작가라는 칭호에 부여됐던 권위도 사라져가고 있다. 그냥 글쓰는 사람들이 저자라는 말보다 작가라는 말을 더 듣고 싶어 하는, 그 이상도 이하도 아닐 것이다.

전자책 작가 대신 전자책 저자라고 칭한 이유는 당신이 글을 쓸 때 '기어이 작가가 될 것이다'라고 결심하는 것을 말리려는 뜻에서다. 다시 말해 작가라는 타이틀에 목매지 말라는 뜻에서다. 지금 이 시간에도 많은 사람들이 글을 쓰는 이유는 자신이 하고 싶은 말을 거리낌 없이 책으로 만들기 바라는 마음에서다. 전자책이기에, 전자책 시대이기에 이렇게 말할 수 있다. 누구나 저자가 될 수 있다.

이 책에서 지금까지는 앞의 기준에 따라 작가와 저자를 구분해서 사용했다. 하지만 지금부터는 특별한 경우가 아니고는 모두 저자라는 단어를 사용해 글을 쓰고자 한다.

네트워크와 기술이 발달한 화면의 시대에서 저자는 누구나 될 수 있다. 당신이 스스로 저자의 정체성을 갖는다면 나무에서 가지가 뻗어나가듯 모든 매체를 통해 당신의 콘텐츠는 뻗어나갈 것이다.

이제는 본격적으로 전자책 이야기를 시작해보자.

전자책 출판을 꿰뚫는
여섯 개의 질문

전자책 안에는 게임도 담을 수 있고 동영상과 음악도 담을 수 있다. 채팅이나 이메일 작성도 가능하다. 뭐든 할 수 있지만 하려고 하는 것을 다 구현하려면 많은 돈이 필요하다. 현실에서 구현되는 전자책에서 일반적인 전자책의 개념까지, 종이책을 낼 때 종이를 공부할 필요는 없지만 전자책을 내려면 이북eBook을 공부해야 한다. 전자책을 제대로 알게 되면 당신은 이전까지와 다른 저자가 될 것이다.

1

전자책은
책인가
미디어인가

종이와 활자가 발명된 때부터 오늘날까지 책은 지식 사회의 맹주임을 자임해왔다. 1609년 독일에서 세계 최초의 신문인 렐라치온Relation이 태어났을 때 비로소 책은 다른 매체와의 관계 설정을 고민했을 것이다.

신문은 서신이나 일기, 공공기관의 문서와 달리 대중에게 배포하는 것을 목적으로 한다는 점에서 책과 성격을 같이한다. 반면에 '뉴스로서의 가치News Value'와 '사실Fact'이라는 측면에서 책과 성격을 달리한다. 신문은 소식이나 정보 전달 기능이라는 목적으로 탄생했다. 시의적 측면이 강했지만, 책만큼 자세하고 많은 분량을 전달하지는 못했다. 그래서 새로운 매체인 신문이 책을 대체할 수는 없었다. 책은 책대로 신문은 신문대로 자기 영역 속에서 발전을 거듭해왔다.

근대 교육이 보편화된 20세기 전까지 '글을 읽을 수 있는' 지식인의 전유물은 책과 논문과 신문이었다. 이 세 가지 매체는 서로 교류하며 소통하고 지배적인 지위를 이어왔다.

근대 교육 기관은 자본주의 발달과 정치 민주화와 함께 보편적인 공적 기관으로 자리 잡게 된다. 특권층이 아닌 다수를 대상으로 한 교육은 자본주의 발달에 따라 지적인 노동력을 제공하는 역할을 했다. 대중 정치와 대의 민주주의의 발전은 교육을 통한 기회의 평등을 제공했다. 20세기에 들어서면서 누구든지 글을 쓰고 숫자를 계산할 수 있는 상황으로 발전하게 됐다. 이때 가장 큰 혜택을 받은 매체가 바로 책이다. 책 없는 교육은 상상할 수 없다. 20세기 대중 교육과 공교육의 시대는 다시 말해 책의 시대다.

일부 특권층만이 학교에 다닐 수 있었던 시기에 책은 특권층의 전유물이었다. 글을 읽는다는 행위가 정치적으로나 신분적으로 일부에게만 허용되던 시기도 있었다. 하지만 지금은 누구나 책을 읽을 수 있다. 20세기의 책은 형식적인 평등사상과 그것을 구체화하는 공교육이라는 환경이 결합하면서 이전 세기와 전혀 다른 콘텐츠로 태어났다. 책의 대중화, 지식의 대중화 시대가 열린 것이다.

20세기 말 온라인이라는 새로운 출판 환경이 탄생했다. 온라인 환경은 직접적이며 1차적인 조건이다. 신문, 잡지, 음반, 영화, TV, 라디오 등 모든 매체는 온라인이라는 환경에서 새로운 역할을 부여받고 있다. 여기에서 책만 예외일 수는 없다. 책, 라디오, 영화, TV 등은 인터넷과 동등한 지위에서 평가되는 매체가 아니다.

과거의 관습과 노하우가 우리의 관점을 잡아둘 수는 있으나 현실을 외면하게 할 수는 없다. 책과 온라인이 경쟁 매체라고 한다면 인터넷에 빠져 책을 보지 않는다는 결론에 이른다. 하지만 책은 온라인 환경에서 '인덱싱Indexing'되어 '데이터베이스Data Base'로 다시 태어나고 인터넷 사용자는 그 데이터베이스를 검색해 책에 접근하게 된다.

예전엔 전문가만이 찾을 수 있던 책도 이제는 누구나 인터넷을 검색해 찾을 수 있고 그 규모 또한 도서관 장서를 포함해 300만 권이 넘는다. 예전에 자료를 찾기 위해 국립중앙도서관을 방문하던 사람들이 이젠 포털사이트 검색을 통해 책의 정보를 확인한다. 시간과 공간에 구애받지 않는다. 이미 책으로 접근하는 경로가 바뀐 것이다. 이런 환경을 두고 인터넷 때문에 책을 읽지 않는다는 성급한 판단은 문제가 크다. 인터넷은 인류 역사를 통틀어 그 어느 때보다 책에 대한 접근성을 높여 놓았다.

│ 매체의 꼬리를 잡고 뛰는 책 │

책은 타 매체에 대해 종속적인 측면이 있다. TV광고에서 보장자산이라는 광고가 유행하면 '노후 재테크 30년'이라는 책이 나온다. 책이 문제를 던지고 매체가 따라오는 예도 있지만 일반적으로 책은 사회적 이슈를 쫓아가는 양상을 띤다.

『아침형 인간』도 당시에 유행하던 침대 광고를 통해 이득을 봤다. 이른 아침, 아무도 없는 빌딩 주차장에 혼자 차를 대고 피트니스 센터에서 운동하는 직장인의 활기찬 모습을 그린 광고였다. 편안한 잠과 아침 시간을 활용하자는 내용의 광고를 통해 형성된 독자의 의식이 책의 구매로 이어졌을 수 있었다. 사회적으로 보면 IMF 사태 이후 자기계발로 이어지는 시간 관리 시장이 커지면서 베스트셀러가 됐을 것이다.

　다양한 매체의 등장으로 지식 사회의 맹주 자리를 내주게 된 현대 사회에서, 책은 사회적 이슈와 트렌드를 선도한다기보다 반영하는 측면이 강하다. 좀더 엄밀하게 이야기하면 사회적 이슈와 트렌드라기보다는 매스미디어와 온라인 환경이 이끄는 방향이다. 여전히 일방적인 매체인 신문과 방송은 커다란 위력을 자랑한다. 여기에 온라인 환경의 맹아 포털사이트가 힘을 보탠다. 게다가 새로운 세력으로 등장한 SNS는 미디어가 생산한 콘텐츠를 무한대로 확산시킨다. 매체력이라는 관점에서 책은 미디어와 온라인 환경의 힘에 기댈 수밖에 없는 상황이다.

　한국 사람의 하루 평균 인터넷 이용시간은 6시간 44분(2011년 기준)에 독서 시간은 하루 평균 12분이다. 이런 현실에서 책은 점점 더 매스미디어가 제공하는 콘텐츠를 재사용하는 것에 집중할 수밖에 없다.

│ 전자책을 바라보는 시선 │

　책을 컴퓨터나 전자기기로 볼 수 있게 만든 것이 전자책이다. 그렇다면 책 한 권을 블로그에 통째로 옮겨놓는다면 그것도 전자책이라 할 수 있을까? 인터넷 공간에서 유료로 판매되는 논문이나 리포트도 전자책일까? 이런 의문이 드는 것은 책이 갖는 특성인 물성 때문이다. 또 책은 정치, 경제, 사회, 문화, 문학 등 우리가 살고 있는 세상의 모든 것을 담고 있다. 멀티미디어 콘텐츠 역시 책과 마찬가지로 우리의 지식과 정보, 생활을 담아낸다.

전자책에 대한 정의는 인식의 전환에서 시작한다. 지금까지 책은 원형 콘텐츠의 보물창고 역할을 해왔다. 책이 원형 콘텐츠를 담아내는 유일한 매체였기 때문이다. 아직도 그 역할은 계속되고 있다. 드라마나 영화의 원작도 책에서 출발한 경우가 많고, 그렇지 않다고 하더라도 드라마나 영화의 스토리도 책이 담고 있는 원형 콘텐츠를 기반으로 하고 있기 때문이다. 책이 가진 편집 구성과 분류 구조는 인터넷 데이터베이스 설계의 원형으로 작용했다. 하지만 이제는 누구도 책이 원형 콘텐츠를 담아내는 유일한 매체라고 생각하지 않는다.

전자책도 원형 콘텐츠를 담는 그릇이다. 종이책과 마찬가지로 2차적인 의미에서는 원형 콘텐츠 그 자체라고 말할 수도 있다.

종이책을 전자기기에서 볼 수 있도록 만든 게 전자책일까? 그렇지 않다. 오히려 전자책은 종이책을 포괄하는 큰 개념일 수 있다. 다르게 말하면 전자책을 원형 콘텐츠로 삼아 종이책이 만들어질 수 있다는 이야기다. 대학생이 작성한 리포트나 교수의 논문과 학술지는 인터넷 상에서 파일로 거래된다. 이런 원형 콘텐츠는 이미 전자책처럼 활용되고 유통되고 있다. 이 콘텐츠 생산자를 다른 말로 하면 전자책 저자다.

예전에는 종이만이 문자와 그림으로 세상을 담아냈고, 20세기에 들어서는 TV나 영화, 라디오 등 매스미디어가 세상을 담아냈다. 지금은 온라인과 모바일 네트워크가 세상을 담고 있다. 한국의 1인당 하루 평균 TV, 영화, 라디오, 신문, 인터넷 사용 시간은 6시간 44분이다.

1일 평균 독서량은 12분이다. 1인당 하루 평균 책의 매체 점유율은 약 2.8퍼센트다. 바꿔 말하면 책을 제외한 매체의 점유율이 97퍼센트라는 것이다.

이제 책의 역할을 나누어 가진 매체들이 각종 콘텐츠를 독자와 사용자, 수용자에게 전달하고 있다. 이런 현실에서 종이책은 여러 매체 중 하나, 게다가 매체력이 2.8퍼센트밖에 안 되는 매체가 돼버렸다. 현재 전자책 서점에서 팔리고 있는 전자책은 아직 종이책에 비해 매체력이 떨어진다. 물론 향후 몇 년 안에 전자책의 시대가 올 것이라고 여기저기서 예견하고 있다. 매체력이 종이책의 그것을 능가하게 될 것이라는 이야기에는 동의한다. 그렇다 하더라도 종이책과 전자책을 모두 합친 책의 점유율이 획기적으로 상승할 것이라고 보지 않는다. 문자에 의존하는 책의 성격이 만드는 한계일 것이다. 앞에서 '전자책의 정의는 인식의 전환에서 시작한다'라는 말을 했다. 그 이유는 이런 한계를 깨고 싶어서였다.

앞으로는 적자생존의 원칙에 따라 시장에서 살아남는 순서대로 매체의 순위가 정해질 것이다. 매체 간의 경계는 허물어지면서 특정 콘텐츠를 담기에 가장 적합한 그리고 시장이 선택한 형태로 진화할 것이다. 애니메이션과 영화의 경계는 물론 UCC와 단편영화, 북 트레일러 등 홍보 영상, 미술의 영상 작업 등의 경계도 모호해졌다. 라디오와 팟캐스트, 스마트폰 방송과 인터넷 방송, 그리고 TV의 경계도 허물어졌다. 〈MBC 뉴스데스크〉 등 TV 뉴스와 〈제대로 뉴스데스크〉와 〈뉴스타파〉 등의 인터넷 뉴스의 경계도 물론이다. 방송 영역은 채널의 다변화와 스마트 TV, IPTV의 등장으로 매체력이 재편되고 있다.

인터넷 신문은 뉴스 콘텐츠를 활자로만 전달하던 기존 방식에서 벗어나 음성, 동영상, 만화, 애니메이션 등 다양한 매체를 가져다 쓰고 있다. 인터넷 신문은 종이 신문과는 성격이 다르다. 활자의 무게감에 의존하지 않는다. 앞에서 언급한 것 같이 다양한 매체의 툴을 활용하고 있다. 하지만 우리는 인터넷 신문을 음성 신문, 동영상 신문, 만화 신문 등으로 부르지 않는다. 인터넷 신문은 활자의 무게감을 버리고 신문이 지닌 사회 의제 설정 기능, 사건 전달의 정확성과 신속성을 잡아내 뉴스를 생산하고 있다. 언론으로서의 기능만을 살린 것이다. 오마이뉴스는 지난 2012년 4월 11일 제19대 국회의원 선거를 준비하면서 선거 방송을 실시했다. 또 〈김종배의 이슈 털어주는 남자〉라는 팟캐스트를 진행하고 있다. 언론의 기능에 충실하면서 다양한 매체의 툴을 활용하고 있다. 인터넷 신문은 계속 변화하고 있으며, 어떤 방향이든 계속 진화할 것이다.

전자책도 '문자'라는 굴레에서 벗어나지 못한다면 이 환경에서 도태될 가능성이 있다. '전자책 서점'이라는 시장만 남고 이곳에서 판매되는 '전자책'은 전자책이 아닌 전혀 다른 형식의 매체가 될지도 모른다.

다채로운 레이아웃과 다양한 서체가 지원되지 않는 전자책 단말기의 한계를 탓하면서 '아직 멀었다'라고 말하는 편집자를 본 적이 있다. 여전히 문자와 지면 구성에 붙잡혀 있다는 이야기다. 전자책과 전자책 단말기가 지향해야 할 지점은 디자인과 편집의 아름다움을 구현하는 것에서 멈추지 않는다. 더 멀고 거대하다.

전자책도 인터넷 신문처럼 활자의 무게감을 덜어내야 한다. 그리고 책이 지닌 가장 강력한 힘이 무엇인지 파악하고 거기에 집중해야 한다.

책은 인간 정신 활동의 결과인 문명사의 총합의 기록이다. 이 힘은 어떤 매체도 접근할 수 없는 오로지 책에만 있는 도도한 역사성이다. 그리고 책은 주제를 깊이 있게 다루는 힘이 있다. 책을 쓰는 사람인 저자는 그 분야의 전문가다. 매체의 전문가가 아니라 분야의 전문가다. 그래서 그가 다루는 콘텐츠는 깊이가 있다. 취재가 아니라 연구를 통해 얻은 콘텐츠다. 단기간에 만든 상품이 아니라, 수년, 아니 십 수 년 노력의 결과물이다. 책은 이런 콘텐츠를 담고 있는 매체다.

또한 책은 콘텐츠에 생각을 얹을 수 있는 매체다. 시청각 정보가 바로 머리에 입력되는 다른 매체에 비해 시청각 정보가 사고 체계를 한 번 거쳐 해석되는 매체다.

간략하게나마 다른 매체와 차별되는 책이 가진 특징을 살펴보았다. 여느 매체도 흉내낼 수 없는 강력한 힘을 확인할 수 있었을 것이다. 여기서 활자의 무게감만 덜어내자. 다른 매체가 지닌 시장 친화적인 기능을 도입해서 이 특징을 담아내자.

우리는 콘텐츠 기획자며 그 콘텐츠가 종이책, 전자책, 영화, 드라마, 이러닝e-Learning, 블로그 포스트, 플래시 애니메이션 등 다양한 매체의 툴을 활용할 수 있다는 것을 인정한다면, 책은 2.8퍼센트의 매체 점유율을 자연스럽게 뛰어넘을 수 있다. 그리고 출판 시장은 수십조 원이 넘는 콘텐츠 시장으로 확장될 수 있다. '원 소스 멀티 유스One Source Multi Use'가 아니라 '원 콘텐츠 멀티미디어One Contents Multi Media'다. 즉 멀티미디어의 여러 매체 중 '종이책'이 있을 뿐이다.

전자책의 자유는 모든 멀티미디어 양식을 적용해볼 수 있다는 것이다. 하지만 현재 한국의 전자책 현실로 보면 불가능하다. 동영상이나 슬라이드 효과, 플래시 효과를 구현하는 전자책 뷰어는 애플에서 제공하는 아이북스iBooks밖에 없다. 아마존 뷰어인 킨들Kindle도 지원하지 않는다. 몇 년 내로 모든 전자책 뷰어가 다양한 멀티미디어 형식을 지원할 것으로 예견되지만 지금 당장은 아니다.

그렇다면 현재 멀티미디어 형식을 지원하는 전자책 형식은 무엇일까? 바로 앱이다. 앱은 스마트폰용 프로그램이나 웹에서의 홈페이지 정도로 이해하면 편하다.

이런 앱에 책의 형식을 넣어 만드는 것이 앱북이다. 이것은 공통적인 용어는 아니다. 출판계에서 편의상 만들어낸 말이다. 〈서양미술관〉이라는 앱은 서양미술사 책에서 그림과 글을 떼어내서 재배치해 보여준다. 이것은 그냥 앱일 수도 있고 앱북일 수도 있다. 이렇게 생각해보면 정보를 제공하는 모든 앱은 책일 수 있다.

그렇다면 웹도 마찬가지다. 일부 웹사이트는 책을 해체해서 올려놓았다. 네이버의 백과사전은 『두산동아대백과사전』을 데이터베이스로 만들어 검색해볼 수 있게 만들었다.

우리가 다루는 콘텐츠의 내용과 형식에 따라 다양한 앱 또는 앱북을 만들 수 있다.

토익 리스닝 책을 앱으로 만들 수도 있고, 전자 교과서에 동영상 강의와 테스트 기능을 추가해 이러닝 앱을 만들 수도 있다. 무라카미

류[村上龍]의 앱처럼 음악가에게 받은 음악을 배경음악으로 넣고 유명 사진가로부터 받은 사진을 넣어서 앱북을 만들 수도 있다. 전시회와 음악을 보고 들으며 소설을 읽을 수 있는 새로운 개념의 책이다. 물론 제작 과정에서 비용 문제가 발생하기 때문에 원하는 모든 표현 방식으로 구현할 수는 없다. 디즈니에서 제작한 〈토이스토리〉 앱북은 플래시 기능에 동영상 애니메이션도 있고 게임 기능에 오디오북까지 포함돼 있다. 엄청난 제작비가 투입된 책이다. 패션잡지 『보그』의 앱북은 마치 패션 채널을 보는 것 같다.

전자책은 크게 이북e-Book과 앱북으로 나누어야 한다. 콘텐츠 구현 방식과 제작, 유통에서 차이가 있기 때문이다.

제작 측면으로 보면 이북은 전 세계 문서 표준인 XMLeXtensible Markup Language을 사용한다. XML은 IT 개발자들의 표준 규약이다. 컴퓨터 표준 언어로 주로 문서 편집기를 개발할 때 사용된다. 우리가 알고 있는 한글이나 워드도 이 기반에서 개발된다. 이렇게 개발된 XML 형식의 전자책 파일은 각 서점에서 개발된 뷰어로 볼 수 있다. 이렇게 발전한 문서 표준은 본격적으로 전자책 문서 표준으로 발전했다. 이퍼브e-Pub라는 전자책 표준 규약이 생긴 것이다. 전 세계 국가 간 또는 기업 간 협약이라기보다는 대부분의 표준 규약이 그렇듯이 일부 업체가 개발하고 여러 곳에서 채택하는 방식이었다.

이퍼브 방식도 처음에는 고전했다. 미국 전자책 시장의 60퍼센트를 차지하는 아마존닷컴www.amazon.com에서 이퍼브 방식을 채택하지 않았기 때문이다. 그러나 화면의 구성이 디스플레이의 사이즈에 맞게 자동으로 조정되는 이퍼브 방식을 채택하는 출판사와 유통업체가 늘어나면서 아마존도 이 방식을 채택하지 않을 수 없게 됐다. 출판사에서 아마존에 보내온 전자책 파일 형식이 이퍼브였기 때문에 결국엔 아마존 전용 단말기인 킨들이 이퍼브 형식을 지원하게 됐다.

전자책을 구현하는 형식 중 PDFPortable Document Format라는 것이 있다. 미국의 어도비Adobe 사에서 개발한 전자 문서 전용 프로그램이다. PDF도 처음 개발됐을 때 이퍼브처럼 고전했지만, 어도비 사에서 전용 뷰어인 아크로뱃 리더Acrobat Reader를 무료로 공개하면서 지금처럼 표준 양식으로 자리 잡았다.

PDF는 종이책이나 인쇄용 문서의 레이아웃과 디자인, 서체를 그대로 유지하고 있었다. 그 때문에 모니터가 큰 컴퓨터에서는 유용하게 사용됐다. 하지만 PDF로 제작한 A4 사이즈의 잡지를 작은 스마트폰 화면에서 보기는 쉽지 않았다. 그나마 태블릿 PC의 보급으로 가독성이 좋아졌지만 손으로 밀면서 확대하고 구석구석 찾아봐야 하는 불편함은 그대로다. 그렇다 하더라도 종이책의 레이아웃 그대로 전자 문서 형식으로 볼 수 있다는 장점 때문에 여전히 중요하게 활용되고 있다.

이렇게 파일 표준 전쟁이 벌어지는 동안 뷰어 전쟁도 시작됐다. 이퍼브 파일을 보여주는 뷰어를 서점별로 다르게 개발했다. 심지어 그 구현 방식이 제각각이어서 서점별로 호환이 안 되었다. 서점에서 정한 개발 원칙을 지키지 않은 이퍼브 파일은 열리지 않는 경우도 있었다. 이는 서점 자신의 콘텐츠로 전자책을 독점화하려는 경향 때문이었다.

이퍼브는 탄생한 이후 두 번의 업그레이드를 했다. 지금은 이퍼브3가 출시됐다. 이퍼브3는 디자인과 레이아웃 설정이 가능하고 멀티미디어 기능이 지원된다. 하지만 이퍼브3가 제대로 구동되는 뷰어는 적다. 동영상이 삽입되거나 디자인이 적용된 이퍼브3를 볼 수 있는 뷰어는 애플에서 개발한 아이북스가 유일하다. 이론상으로는 디자인과 레이아웃을 적용하고 멀티미디어 기능을 삽입해서 전자책을 만들 수 있지만, 뷰어의 한계로 제대로 볼 수 없다는 말이다. 좀더 유연하고 우수한 뷰어가 개발되기까지 이런 방식의 전자책 제작은 피하자.

이런 문제를 해결하는 좋은 방법이 앱북 개발이지만 비용이 많이 든다는 단점이 있다. 앱북 한 권 제작에 보통 300~3,000만 원가량 든다. 패턴과 템플릿을 적용한 솔루션으로 작업할 경우는 1,000만 원 안팎에서 가격이 결정된다. 앱북은 그야말로 프로그램 개발자가 직접 손으로 코드를 작성해 진행하는 '날코딩' 작업으로 이뤄진다.

개발 기간과 비용을 생각하더라도 마케팅 측면에서 유리한 면이 있기 때문에 종이책인 경우 간혹 홍보용 앱북이 제작되기도 한다. 개발 비용이 다소 들더라도 마케팅만 뒷받침된다면 어느 정도 매출을 올릴 수 있는 유아용 놀이책과 어학용 교재 분야에서는 앱북 개발이 활발히 이루어지고 있다.

일반 전자책인 경우는 앱북보다는 이퍼브가 유리하다. 이는 단지 비용 때문만은 아니다. 유통에서도 유리하다.

현재 활발하게 움직이는 인터넷 서점과 전자책 전문 서점은 합쳐서 20개 내외다. 전자책은 이 서점들을 통해 유통된다. 하루 최소 150만 명이 방문하는 서점을 무시하고 50만 개의 앱들이 경쟁하는 앱스토어App Store에서 판매할 이유는 없다. 물론 서점도 수십만 종의 책이 있지만, 아직 전자책 종수는 그에 못 미친다. 그리고 다양한 목적으로 들어오게 되는 앱스토어보다 책 구매라는 뚜렷한 목적을 가지고 고객이 접속하는 인터넷 서점이 유리하다.

전자책은 저자 스스로 글과 그림, 음성, 동영상 등을 자유롭게 편집해 출판할 수 있는 셀프 퍼블리싱으로 가는 과정에 있다. 아직까지는 이퍼브, 앱북, PDF 수준이지만 다양한 기능을 포함한 프로그램이 곧 개발될 것이다. 그래서 전자책 저자는 콘텐츠 기획자로서의 지향성을 유지해야 한다. 언제 그런 환경이 조성될지 모른다. 오늘날의 기술 개발 속도는 상상을 초월하기 때문이다.

｜ 전자책 시대, 저자의 위치 ｜

인터넷 신문 초기에 기자의 자질 문제가 거론된 적이 있다. '언론고시'를 거쳐 신문사에 입사해 혹독한 수습기자 시절을 거친 종이 신문의 기자에 비해 자질이 떨어진다는 이야기였다. 물론 초기에 그런 현상이 있었던 건 사실이다. 그러나 어쩌면 그 이야기는 종이 신문의 '권위 의식'에서 비롯된 것이 아닐까 하는 생각이 든다. 지금은 아무도 인터넷 신문 기자의 자질을 언급하는 사람은 없다.

전자책도 마찬가지다. 지금은 종이책 '작가'라는 권위 의식이 전자책 '저자'의 자질을 논하곤 한다. 뚜렷하게 드러나는 현상은 아니다. 저자와 독자의 머릿속에 '전자책은 종이책에 비해 수준이 떨어진다'라는 인식이 숨어 있다. 실제로 지금의 전자책 수준은 종이책에 비해 떨어지는 것은 사실이다. 이것은 시장 환경과 관련이 있다.

앞서 이야기했듯이 종이책 한 권을 제작하려면 책마다 상황이 다르겠지만, 보통 1,500~2,000만 원가량의 비용이 든다. 책 가격도 천차만별이지만, 평균 1만~1만 5,000원 선이다. 저자의 인세도 선인세 기준 100만 원 정도 된다. 초판을 소화했을 경우 1,500~2,000만 원을 넘는 수준의 매출이 발생한다. 이에 비해 전자책은 100만 원가량의 제작비에 2,000~~3,000원 정도의 책 가격, 선인세도 수십만 원 수준이다. 초판이라는 개념은 없지만 매출 역시 제작비 수준을 넘지 못하는 경우가 허다하다. 이런 시장 환경에서 참여하는 저자의 수준이 차이가 나는 것은 당연하다.

시장의 확장과 뛰어난 전자책 저자의 참여는 상호적인 측면이 있다. 어느 것이 먼저라고 말하기 어렵다. 분명한 것은 전자책 시장이 커지려면 전자책의 수준이 종이책에 비해 떨어진다는 인식을 불식시킬 좋은 저자가 많아져야 한다는 점이다.

이 책을 쓴 이유는 단지 모든 사람이 전자책으로 저자가 될 수 있다는 사실을 선언하기 위함은 아니었다. 오히려 전자책으로 저자가 되려는 사람은 저자의 자격을 스스로 만들어야 한다는 점을 알리고자 했다. 누구나 전자책 저자가 될 수 있지만, 아무렇게나 되는 건 아니라는 말이다. 이 책을 읽는 저자 지망생들이 저자로서 기본에 충실한 태도를 갖추게 하고 싶었다. 좋은 원고, 가치 있는 책을 만드는 저자가 많아질수록 전자책 시장은 커질 것이다.

전자책은 책이자 미디어다. 전자책 저자는 작가이자 미디어 생산자다. 종이책 저자와는 다른 개념이다. 전자책 시대, 시장은 새로운 저자의 탄생을 기다리고 있다.

전자책이란
무엇인가

전자책이란 전자기기에서 볼 수 있게 제작한 책이다. 전자책 출판을 이해하려면 디바이스, 파일, 뷰어, 보안에 대한 개념을 정확하게 이해해야 한다.

| 전자책을 볼 수 있는 전자기기, 디바이스 |

디바이스Device는 전자책을 볼 수 있는 전자기기를 가리키는 말이다. 주로 아이폰, 갤럭시S 같은 스마트폰이나 갤럭시탭, 아이패드 등 태블릿PC와 아마존 킨들 같은 전자책 전문 리더기 등이 있다. 디바이스는 휴대가 가능하다. 종이책도 물론 들고 다닐 수 있지만 디바이스는 저장 공간에 따라 수천 권까지 저장해 들고 다닐 수 있다. 이른바 휴대용 도서관인 셈이다. 이 디바이스는 무선 네트워크와 연결할 수 있어 새로운 책을 어디서든 내려받을 수 있다. 굳이 도서관이나 서점에 가지 않아도 된다. 즉, 시간과 공간에 제약을 받지 않고 책을 찾을 수 있고 볼 수 있다. 미국에서 출간된 종이책을 한국에서 구매하면 2주가 지나 도착하는데 전자책은 단 5분이면 된다.

전자책 전용 리더기는 e-Ink 기술로 만든다. e-Ink 기술은 기기의 전력량을 3분의 1로 줄이고 전자책의 파일 용량을 적게 해서 많은 종수의 전자책을 기기에 담을 수 있는 기술이다. 안타까운 것은 이 기술에 컬러 책은 적용되지 않는다. 반면에 가독성은 보통 컬러를 지원하는 다른 디바이스에 비해 높은 편이며 눈의 피로도 덜하다. 현재 예스24와 교보문고, 인터파크, 소니, 아마존 킨들, 아이리버 등의 기기가 여기에 속한다.

최근에는 e-Ink 기반의 전자책 전용 리더기는 사라지는 추세다. 스마트폰과 태블릿PC의 영향 때문이다. 이 디바이스들은 인터넷과 게임, 음악, 영화를 즐길 수 있는 것은 물론 전화기의 역할도 한다. 그리고 문서 작성과 데이터 관리도 가능하고 다양한 앱을 내려받아 사용할 수 있다. 손바닥 위의 컴퓨터 역할을 하는 것이다. 전자책 전용 리더기의 강점이었던 해상도 문제도 2012년 출시된 뉴아이패드New iPad 앞에서는 무용지물이 된다. 아이패드의 세 번째 버전인 뉴아이패드는 전자책 시장을 겨냥해 화면의 해상도를 획기적으로 높여 출시됐다.

우리나라에서는 2012년 현재 3천만 대가 넘는 스마트폰이 보급됐다. 태블릿PC와 노트북을 포함하면 전자책을 볼 수 있는 디바이스는 5,000만 대 이상 보급된 상태다. 게다가 한국은 인터넷 강국이다. 언제 어디서든 무선 인터넷이 연결되면 온갖 콘텐츠를 즐길 수 있다. 게다가 무선 통신 기술의 발달로 4세대 무선통신인 LTELong Term

Evolution통신망이 보급되고 있다. 이런 기술의 발전은 곧 인터넷 속도의 발전이다. 유선망을 기본으로 하는 근거리 통신망인 와이파이WIFI도 촘촘히 설치되고 있다. 이런 통신망의 발전으로 인해 시공간의 제약 없이 전자책을 구매하고 읽을 수 있는 환경이 조성된 것이다.

디바이스의 발달과 높은 보급률, 그리고 초고속 통신망의 확대는 한국 전자책 사업의 밝은 미래를 보여준다. 이제 좋은 전자책이 많이 출간되기만 하면 되는 상황이다.

전자책의 파일 형식

우리가 사용하는 모든 컴퓨터 파일은 전자책이 될 수 있다. 한글이나 워드 파일도 가능하고 그림이나 사진 파일도 가능하다. 당연히 동영상도 전자책으로 만들 수 있으며 음성을 녹음한 파일도 가능하다. 이미 책과 다른 멀티미디어 콘텐츠인 영화와 음악은 디바이스를 통해 판매되고 있다. 아마존 킨들 파이어로는 전자책 70만 종뿐 아니라 음악 1,800만 곡, 영화 수만 종도 구매해 즐길 수 있다.

이런 파일들은 여러 가지 형식을 가지고 있다. 동영상은 WMA, AVI, MP4 등의 파일 형식을 가지고 있으며 음원도 그렇다. 전자책의 파일 형식은 한글 파일이나 워드 파일을 그대로 사용할 수 없어서 별도의 파일 형식을 만들었다.

전자책 파일 형식은 서점에서 직접 만들기도 한다. 예스24의 전자책 파일이 다른 서점의 뷰어에서는 열리지 않을 수도 있다. 그렇기 때문에 모든 서점과 모든 기기에서 열릴 수 있는 전자책 파일 형식이 필요하다. 그것이 표준 파일 형식이다.

하나의 기업에게 독점을 주는 것이 아니라 국가 간 합의나 비 국가 단체의 합의로 표준 규약을 만들게 된다. 표준 규약이라고는 하지만 서점이나 출판사에서 채택하지 않을 수도 있다. 2000년대에는 어도비 사의 PDF 파일 형식으로 전자책을 만들었다. 국제 표준은 아니었지만 많은 사람이 이용해서 표준 역할을 한 것이다. 또한 전 세계 문서 표준인 XML 파일 형식은 많은 개발자가 사용해서 표준이라는 의미를 살릴 수 있었다.

이런 환경에서 태어난 전자책 국제 표준 규약이 지난 2007년 발표됐다. 바로 이퍼브라는 형식이다. 전자책 산업 표준기구인 IDPF International Digital Publishing Forum에서 만들었다. 발표 당시에는 출판사와 디바이스 회사 그리고 서점으로부터 외면 당했다. 세계에서 전자책을 가장 많이 판매하는 아마존에서도 채택하지 않았다. 그러나 출판사와 디바이스 회사들의 노력으로 이제는 이퍼브로 전자책을 제작하고 있다. 그 이후로 이 표준 규약은 여러 가지 디자인과 레이아웃을 지원하는 이퍼브2와 이퍼브3를 내놓았다.

초기 이퍼브 형식은 글과 사진만 들어갈 수 있었지만 최근에는 동영상과 음성을 지원할 수 있는 방식으로 발전했다. 예전에 종이책의 부록으로 붙어 있던 동영상 CD나 테이프가 책 안으로 들어온 것이다.

여기에서 한 발 더 나가서 이퍼브3 형식은 애니메이션 기능을 첨가해서 움직이는 모션을 넣을 수 있게 됐다. 종이로 된 그림책은 그냥 넘겨보는 게 전부지만, 전자책으로 만든 그림책은 캐릭터가 말도 하고 움직이기도 한다. 학술 자료에서는 자동으로 그래프를 그려줄 수도 있다. 훨씬 더 다이내믹한 전자책을 만들 수 있게 된 것이다. 대신 이런 파일을 만들려면 훨씬 더 많은 노력과 비용이 들어간다.

전자책 파일의 가장 큰 장점은 링크 기능이다. 디바이스가 네트워크에 연결된 상태라면, 책을 읽다가 궁금한 단어가 나올 때 해당 단어를 클릭하면 사전이나 검색 사이트로 연결된다.

이런 기능을 활용해서 여행 에세이를 전자책으로 만든다고 하자. 저자가 쓴 여행의 감상을 읽다가 해당 지역의 지도는 물론 관광 정보와 맛집 정보, 교통 정보를 볼 수 있다. 그 지역에 직접 전자책을 들고 방문해서 작가가 간 길을 그대로 따라가 볼 수도 있다. 여기에 그 지역의 역사와 인물 같은 인문학적 정보까지 담을 수 있다.

링크 기능은 다른 사람의 글을 인용하는 데 유용하다. 정리가 잘된 블로그 포스트로 이동하게끔 링크를 걸어주면 효과적이다. 저작권 침해 없이 이해를 도울 수 있는 글을 독자에게 소개할 수 있기 때문이다.

일본의 소설가 무라카미 류는 『노래하는 고래』라는 소설을 고단샤[講談社] 문예지에 연재했다. 보통은 연재가 끝난 후 종이책으로 출간하는데 류는 그것을 거부하고 종이책 대신 전자책으로 출간했다(이후에 종이책 출간도 이뤄졌다). 이 전자책은 사카모토 류이치[坂本龍一]의 음악과 전문 사진작가의 사진이 들어갔다. 만만치 않은 제작비를 작가가 직접 투자했다. 이것은 색다른 시도였는데 가능할 수 있었던 것은 전자책 파일이 가지는 확장성 때문이었다.

전자책은 지금까지 없었던 방식으로 독서의 즐거움을 제공한다.

공포 소설의 클라이맥스를 읽다가 비명소리에 놀랄 수 있다. 심지어 지금 내가 읽고 있는 책을 주제로 다른 지역에서 같은 책을 읽고 있는 사람들과 채팅도 할 수 있다. 책을 다 읽고 퀴즈를 풀 수도 있고 십자 낱말 풀이도 할 수 있으며 게임도 할 수 있다. 이렇게 모든 멀티미디어와 커뮤니케이션 기능 그리고 엔터테인먼트 기능을 한 권의 책에 다 담을 수 있다.

전자책이 게임과 영화, 음악 등을 즐길 수 있는 하나의 사이트가 된 것이다. 이렇게 볼 때 전자책의 저자는 작가일 뿐만 아니라 기획자이기도 하고 종합 예술 작품을 기획하는 PD이기도 하다.

｜전자책 전용 뷰어｜

동영상 파일이 있다고 동영상을 바로 볼 수 있는 것은 아니다. 이것은 마치 CD나 테이프 또는 비디오테이프가 있다고 음악을 바로 듣거나 영화를 바로 볼 수 없는 것과 같은 이치다. CD는 CD플레이어가 있어야 하고 테이프는 카세트가 있어야 들을 수 있다. 비디오테이프도 비디오 재생기와 텔레비전이 있어야 볼 수 있다. 카세트에 비디오테이프를 넣으면 영화를 볼 수 없다. 카세트에는 테이프만 재생시켜 소리를 들려주는 기능만 있기 때문이다.

전자책도 이와 같다. 전자책 파일이 있다고 바로 볼 수는 없다. 디바이스에 들어가는 여러 형태의 콘텐츠, 즉 동영상과 음성, 사진 등은 각기 다른 플레이어나 뷰어에서만 볼 수 있다. '곰 플레이어'로 사진을 볼 수 없다. 사진은 ‘알씨’ 같은 사진을 보는 뷰어가 필요하다. 전자책의 뷰어는 서점에서 만들어 제공하거나 뷰어만 전문적으로 개발하는 업체에서 제공한다.

뷰어는 전자책 파일이 가진 확장적인 기능을 모두 지원하지 않는다. 검색 기능이 있더라도 뷰어에서 지원하지 않으면 사용하지 못한다. 특정 디바이스만 지원하는 뷰어도 있고 모든 디바이스에서 내려받아서 쓸 수 있는 뷰어도 있다. 디바이스마다 제공되는 뷰어가 다르다. 아이폰에서 내려받을 수 있는 전자책 뷰어를 안드로이드폰의 구글 플레이에는 올려놓지 않아서 사용할 수 없는 경우도 있다.

전자책 뷰어에서 범용성이란 얼마나 많은 전자책 파일을 열 수 있는지 여부로 판단한다. 가장 범용성이 좋은 뷰어는 애플의 아이북스다. 아이북스 앱은 아이폰이나 아이패드 기기 안에 처음부터 탑재되어 있다. 아이북스는 PDF 파일을 비롯해서 이퍼브3, 워드, 파워포인트, 엑셀까지 지원하고 있다. 그렇지만 아이북스로 한글 파일은 볼 수 없다. 한글 파일은 앱스토어에서 한글 뷰어를 무료로 내려받아서 볼 수 있다. 많은 디바이스에 기본적으로 깔린 스탄자Stanza라는 뷰어도 쓸 만한 것으로 알려져 있다.

전자책 뷰어는 기능에 한계가 있기 때문에 다양한 디자인이나 멀티미디어 요소가 필요한 경우에는 별도의 전자책을 개발한다. 바로 앱북이다. 앱북은 자체로 전자책이기도 하고 뷰어이기도 하다. 앱북은 전자책 서점이 아니라 앱스토어를 통해 구매한다는 점이 전자책과 다르다. 물론 전자책보다 화려하고 기능도 많아 제작비용이 많이 든다.

｜ 전자책의 보안 시스템 ｜

DRMDigital Rights Management은 디지털 콘텐츠의 저작권을 관리하는 시스템을 말한다. 이 시스템은 두 가지 기능을 한다. 하나는 디지털 콘텐츠의 무단배포나 불법복제를 방지하는 기능이다. 고생해서 쓴 책이나 음악 등의 불법복제를 방지함으로써 생산자를 경제적으로 보호하고 저작권 침해를 방지하는 것이다. 또 하나는 돈을 내고 산 콘텐츠를 뷰어나 플레이어로 보고 들을 때 누가 몇 번을 내려받고 이용했는지를 세어주는 기능이다. 책이나 CD는 유형화된 상품이기 때문에 몇 권이 공급되고 팔렸는지 그리고 몇 권이 반품됐는지 쉽게 알 수 있다. 그러나 무형의 상품인 전자책은 알 수가 없다. 그렇다 보니 유통업체가 알려준 판매량을 그대로 믿을 수밖에 없다. DRM은 혹시 발생할지도 모르는 유통업체의 부당한 정산 처리에 대한 안전장치 역할을 한다.

사실 보안 문제는 기술적으로 완벽하게 해결할 수 있는 문제는 아니다. 아무리 DRM을 걸어놓은 파일이라도 이 보안 기능을 깨는 프로그램은 개발된다. 굳이 어렵게 프로그램을 개발하지 않더라도 화면을 사진으로 찍어 파일로 만들어 복제할 수도 있다.

그리고 정산 문제도 DRM으로 깔끔하게 정리되지 않는다. 인터넷 서점에서 제공하는 정산 시스템은 DRM 정산 데이터가 아니라 판매 데이터다. 물론 서점과 출판사는 서로 공생하는 관계이므로 신용을 바탕으로 거래하고 있다. 서점에서 제공하는 판매 데이터를 못 믿을 이유가 없다는 말이다. 하지만 DRM 데이터가 공개되지 않는 것은 아쉬움이 남는다.

전자책도 불법복제가 가능하고 정산 기능도 충분히 안전한 상황은 아니다. 그렇다고 전자책의 장래를 어둡게 볼 필요는 없다. 새로운 시장이 열리면서 불거지는 초기의 문제점은 충분히 해결할 수 있다. 시장이 커지면 상대적으로 문제되는 부분은 작아진다. 전자책 시장이 커지면 불법복제도 늘어나겠지만, 그 속도보다 전자책 시장이 확대되는 속도가 훨씬 빠르기 때문에 이런 문제는 찻잔 속 태풍일 것이다. 이는 음반에서 음원으로 시장 변화를 겪은 음악 시장과 영화 시장에서 이미 확인된 바 있다.

아주 일부를 제외하고 대부분의 독자는 서점에서 돈을 내고 전자책을 사보고 있다. 유료 모델로 점차 안정화되고 있다는 이야기다. 미국의 아마존 사례를 보아도 전자책의 유료 구매가 늘고 있음을 알 수 있다. 전자책과 종이책이 동시에 출간될 때 전자책을 사는 구매자가 40퍼센트에 이른다. 이렇게 된 배경에는 불법복제의 위협이나 정산을 속일지도 모른다는 걱정보다 새로운 시대에 맞는 유료 수익 모델을 만들겠다는 저자와 출판사의 강한 의지가 있었다.

| POD 출판이란 무엇인가 |

POD란 Publish On Demand 또는 Print On Demand의 약자로 고객이 원하는 대로 책을 만들어주는 서비스를 말한다. 교보문고에서 운영하고 있는 〈책공방〉이 바로 POD 서비스다. 주로 절판 도서, 기획 도서, 저자의 셀프 퍼블리싱 원고 등을 주문받아 제작하고 있다. 절판 도서는 일정 부수 이상 주문이 들어오면 제작을 진행하고, 저자의 셀프 퍼블리싱 원고는 10부에 99만 원 수준에서 POD를 진행한다. 아직은 시장이 활성화되어 있지 않다.

3

전자책과
종이책의
차이점

전자책 출판과 종이책 출판의 차이는 여러 분야에서 드러난다. 크게 출간 주체, 제작 시스템, 시장 설정에서 두드러진다. 하지만 쉽게 단언하기 어려운 것은 현재 전자책은 과도기 상황이므로 정답은 없다는 것이다. 이것을 감안하고 다음의 글을 읽어보자.

출간 과정 및 출간 비용

전자책은 종이책의 업무 과정에서 내지 디자인, 필름 출력, 종이 구매, 인쇄, 제본이 빠진다. 대신 파일 변환과 이퍼브 파일 제작이 들어간다.

종이책의 출간 과정

기획 → 저술 → 편집 → 교정교열 → 내지 디자인 → 표지 디자인
→ 필름 출력 → 종이 구매 → 인쇄 → 제본 → 물류 → 마케팅

전자책의 출간 과정

기획 → 저술 → 편집 → 교정교열 → 표지 디자인 → 파일 변환,
이퍼브 파일 제작 → 서점 공급 → 마케팅

종이책 출간 과정에서 소요되는 비용을 살펴보자. 일단 출판사 내부 인력으로 해결하는 업무는 인건비로 잡아 간접비로 처리할 수 있다. 기획과 편집, 교정교열, 디자인(본문, 표지) 비용이다. 경우에 따라 외부 인력을 쓰기도 하는데 이때는 직접비로 산정된다. 원고지 1,000매, 300페이지 내외의 단행본인 경우 비용은 책의 난이도에 따라 교정교열을 포함한 편집비에 100~200만 원, 본문·표지 디자인에 200~300만 원가량 책정하면 무난하다. 그리고 필름 출력은 100~150만 원가량 생각하면 된다. 번역이 필요한 외서는 200~400만 원가량이 추가된다.

다음은 직접비 중 변동비에 해당하는 사항이다. 고정비는 초판 발행에 필요한 비용이고, 변동비는 인쇄할 때마다 드는 비용이다. 출판사마다 산정하는 기준은 다르므로 다음의 내용은 참고사항 정도로만 읽어보자.

정가 1만 5,000원 기준으로 3,000부를 출간할 경우, 저자의 인세는 인세율 10퍼센트로 계산해서 450만 원, 종잇값 200만 원, 인쇄비 200

만 원, 제본 및 코팅, 후가공 100만 원가량 책정한다. 변동비는 총 950만 원가량 든다. 일반적으로 편집은 내부 인력으로 진행하는 경우가 많으므로 종이책 전체 제작비는 1,500만 원 정도로 생각할 수 있다.

위 사례와 비슷한 규모로 진행했을 때 전자책 비용은 얼마일까? 이 비용 산정 역시도 출판사마다 다르므로 참고사항으로 생각하고 읽어보자. 원고지 1,000매, 정가 1만 원, 총 3,000부 판매량으로 생각할 때, 직접비 중 고정비는 편집 및 교정교열 200만 원, 디자인 및 전자책 제작 100만 원으로 총 300만 원가량. 변동비인 원고료는 대략 인세율 15퍼센트로 계산해서 원고료 450만 원 정도다. 총 750만 원. 편집을 내부 인력으로 할 경우 550만 원가량으로 책을 만들 수 있다. 그런데 이 비용은 종이책의 제작비 산출 방식으로 계산했을 때 나온 것이다. 전자책 비용 계산은 조금 다른 방법이 사용되기도 한다.

일단 가장 큰 원칙인 서점과 출판사의 배분 비율을 살펴보자. 전자책에 대한 서점의 영업 비용은 책 가격의 30~40퍼센트다. 출판사 입장에서는 책 가격의 60~70퍼센트 금액으로 서점에 공급하는 셈이다. 예를 들어, 정가 1만 원이면 서점이 3,000~4,000원, 출판사가 6,000~7,000원을 가져간다는 말이다. 서점과 출판사의 분배 비율이 3대 7인 경우는 출판사에서 이퍼브 파일을 직접 제작하는 경우고, 4대 6인 경우는 출판사에서 서점에 PDF 파일이나 한글 파일 등으로 제공하고 이퍼브 파일은 서점에서 제작하는 경우다.

이미 출간된 종이책을 전자책으로 변환하는 비용

이미 출간된 종이책을 전자책으로 변환converting하여 유통할 경우,

이미 본문과 표지는 완성되어 있기 때문에 종이책을 만드는 기초 파일인 쿼크 파일이나 인디자인 파일 등을 전자책 파일인 이퍼브로 변환하는 비용만 지불하면 된다. 이때 제작 비용은 5만 원에서 70만 원까지 다양하다. 원래 종이책에 표나 이미지, 각주가 많을 경우 제작의 난이도 때문에 이퍼브 변환비가 높아진다. 이렇게 여러 형식이 포함된 책이 주로 대학교재나 학술서들이다. 이 경우는 이퍼브 파일로 변환하는 것보다 PDF 파일 형식으로 출간하기도 한다.

이 파일 변환을 하는 주체는 서점이나 저자, 출판사가 하게 된다. 어디서 제작하느냐에 따라 서점과 수익 배분율이 바뀌게 된다. 서점에서 제작하게 되면, 별도의 제작비를 받지 않는 대신 서점이 판매가의 40퍼센트를 가지게 되고, 저자나 출판사가 판매가의 60퍼센트를 갖게 된다. 저자나 출판사가 전자책을 직접 제작할 경우에는 판매가의 70퍼센트를 저자나 출판사가 가지게 되고 나머지 30퍼센트를 서점이 갖게 된다.

전자책을 현금 선투자 방식으로 제작할 경우

출간 비용 지출 방식은 현금으로 선투자 하는 방식과 팔고난 후 수익을 배분하는 방식 등 두 가지 형태가 있고, 두 방식을 섞어서 진행하기도 한다. 저자가 혼자서 기획, 편집, 교열교정, 표지, 제작까지 다하게 되면 저자는 현금 투자 없이 수익 배분율도 70퍼센트까지 받을 수 있다.

먼저 현금으로 선투자할 경우, 기획 및 저술에 대한 선인세는 경우에 따라 달라지지만 대략 100만 원 선이면 적당하다. 편집 및 교정교열 비용은 원고지 1매당 1,500~2,000원 수준. 학술지 등 전문서인 경우는 3,000원까지 비용이 올라가기도 한다. 표지 디자인 비용은 10~30만 원 정도로, 출력용 디자인이 아니라 웹 디자인을 기준으로 정하는 편이다. 북디자인 전문 디자이너에게 의뢰하면 50만 원을 넘어갈 수도 있다. 파일 변환 및 이퍼브 제작 비용은 10~30만 원 정도다. 이는 책의 분량과 이미지의 삽입 여부에 따라 달라진다.

수입 분배 방식은 도서 판매가를 기준으로 한다. 기획 및 저술에 대한 분배율은 15퍼센트 정도다. 편집 및 교정교열 분배율은 10퍼센트, 유통과 마케팅 관리 및 진행 관리는 20퍼센트, 표지 디자인은 5퍼센트 정도다. 전자책 변환을 출판사에서 진행하는 경우, 편집과 디자인, 유통 및 마케팅까지의 분배율 40퍼센트가 출판사의 몫이 된다. 파일 변환 및 이퍼브 제작 분배율은 10퍼센트로 이는 직접 제작하거나 서점을 통해 제작할 수 있다. 서점 유통 수익률은 나머지 30퍼센트다.

인세율이라 하지 않고 분배율이라고 말한 이유는 전자책 가격 설정과 관련이 있다. 전자책은 정가 개념보다 판매가 개념으로 관리되기 때문이다. 이와 관련해서는 다음 주제인 '분량과 가격'에서 살펴보겠다.

전자책 원고 분량과 가격 책정

전자책의 분량은 원고지 매수나 A4 매수를 기준으로 산정한다. 그리고 파일 용량으로 산정하기도 한다. 파일 용량으로 산정하는 이유는 스마트폰 등 일부 디바이스에서 원활하게 구동될 수 있는 한계 용량이 있기 때문이다. 보통 서점에서 요구하는 기준은 30MB다.

보통 200자 원고지 200매 분량을 이퍼브 파일로 제작하면 3~5MB

정도 용량이 된다. 이미지나 표가 삽입되면 10MB가 되기도 한다. 보통 종이책 단행본은 원고지 1,200매 수준이다. 이를 전자책으로 만들면 20~30MB가 된다. 한계 용량인 30MB에 근접한다. 여기에 이미지와 표가 들어가면 30MB를 넘게 된다.

이런 이유로 일반 단행본을 전자책으로 만들 때 분권을 하게 된다. 보통 한 권의 종이책을 2~5권으로 나눠 전자책으로 만든다.

가장 적합한 전자책 한 권의 분량은 종이책 5분의 1 수준인 원고지 200매, A4 20매가량이다.

이런 분량이 적당한 것은 단지 용량의 한계 때문만은 아니다. 어쩌면 더 중요한 이유일지 모르는데, 독자들이 디바이스로 종이책 단행본 1권 분량의 전자책을 읽는 것은 부담이 크기 때문이다.

종이책 독서는 독자가 독서를 하겠다는 마음을 먹고 책을 여는 경우가 보통이다. 그래서 2~3시간 연속으로 독서를 해도 부담을 갖지 않는다.

그런데 전자책 독서는 종이책만큼 오랜 시간 독서하기는 힘들다. 보통 30분 내외다. 보통 전자책은 출퇴근 시간에 대중교통을 이용하면서 읽거나 잠시 쉬는 시간을 이용해서 읽는 경우가 많다. 2011년 현재 한국인 하루 평균 독서 시간은 12분이다. 이 통계로 추론해보면 전자책 독서 시간은 하루 3~40분 정도가 적당할 것 같다. 이 시간이면 종이책 20페이지, 원고지로 70매 분량을 읽을 수 있다. 원고지 200매 분량의 전자책은 사흘 정도면 읽을 수 있다는 계산이다.

종이책으로 원고지 200매 분량의 책을 만드는 게 쉬운 일은 아니다. 제작비와 가격의 한계 때문이다. 원고지 200매 분량으로 책을 만들면 60페이지 내외의 단행본이 나온다. 보통 단행본의 5분의 1 수준이지만 제작비는 5분의 1 수준으로 떨어지지 않는다. 제작비 때문에 가격도 5분의 1 수준으로 받을 수 없다.

상대적으로 제작비가 저렴한 전자책은 원고지 200매 분량의 책을 만드는 게 가능하다. 제작 비용에 맞게 가격도 조정할 수가 있다.

보통 전자책 가격의 적정선은 원고지 매수를 기준으로 원고지 100매당 1,000원 수준이다.

원고지 200매 분량의 전자책은 2,000원으로 책값을 정하면 적당하다. 보통 1,000매 기준의 종이책 단행본 정가를 1만 5,000원 수준으로 본다면, 전자책은 종이책 정가의 70퍼센트인 1만 원 수준으로 받을 수 있다. 원고지 200매는 이 단행본의 5분의 1 수준이므로 1만 원의 5분의 1 수준인 2천 원으로 가격을 정할 수 있다.

종이책이 먼저 출간되고 그 책 그대로 이퍼브로 변환하여 전자책이 나올 경우, 출판인쇄진흥법에 의해 전자책 출판일 기준으로 18개월까지 전자책의 가격은 종이책 정가 대비 70퍼센트 미만으로 정할 수 없다. 종이책 정가가 10,000원이라면 7,000원 이하로 정할 수 없다는 이야기다. 또한 전자책의 할인율도 정해진 정가에서 10퍼센트 이상의 할인과 적립을 출간일 기준으로 18개월 동안 할 수 없다. 예를 들어, 전자책의 정가가 10,000원이라면 1,000원 이상의 할인과 적립금을 독자들에게 제공할 수 없다는 말이다.

단, 실용 분야일 경우 도서정가제에 제한받지 않고 할인율을 높일 수 있다. 십진분류법에 따른 도서의 분류코드를 실용 분야로 하게 되면 도서정가제에 할인율의 제한을 적용받지 않아서 신간도 할인율을 높일 수 있다.

종이책 단행본과 전자책의 중요한 차이점 중 하나가 바로 정가와 판매가다.

출판사가 서점에 전자책을 등록할 때 정가를 정한다. 그러나 서점에서는 이 전자책을 직접 판매는 물론 할인 판매와 재판매(도서관이나 다른 기업으로 B2B 방식으로 판매하는 방식)를 통해 매출을 일으킨다. 직접 판매는 정가대로 판매하지만 할인 판매와 재판매는 정가를 무시하고 판매한다. 이때 판매되는 가격이 판매가다. 할인 판매와 재판매의 비중이 상당히 높은 편이기 때문에 정가를 기준으로 잡게 되면 혼란이 온다.

정가 기준과 판매가 기준에 따라 완전히 저자와 출판사는 수익구조가 달라진다. 그래서 전자책은 대부분 판매가 기준으로 수익이 나눠지는 계약서가 많다. 그렇다 보니 인세라는 개념보다는 수익 분배 또는 러닝 개런티라는 개념으로 봐야 맞다. 전자책은 종이책과 다르게 수익 분배 방식으로 이루어지기 때문에 일부 특정 저자를 제외하고 선인세 개념을 적용하기 어렵다.

종이책과 전자책의 자체 제작 방식

종이책 출판의 경우, 원고를 받아주는 출판사가 없으면 저자는 출간을 포기하거나 자신이 직접 책을 만들 수밖에 없다. 직접 책을 만든다는 것은 직접 출판사를 차리거나 자비출판을 하는 것이다.

저자 대부분은 자신의 원고 하나만을 위해 출판사를 차리지 않는다. 자신의 원고가 대박이라는 자신감으로 출판사를 차리는 경우도 있지만, 전문적 영역인 제작과 유통이라는 바리케이드 앞에서 멈춰 서고, 마케팅과 매출, 그리고 신간이라는 벽 앞에서 좌절하고 만다. 종이책 출판사 창업은 출판계에서 어느 정도 일을 해보지 않고는 하기 어려운 일이다. 그래서 택하는 것이 자비출판이다.

자비출판이란 단행본 제작 시스템과 유통망을 갖춘 출판사를 통해 자신의 책을 출간하는 것을 말한다. 출판사 입장에서는 출판 대행과 유통 대행을 하는 셈이다. 이 경우 저자는 제작비 전체를 제공하고 판매되는 책의 수익금의 일부를 나누거나, 인쇄된 책의 일부(보통 1,000권)를 정가의 50~70퍼센트 수준으로 구매하는 방식 중 하나를 택하게 된다. 보통 700만 원에서 1,000만 원가량 든다.

전자책 출판의 경우도 가장 좋은 것은 출판사를 통한 출판이겠지만 이것이 여의치 않을 경우 두 가지 방식을 선택할 수 있다. 출판사를 직접 차리거나 서점에 원고를 넘기는 방식이다.

첫 번째 방식이 바로 셀프 퍼블리싱Self-Publishing이다. 셀프 퍼블리싱은 3장의 주제이므로 설명을 넘기기로 하고, 두 번째 방식을 설명하겠다. 두 번째 방식도 셀프 퍼블리싱이라고 할 수 있지만, 이 책에서는 저자가 직접 출판사가 되는 경우로 셀프 퍼블리싱의 뜻을 한정하겠다.

전자책 저자는 서점을 통해 자신의 원고를 직접 판매할 수 있다.

종이책은 출판사를 통해서 판매하지만 전자책은 다르다. 서점이 출판사 역할을 대신해주기 때문이다. 각 서점은 출판등록을 한 출판사이기도 하다.

저자는 자신의 원고를 이 '서점 출판사'로 보내고 전송권 계약을 하면 된다. 종이책 원고는 한 출판사와 독점 계약을 하지만, '서점 출판사'를 이용할 경우는 여러 출판사와 계약할 수 있다. 계약 조건은 일반 전자책 출판사와 계약하는 것과 크게 다르지 않다.

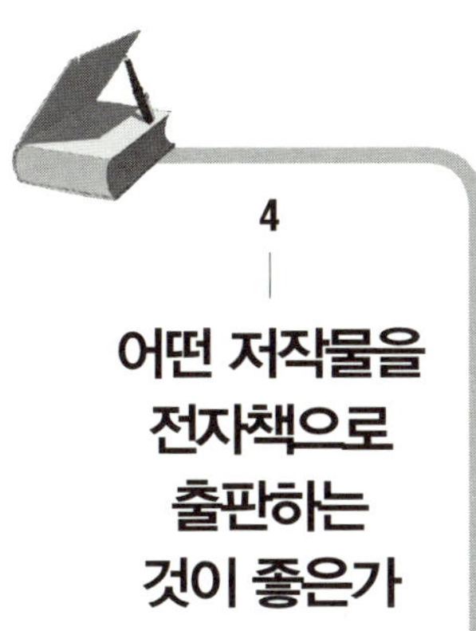

4
어떤 저작물을 전자책으로 출판하는 것이 좋은가

전자책 출판은 저자에게 저작에 관한 모든 자유를 부여했다. 저자에겐 '출판의 르네상스'라 할 만하다. 그래서 감히 '전자책 시대'라는 제목을 붙인 것이다.

출판사의 필터링Filtering이라는 촘촘한 체와 높은 제작비라는 장벽이 없어서 누구나 마음먹은 대로 출판이 가능한 것이다. 이로 인해 수준 미달의 저작물이 범람하게 돼 결국 전자책 시장의 신뢰도를 갉아먹게 될 것이라는 우려가 있다는 점을 알고 있다. 충분히 공감하는 바다. 출판에서 출판사의 역할은 절대적이었다는 뜻이다. 그런데 나는 이런 걱정이 전자책 시대의 새로운 패러다임을 쫓아가지 못하고 있다고 생각한다. 출판에서 출판사만큼 절대적인 역할을 하는 것이 바로 독자이기 때문이다. 독자는 그런 우려를 하는 사람이 생각하는 것보다 더 현명하다. 수준 미달의 저작물은 자연스럽게 시장에서 도태될 것이다. 그리고 출판사도 전자책 시대에 종이책 출판만 고집하지는 않을 것이다. 전자책 시대, 곧 저자의 시대에도 출판사의 역할은 줄어들지 않을 것이다. 오히려 더 나은 기획과 작품으로 전자책 시대를 이끄는 새로운 역할을 할 것으로 보고 있다.

'전자책 시대'에 대한 믿음을 전제로 다시 '저자의 자유'로 이야기를 돌리자.

출판사의 깊은 개입과 제작비의 두려움을 떨쳐버린 저자는 자신이 말하고자 하는 바를 분명하고 다양한 형식의 원고에 담아낼 수 있다. 특히 '적은 분량'과 '콤팩트한 기획'이라는 형식이 효과적이다.

잡지의 기획기사나 연재기사 모음, 인터뷰 모음, 단편소설도 가능하다. 기존 종이책의 문고판 형식도 좋은 방식이다. '라틴 아메리카 댄스'가 종이책에 적합한 소재라면, '탱고'는 전자책에 적합한 소재다.

현재 전자책 시장에서 인기를 끌고 있는 장르는 만화, 장르 소설, 단행본 베스트셀러의 전자책 버전, 어학, 실용, 어린이 분야다. 전자책 시장에서 빠른 시간에 저자로 인정을 받으려면 인기 분야의 형식에 맞는 주제로 원고를 쓰는 게 좋다.

전자책 판매를 기준으로 했을 때 유망한 3대 분야가 있다. 장르 소설과 자기계발, 세계고전 분야이다. 초반에는 장르 소설이 가장 많은 매출을 차지했다가 자기계발 분야로까지 확산되었고, 현재는 종이책으로 미출간되고 원저자가 죽은 지 70년이 넘어 저작권이 소멸된 문학 작품의 번역도 활발히 이루어지고 있다.

이를 바탕으로 저자의 취향에 따라 전자책을 기획하고 저술 혹은 번역하게 된다면 어느 정도의 시장성을 갖춘 원고를 만들어낼 수 있을 것이다.

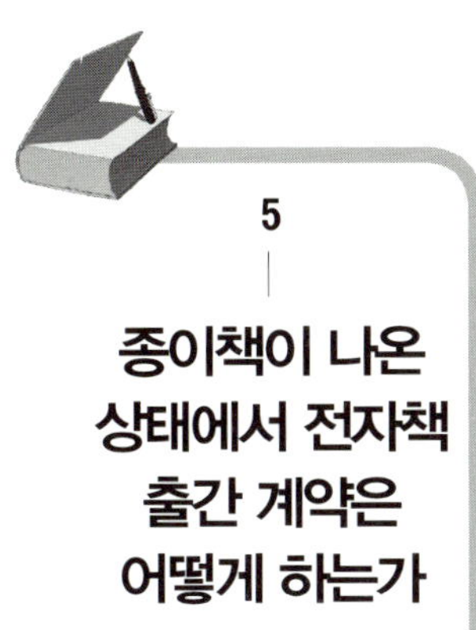

5

종이책이 나온 상태에서 전자책 출간 계약은 어떻게 하는가

전자책 원고를 가지고 있다면 직접 출판하거나 서점 또는 출판사와 계약을 하고 출판하면 된다.

계약할 때 주의할 점은 '저작권 양도 계약서'가 아니라 '출판 저작권 사용 계약서'를 작성해야 한다는 점이다. '양도 계약서'로 계약하게 되면, 저자는 계약 이후 저작권으로 재산권을 행사할 수 없게 된다. '사용 계약서'는 저작권 사용 조건을 명시해 저자의 저작권을 보호한다. 사용 조건으로는 계약 기간, 사용료, 2차 저작권 사용에 대한 내용 등이 포함된다. 계약 기간은 보통 5년으로 하며, 사용료는 판매가의 15퍼센트 수준으로 한다. 2차 저작권은 대부분 전자책을 종이책으로 만들어 파는 경우를 말하는데, 포괄적으로 계약하는 것보다 종이책으로 만들고자 할 때 새로운 계약서를 체결하는 게 좋다. 어쩔 수 없이 전자책 계약서에 종이책 계약 내용을 삽입해야 한다면, 인세는 정가의 10퍼센트 수준으로 정하면 된다. 만약 이 경우에 기획 인세, 그림 인세, 번역 인세, 공동 저작 인세 등이 포함된다면, 최대 10

퍼센트 내에서 해결해야 한다(하지만 인세의 경우 출판사마다 다르다는 점을 감안해야 한다).

그렇다면 종이책을 계약할 때는 어떻게 해야 할까?

요즘은 종이책 단행본 출간 계약시, 전자책 계약까지 함께 진행하는 방식이 보편화되고 있다. 전자책을 계약할 때와 마찬가지로 '저작권 사용 계약서'를 작성하고, 일반적으로 계약 기간 5년에 인세는 종이책의 경우 정가의 10퍼센트, 전자책은 판매가의 15퍼센트 선에서 협의하고, 2차 저작권 사용시 반드시 협의해야 한다는 점을 명기한다.

문제는 이미 종이책이 나온 상태에서의 전자책 계약이다. 세부적으로 다시 네 가지 경우가 나온다. 해당 도서의 절판 여부와 전자책 출간 상태로 나뉠 수 있다.

먼저, 종이책은 절판된 상태고 출판사에서 전자책을 내지 않은 경우다. 계약 기간이 만료된 상태라면 출판권은 이미 저자에게 다시 귀속된다. 저자의 뜻대로 다른 출판사에서 새로운 계약을 할 수 있다. 이때 초고 그대로 계약하지 말고, 초고를 토대로 불필요한 내용을 빼거나 새로운 내용을 넣은 개정판으로 원고를 새로 만드는 게 좋다.

그 다음은, 종이책은 절판된 상태고 출판사에서 전자책을 출간한 경우다. 일반적으로 출판사에서 전자책을 내고자 한다면, 저자에게 전자책 계약을 하자고 연락할 것이다. 그러나 아주 일부 출판사에서는 이런 과정 없이 전자책을 출간하기도 한다. 이럴 땐 계약서를 다시 확인해볼 필요가 있다. 2차 저작권 사용에 관한 조항을 살펴보면 된다.

세 번째는 종이책은 판매하는데 전자책은 판매하지 않는 경우다.

이 경우는 출판사의 판단에 따른다. 전자책이 종이책 판매에 영향을 줄지도 모른다는 출판사의 판단이 섰기 때문이다. 이럴 때는 저자 마음대로 전자책 출간을 다른 출판사에 의뢰할 수는 없다. 계약서에 2차 저작권 사용에 대해 협의한다는 조항이 있기 때문이다. 전자책 판매를 하지 않겠다는 방침을 세운 출판사의 결정이 잘못됐다고 생각된다면 이의를 제기하고 협의를 해보자.

마지막으로 종이책과 전자책을 모두 판매하는 경우다. 이 경우는 저자가 전자책 판매권까지 출판사와 계약한 것이다. 만약 본인이 동의하지 않았는데 전자책 판매를 하고 있다면 출판사와 인세 조건 등을 다시 확인하고 이것이 문제가 있다고 여겨지면 재협의를 하거나 전자책 판매를 금지할 수 있다.

5

전자책은
어떻게 제작해
판매하는가

| 출판사 |

많은 출판사에서 직접 전자책을 제작하고 서점 유통을 하고 있다. 앞서 밝혔듯이 직접 이퍼브 파일을 제작하거나, 자책 제작 전문 업체를 통해 제작하여 서점에 공급하거나, 서점에서 이퍼브 파일을 제작해 판매하는 세 가지 방식으로 판매한다. 이 경우 제작비 명목으로 분배율 10퍼센트가 적용된다. 출판사가 직접 제작하면 서점과 출판사의 수익 분배율은 3대 7이 되고, 서점에서 제작하면 4대 6이 된다. 〈웅진 씽크빅〉과 〈시사영어사〉 등은 일반 판매 방식 외에 출판사 홈페이지를 통해 전자책을 직접 팔기도 한다.

┆ 애그리게이터 ┆

쉽게 말하면 애그리게이터Aggregator는 전자책의 총판 및 도매상이다. 전자책을 한 곳에만 공급하는 독점 판매 대행 방식과 판매 대행업체 여러 곳과 거래하는 방식이 있다. 전자는 관리가 편한 대신 애그리게이터가 거래하지 않는 서점에 판매할 수 없다는 단점이 있고, 유통 간 거래 즉, 재판매가 발생하면 수익률이 떨어질 가능성도 있다. 후자는 모든 서점에서 판매할 수는 있으나 관리가 어려운 측면이 있다. 그리고 애그리게이터는 전자책 제작 대행 역할도 한다. 이때는 앞서 말한 바와 같이 10퍼센트의 제작 대행 비용을 받는다. 애그리게이터의 공급 대행 수수료는 대략 5~10퍼센트 정도다. 우리나라의 대표적 애그리게이터로는 e-KPC, 한국이퍼브, OPMS 등이 있다.

┆ 서점 ┆

예스24, 교보문고 등 인터넷 서점과 대형 서점은 저자가 직접 전자책을 출판할 수 있는 시스템을 갖추고 있다. 저자는 이 시스템을 통해 직접 전자책을 만들 수 있다. 셀프 퍼블리싱을 지원하는 것이다. 대표적으로 교보문고의 퍼플Pubple 서비스가 잘 알려져 있다. 이 서비스의 단점은 출판의 중요한 요소인 편집이나 디자인에 대한 지원이 없다는 점이다. 저자가 편집과 표지 디자인을 직접 해야 한다. 그리고 서점에서 판매될 때 '개인 출판' 카테고리로 분류되는 약점이 있다. 이

두 가지를 놓고 보면, 아무래도 출판사에서 올린 전자책에 비해 경쟁력이 떨어진다. 유통상의 문제도 있다. 교보문고를 통해 올린 전자책 파일은 오로지 교보문고에서만 사용할 수 있다. 예스24에 올릴 때는 예스24 프로그램을 사용해서 올려야 한다. 서점마다 제공하는 프로그램의 형식이 다르기 때문에 호환되지 않는다. 저자는 자신의 원고를 서점마다 따로따로 올려야 전자책 유통을 할 수 있다.

교보문고의 퍼플처럼 개인 저작물을 전자책으로 만들어 유통하는 사이트들도 속속 등장하고 있다. 이런 사이트는 서점과 애그리게이터, 전자책 전문 출판사 역할을 동시에 수행하기도 한다. 대표적인 사이트로는 유페이퍼www.upaper.net가 있고, 통신업체의 전자책 사업을 눈여겨볼 만하다. SKT에서 운영하는 티스토어T-Store 전자책 서비스와 KT의 올레e북Alleh e-Book 서비스가 그것이다.

또한 앞서 소개했던 인터넷 문단인 〈조아라닷컴〉 〈문피아〉 〈로망띠끄〉 〈피우리〉 등도 비슷한 역할을 한다. 이들 사이트는 장르 문학 전문 커뮤니티가 진화해 만들어진 것인데, 이곳을 통해 활약하는 장르 문학 고수들은 자신들이 올린 콘텐츠를 묶어 전자책이나 종이책으로 출간하고 있다. 이런 콘텐츠 중 일부는 저자와 해당 사이트의 에이전시 계약으로 출간 및 유통이 이뤄지기도 한다. 이런 경우는 서점에서의 전자책 출간보다는 편집과 디자인 면에서 경쟁력 있는 전자책을 출간할 수 있다.

│ 전자책 전문 출판사 및 유통 업체 │

　빌드북과 같이 전자책의 제작과 유통을 맡아오던 곳에서 전자책 전문 출판사를 차리는 예도 있다. 향후 유망한 사업으로 여겨 여러 업체에서 준비하고 있는 사업모델이다. 책의 품질을 높이기 위해 유통뿐만 아니라 기획과 편집, 교정교열을 진행하고 있다. 이런 경우 말고, 아예 처음부터 전자책 전문 출판사라는 이름을 걸고 시작하는 출판사가 있다. 대표적인 업체가 이퍼브코리아, 이퍼블릭 등이다.

　전자책 유통 업체로는 기존 대형 서점과 인터넷 서점을 위시해 북큐브, 리디북스 등 전자책 전문 서점과 네이버·다음·구글 등 포털사이트, SKT·KT·LGT 등 통신사를 비롯해, 지마켓·옥션·11번가 등의 오픈마켓이 있다.

3장

출판의 진화,
셀프 퍼블리싱

책을 내는 것은 허락받을 일은 아니다. 스스로 결정하는 것이다. 하지만 기획, 저술, 퇴고, 편집, 교정교열 등 일반적인 과정을 무시하는 것은 독자를 무시하는 것과 같다. 이런 과정을 도와주는 편집자는 또 한 명의 공저자라는 사실을 알아야 한다. 책을 쓰기 위해 맨 먼저 친구든 가족이든 편집자의 역할을 해줄 또 한 명의 사람이 필요하다. 그리고 셀프 퍼블리싱은 출판의 전 과정을 이해해야 가능하다.

1
전자책 만들기, 그 시작에 앞서

당신의 원고를 책으로 만들어줄 출판사가 있다면 선인세를 받고 원고를 넘기면 그만이다. 편집자가 알아서 교정교열도 봐주고 근사한 꼴이 나오도록 디자인도 해줄 것이다. 게다가 책이 나오면 앞장서서 홍보하고 판매도 해줄 것이다. 당신이 꽤 알려진 저자라면 시내의 대형서점에서 멋지게 자리를 잡고 저자 사인회도 할 수 있다.

하지만 현실은 그렇지 않다. 당신을 알아주는 출판사는 없다. 당신이 원고를 들이밀면 그들은 출간이 가능한 원고인지 고민할 것이다. 그리고 죄송하다며 다음 기회에 함께해보자는 내용으로 이메일을 보낼 것이다.

이런 당신의 원고를 책으로 내고 싶다면 직접 출간을 해야 한다. 종이책으로 만들려면 비용이 너무 많이 들기 때문에 유일한 대안은 전자책밖에 없을 것이다. 당신이 그럴 마음만 있다면 전자책 출간은 출판사를 직접 찾아다니지 않고 당신 혼자 힘으로 해낼 수 있는 기회를 줄 것이다.

지금부터 그 이야기를 할 것이다. 혼자 힘으로 책 만들기. 바로 셀프 퍼블리싱Self-Publishing에 대한 이야기다.

실무적인 내용이 많아서 어려울 수도 있겠지만 하나하나 꼼꼼히 읽는다면 이 책이 끝날 때쯤이면 당신 이름으로 책이 한 권 나와 있을 것이다.

전자책은 제작 환경의 변화에 많은 영향을 받는다. 전자책과 관련된 기술이 빠르게 발전하고 있어 새로운 기능이 추가되거나 계약 조건이 바뀌는 경우가 심심치 않게 일어난다. 이 책을 집필하기 시작했을 때는 교보문고의 셀프 퍼블리싱 서비스인 '퍼플'은 없었다. 그런데 집필 중간에 교보문고가 이 서비스를 오픈했다는 사실을 알게 됐다. 이 내용을 건너뛰고 책을 낼 수가 없기에 퍼플 이야기를 추가했다. 이 책이 출간될 때쯤 어쩌면 다른 서점도 셀프 퍼블리싱 서비스를 오픈할지 모른다. 이렇듯 변화무쌍한 전자책 출간 환경을 이 책에서 모두 다룰 수는 없기 때문에 여기서는 기본적인 정책과 꼭 알아야 할 것을 중심으로 서술할 것이다. 그리고 여기서 예로 설명하는 사례는 발전하는 전자책 기술과 환경에 대한 예일 뿐, 절대적인 것은 아니라는 사실을 미리 밝힌다.

이번 장에서는 셀프 퍼블리싱 과정을 상세히 설명할 것이다. 출판사 설립 과정에서 출간 기획을 하고 글을 쓰고 편집하고 제작하는 일련의 과정을 거쳐 유통하고 판매하는 것까지 단계별로 정리한다. 셀프 퍼블리싱은 아래와 같이 대략 10단계로 진행된다.

1. 출판사 만들기

2. 친구 만들기

3. 말하기

4. 자료 수집

5. 책의 분류와 콘셉트 잡기

6. 내용의 구성

7. 저술

8. 편집

9. 보도자료 쓰기

10. 전자책 디자인과 제작

'뭐 이리 복잡한 과정이 많은가'하고 미리 걱정할 필요는 없다. 이 것은 전자책 출간 업무를 순서대로 나열한 것뿐이다. 원고만 있다면 일사천리로 풀어갈 수 있다. 우리는 원고를 쓸 걱정만 하면 된다. 본 격적인 '전자책 만들기'에 들어가기에 앞서 먼저 '책이란 무엇인가' 를 살펴보겠다.

┃ 책이란 무엇인가 ┃

책의 정의에 충실해보자. 1장에서 우리는 전자책 시대의 책에 대한 정의를 새롭게 내린 바 있다.

일정한 목적, 내용, 체재에 맞추어 사상, 감정, 지식 따위를 글이나 그림, 사진, 영상, 음성으로 표현해 적거나 인쇄해 묶어놓은 것이거나 파일 형태로 만들어 전자 매체에서 보거나 듣도록 만든 것.

일단 첫문장에 집중해보자. 목적, 내용, 체재體裁라는 말이 나온다. 책을 이루는 기본 구성이다. 책을 쓸 때도 만들 때도 이 세 가지 구성은 기본이다. 지금 당신이 읽는 이 책을 여기에 넣어보면 이렇다.

시민 누구나가 다른 권위에 기대거나 선택받지 않고 오로지 본인의 의지로 책을 출간할 수 있는 환경을 조성하고(목적) 전자책 저자의 마음가짐, 출판 기획, 글쓰기, 마케팅의 네 가지의 기본 개념을 설명하며(내용) 에세이와 인문의 형식을 도입한 글쓰기로 독자가 읽기 편하게 만든다(체재).

재미없고 고루한 이야기다. 이런 식으로 이 책을 설명했다면 아무도 이 책을 사지 않을 것이다. 이 세 가지 기본 구성에 대한 내용은 누구에게 설명하기 위해 작성하는 것이 아니다. 원고를 쓰기 전 원고의 방향에 대해서 저자 스스로 다짐하는 이정표로 삼기 위함이다. 물론 이런 것 없이 원고를 쓸 수 있다. 하지만 좋은 원고를 만들고 싶다면 한 번쯤은 정리해두자.

ㅣ **책을 쓰게 된 목적** ㅣ

책을 쓰는 목적은 거창해도 좋다. 조금 황당해도 좋다. 이는 원고를 대하는 저자 자신만의 결심이기 때문이다. 책을 쓰는 목적에 대한 저자의 확신이 강할수록 원고를 만들어가는 과정에 힘을 실을 수 있다. 이런 식으로 목적을 설정할 수 있는 건, 목적 자체가 책이 아니기 때문이다. 혼자 보는 일기가 아니라 객관적인 독자가 읽을 책으로 나올 원고이기에 저자는 글을 쓰면서 독자가 읽을 수 있는 형태로 원고를 조탁하게 된다. 당신이 소설을 한 편 쓰고 있고, 그 목적이 '사랑의 슬픔에 대한 공감'이라고 해보자. 당신의 원고에 '사랑의 슬픔에 대해 공감하라'라는 문장이 한 문장이라도 들어간다면 독자는 외면할 것이다. 대신 사랑의 슬픔을 증명하는 이야기와 구성으로 독자의 공감을 끌어내는 방식으로 원고를 써야 할 것이다.

저자에게 글쓰는 목적이 있다면 독자에게는 책 읽는 목적이 있을 것이다. 책의 주제, 저자, 정보 등을 살펴보고 자신의 이해와 맞는다면 책을 구입해 읽을 것이다. 독자의 목적은 저자의 목적과 다를 수 있다. 당신이 이 책을 읽으면서, '뭐야 이게, 별 거 없잖아'하면서 중고 책방에 이 책을 팔아버릴 수도 있고, 책이 힘을 발휘해 독자가 컴퓨터를 켜 글 쓸 준비를 하게 할 수도 있다. 아니면 전혀 다르게 이 책을 읽고 단편 영화 감독을 준비하는 사람도 있을지 모른다.

저자가 목적을 정하는 것은 책이 독자의 생각에 영향을 주기 때문이다. 그렇다고 독자에게 끼치는 영향이 무엇이라고 단정할 수는 없다. 비판을 받는 경우라도 일종의 관계 맺기를 하게 되는 것이다. 쇼펜하우어Arthur Schopenhauer의 글을 읽고 자살한 독자가 많다. 쇼펜하우어는 일흔두 살까지 살았다. 자살한 사람들의 책장에서 '자살이 최고의 선이다'라고 쓴 그의 책이 발견된 경우가 많았다. 그렇다고 쇼펜하우어를 자살 도우미라고 부를 수는 없다.

당신이 정한 목적과 독자의 해석이 일치한다고 단정할 수 없다. 하지만 당신이 어떤 독자의 질문을 받게 된다면 그에게 무슨 목적으로 책을 썼는지에 대해 대답해야 한다. 기자가 당신을 인터뷰할 때 '왜 이 책을 쓰셨나요?'라는 질문에 대한 답변을 마련해야 한다. 공식적으로 준비해야 한다. 독자에게는 저자의 의도를 파악하고 싶어 하는, 퀴즈대회에 나간 참가자의 마음이 있기 때문이다. 돈을 내고 산 당신의 책을 읽으며 당신의 의도를 궁금해한다면 그것이 조금 모호하다 할지라도 답을 던져야 저자의 의무를 다하는 것이다.

여기서 조금만 더 촘촘하게 생각해보자. 이 말은 독자를 상정하라는 이야기가 아니다. '이런 독자들이 읽을 것이므로 이런 목적으로 책을 쓰겠다'라는 식으로 생각하지 말라는 것이다. 독자는 당신이 호명하는 사람일 뿐이다. 나는 『전자책 시대, 저자는 어떻게 탄생하는가?』라는 제목을 통해 독자를 불렀다. '전자책'이나 '저자', 혹은 '이동준'이라는 검색어를 통해서 우연히 이 책을 찾게 된 독자가 내가 호명한 독자보다 이 책의 목적에 더 가까운 해석을 내릴 수도 있다. 어떤 경우는 종이책 10권을 낸 저자가 이 책을 읽고 전자책을 내지 말아야겠다고 결정할 수도 있다. 이렇듯 독자를 설계할 때는 상식선의 기준(이 책을 초등학교 1학년이 읽지는 않을 것이다)을 지키는 정도로 해야 한다. 독자군, 즉 책의 타깃을 설정하지 않고 독자를 어떻게 불러모을 것인지를 결정하는 것이 바로 책을 쓰는 목적을 정하는 이유다. 한 번 더 강조한다. 부르기는 하지만 당신이 원하는 독자가 모일 것이라고 기대하지는 마라.

책을 쓰는 목적에 독자라는 말은 꼭 들어간다. 저자의 의도가 수렴되는 지점이기 때문이다. 저자가 책의 목적을 구현하기 위해 독자에게 전달하고자 하는 의도를 '계몽'이라고 한다면, 모든 책은 계몽적이다. 계몽이라는 말을 할 때 주의해야 할 점이 있다. 이 단어가 근대적인 표현이라는 이유 때문이다. 책의 목적에서 말하는 '독자'를 단지 계몽해야 할 대상이라고 칭할 때 생기는 오해다. 근대성을 논의할 때 흔히 언급되는 '계몽'은 선각자가 몽매한 사람을 깨우치게 한다는 불평등한 관계를 전제로 한 말이다. 책의 목적에 나온 계몽은 앞에서 언급한 '의도'에 집중해서 생각해야 한다. 저자는 결코 독자를 불평등한 관계로 인식하지 않는다. 저자의 의도가 수렴되는 지점이 독자라는 의미로 계몽이라는 단어를 사용해야 한다.

어쨌든 책을 쓰는 의도를 갖는 순간, 즉 책을 저술하는 목적을 정하는 순간 계몽성은 생기게 된다. 하지만 계몽성은 완성되지 않는다. 저자는 이 점을 받아들여야 한다. 계몽성은 일방성을 가지고 있기 때문에 저자가 던져주는 대로 독자가 그대로 수용하지 않는다. 의도는 의도고 해석은 해석이다. 그렇기 때문에 마치 번역하듯 저자의 글을 보게 된다. 같은 단어도 저자의 의도와 다르게 보기도 하고 느끼는 것도 마찬가지다. 저자에게 목적과 의도가 있다면, 독자에겐 눈이 있고 심장이 있다. 책의 의도가 분명하더라도 독자가 어떤 생각을 할지는 알 수 없다.

그래서 우리는 책을 쓰는 과정에서 우리의 목적만큼이나 독자가 생각할 만한 내용, 해석할 만한 요소들을 검토하며 목적을 세워야 한다. 알 수 없다고 예측할 수 없는 것은 아니다. 예측하고 독자들이 어떻게 생각할지 좀더 고민해보는 것이 중요하다.

이 책을 쓰면서 저자이거나 저자가 되고 싶어 하는 사람들이 어떤 내용을 알아야 할지, 책에 어떤 내용을 담아야 할지 고민했다. 일단 '나도 저자가 될 수 있다'라는 자신감을 북돋아주는 것이 필요하겠다는 생각을 했다. 그러면서 독자로서 바라보았다. 저자가 되는데 용기가 왜 필요한지, 그리고 전자책 저자가 되는 조건은 어떤 것인지 알려주고 싶었다. 이것이 이 책을 쓴 저자 이동준의 목적이었다.

| 책의 전반적인 내용 구성 |

책의 내용을 결정짓는 요소에는 구성(목차)과 재료(자료), 글쓰기(스타일)가 있다. 먼저 구성에 대해 살펴보자.

책의 내용은 목차의 형태로 구체화된다. 그런데 목차는 글을 쓰는 과정에서 바로 나오는 것이 아니다. 내용의 구성 단계를 거친 후에 비로소 목차를 잡게 된다. 책을 집필하는 순서로 보면 목차는 가장 나중에 완성된다. 저자는 책을 집필하기 전에 원고의 방향을 설정하고 큰 줄거리를 잡는다. 큰 줄거리가 '1차 내용의 구성'이다. 이것을 기준으로 자료 조사에 착수한다. 자료 조사를 하면서 다른 아이디어가 떠오르면 이것을 따로 기록해둔다. 본격적으로 집필에 착수하기 전에 1차

적으로 구성한 내용과 수집한 자료를 놓고 '2차 내용의 구성' 작업을
한다. 이 정도면 책을 진행하는 얼개가 그려진 것이다. 그리고 집필에
착수한다. 글을 써가는 과정에서도 추가적으로 자료 조사가 진행되고
내용의 구성도 조금씩 조정하게 된다. 그리고 원고가 완성되면 최종
적으로 구성을 점검하고 목차를 정한다. 목차를 정할 때는 독자의 흥
미를 끌 수 있는 카피로 소제목을 달아준다.

물론 콘셉트가 명확한 책을 진행할 때는 목차부터 완벽하게 준비
해서 작업을 진행할 수도 있다.

탄탄한 구성으로 집필 계획이 섰다면 이제 재료를 모아야 한다. 내
용을 만드는 것은 재료를 늘어놓고 선택하는 것이다.

우리가 책의 내용을 채우기 위해 필요한 재료는 다양한 방법으로
찾을 수 있다. 우리가 살아오면서 겪었던 모든 경험이 가장 중요한 재
료가 된다. 그동안 읽어온 책뿐만 아니라 영화, TV드라마, 공연은 물
론 일상의 시시콜콜한 경험도 다 재료다. 어젯밤에 꾸었던 꿈도 재료
가 된다. 우리가 무심코 지나치지 않는다면 그 무엇이든 재료가 될 수
있다. 단, 재료는 책을 쓰는 목적의 영역 안에 존재해야 한다. 살아온
과정에 많은 재료를 가지고 있다면 편하겠지만 그렇지 않다면 공부
해야 한다.

김치를 담글 때 쪽파를 재료로 쓴다. 밭에서 쑥 뽑아 그대로 버무
리지 않는다. 흙을 털어내고, 씻고, 다듬고, 썰어놓아야 재료로 쓸 수
있다. 고춧가루도 빠질 수 없다. 고추를 따서 가르고 씨를 떼고 햇빛
에 말려 가루로 만들어 준비한다. 한반도 북쪽에서는 생갈치를 김치
에 그대로 넣기도 한다. 김치에 쓰이는 찹쌀 풀도 준비해야 한다. 이

렇듯 모아놓은 재료로 김치를 만들기 위해서는 이 재료들을 썰거나 무치거나 절이거나 하면서 물리적인 또는 화학적인 방법을 써서 성질을 바꿔 사용해야 한다. 이처럼 모아놓은 재료도 글의 성격과 맥락에 맞게 요리해야 한다.

소설 『장길산』을 쓰기 위해 전국을 돌며 이야기를 채집했던 황석영도 그 재료를 분해하고, 짜깁고, 잇고, 늘이면서 소설을 완성해갔다. 아무리 재료가 기가 막히게 좋다고 하더라도 재료를 능숙하게 다루는 솜씨가 없다면 훌륭한 요리가 되기 어렵다.

재료를 다듬고 나면 이제 본격적으로 요리할 차례다. 다듬은 재료를 한데 넣고 끓인다고 요리가 되지 않는다. 재료에 따라 줄이고, 볶고, 끓이고, 레시피의 순서대로 요리를 완성해간다. 레시피는 기준일 뿐 재료의 양과 조리하는 방식에서 개인차가 존재한다. 이것이 맛을 가르는 요소다. 글도 마찬가지다. 같은 재료라 하더라도 다른 글이 나온다. 요리사의 손맛처럼 저자의 글맛도 다 다르다.

글의 맥락 속에서 준비된 글감을 이제 원고로 완성해야 한다. 글을 엮는 방법은 두 가지 방식으로 정리되는데, 논리적 연결점을 잡거나 감성적인 스토리를 구성하는 방식이다.

여기서 논리라는 것은 분류하고 순서를 잡는 것이다. 감성적인 스토리는 캐릭터를 만들고 캐릭터 간의 관계를 설정한 후 기승전결로 이야기를 뽑아내는 방식이다. 논리와 스토리를 함께 고민하는 편이 글의 설득력을 높여 독자가 읽기 쉽게 만든다. 개연성이 높아지고 공감대도 넓게 형성할 수 있다.

책의 내용을 구상할 때 일관성이라는 문제 때문에 각종 요소를 검토하게 된다. 책을 읽다가 후반부에 다다르면 앞에서 한 이야기를 스스로 위배하는 논리가 발견되는 경우가 왕왕 있다. 이것은 단순한 저자의 논리력 부족이나 기억력 문제가 아니다. 글쓰기 능력의 한계도 아니다. 인간이 이해하는 방식의 한계다. 창작의 과정에서 일관성은 거의 보장받지 못한다. 수많은 퇴고를 통해서 일관성에 가까이 가는 예도 있지만 그 반대로 그 퇴고 때문에 일관성을 잃기도 한다.

어떤 내용으로 책을 쓸 것인지 분명하게 해야 한다. 그렇지만 이 결심을 모든 상황에서 지키라는 것은 아니다. 책을 쓰다보면 혹은 공부나 자료 조사를 하다보면 전혀 다른 것을 쓸 수도 있기 때문이다. 이 전제 아래 무엇을 쓸지 결정해야 한다. 바뀔 수 있다는 것이 전제는 아니다. 하지만 현실은 언제든 전제를 뒤집는다.

책의 내용을 만들 때 반드시 마음속에 담고 있어야 하는 것이 있다. 현실에서와 달리 글에서 언어는 추상화되기 쉽다. 추상화된 언어를 끊임없이 구체적인 내용으로 만들어야 한다. 글쓰기에 속도가 붙으면 계속 이 과정을 망각하게 된다. 앞에서 말한 '목적'을 추상적인 언어로 드러내는 게 아니라 좀더 구체적인 표현으로 독자에게 보여주어야 그 '목적'을 이룰 수 있다. 그리고 글을 쓰다보면 처음 의도와는 상관없는 방향으로 글이 흐를 때가 있다. 글을 쓰면서 끊임없이 처음의 목적을 되새기고 되새겨야 한다.

내용을 구성하면서 간과하는 것이 참고문헌과 색인이다. 참고문헌은 '나만 이런 생각을 하는 것이 아니다'라는 것을 증명하고, 나와 반대되는 생각은 어디에 어떤 식으로 표현되어 있는지에 대한 근거를 대는 것이다. 색인은 개념과 핵심을 전달할 단어들을 정리해둔 것이다. 참고문헌과 색인을 정리하려면 평소 습관이 중요하다. 책을 쓰기 위해 자료를 찾아 정리하고 사용할 것들을 챙기는 일은 공부이기도 하며 독자에 대한 예의이기도 하다.

전자책은 참고문헌이나 색인을 해당 블로그나 사전으로 직접 링크할 수 있는 강점이 있다. 책을 쓰다가 길게 인용을 해야 한다거나 혹은 자신의 글보다 다른 사람의 글을 읽었을 때 독자의 이해도가 높아질 수 있다면 과감히 링크하는 것이 좋다. 링크를 사용하게 되면 맨 뒤에 참고문헌을 밝힐 필요 없이 본문에서 직접 설명해줄 수 있다. 그리고 색인의 경우도 어려운 단어는 네이버나 위키피디아 같은 곳으로 직접 링크를 걸어 바로바로 독자의 이해를 도울 수 있다. 이것이 전자책의 하이퍼링크 기능이다.

│ 책의 전반적인 체재 │

체재는 글의 형식이나 글을 묶는 방법 또는 서술 방식을 뜻한다. 이것은 의식적인 분류, 즉 서점 분류, 학제 분류, 도서관 분류, 평론가적인 분류 등 여러 형식으로 존재한다. 출판 현장에서는 분야나 장르쯤으로 해석할 수 있다.

실제 독자는 학습, 수험, 어학, 대학교재, 컴퓨터, 요리 같은 실용 분야를 제외한다면 체재에 대한 정체를 쉽게 파악하기가 어렵다. 어학 학습법의 대명사로 알려진 『영어공부 절대로 하지 마라』는 수기 형태의 에세이로 쓰여 있다. 개인이 공부하는 과정에서 느꼈던 것을 서술한 것이다. 이것은 당연히 어학으로 분류되지만 글쓰기 형식은 에세이다. 『낭만적 밥벌이』는 카페 창업 책이지만 역시 형식은 에세이다.

책의 체재는 저자의 주관적인 판단과 콘셉트에 의해 결정된다. 요즘 나오는 책은 체재가 복잡하게 섞여 있다. 학교 다닐 때 배웠던 분류법대로 글을 쓰기도 하지만 그렇게 기준을 잡아서는 안 된다. 학교에서 구분하는 글쓰기 형태는 소설, 시, 설명문, 논설문 등이 있다. 특정 분야를 정의하고 특징과 성격을 정한다. 그리고 그렇게 만든 분류에 따라 글을 쓴다. 이런 방식은 머릿속에서 지워야 한다. 이것은 글이 나온 후 사후에 평가하는 방식이다. 서사시, 서정시 등 이런 형태로 구분하는 것은 글쓰기를 방해하기도 한다.

글을 쓰는 것보다 전형성을 먼저 가르친 교육 과정이 못내 아쉽다. 그냥 '난 오늘 거짓말을 쓸 거야'라고 생각하고 글을 쓰면 안 됐던 것일까? 좀더 자연스럽게 글을 쓸 수 있는 교육 환경이 필요하다는 생각이 든다. 그래도 이 전형성을 교육 과정 속에 넣은 이유는 분명히 있다. 이런 체재에 대한 전통적인 특징을 익히고 있다면 책을 기획하는 과정에서 도움이 된다. '공자'를 가지고 책을 기획한다면 공자라는 인물을 소개하는 평전이 있을 수 있다. 그리고 공자를 주인공으로 하는 소설을 기획할 수 있다. 어린이를 위한 논어를 만들 수 있다. 위대한 인물선 '만화 공자'도 기획해볼 수 있다. 시경을 소개하는 '낭만 공자'라는 기획은 어떨까? 즉 글을 쓰는 목적과 내용이 정해지고 나면 적절한 형식을 선택하는 순간 교과서를 통해 배운 형식의 특성들이 책의 체재를 결정하는 데 참고가 된다. 그래서 분야에 대한 이해를 소홀히 할 수 없는 것이다. 그리고 이것은 서점의 분류로 갔을 때 훨씬 더 많은 신호를 보낸다.

김난도 교수의 『아프니까 청춘이다』가 1990년대에 출간됐다면 서점에서 인문 코너로 분류됐을 가능성이 높다. 2000년대라면 당연히 자기계발 코너에 전시됐을 것이다. 2010년대 이 책은 에세이 코너에 자리 잡고 있다. 이렇게 같은 콘텐츠라도 시대마다 이해하는 방식이 다르다.

특히 서점 분류는 독자의 생각을 읽을 수 있는 실마리가 된다. 그 분류에 따라 독자의 구매 여부를 판단하게 되는 것이다. 책이 던지는 메시지가 정확하다면 해당 분류를 잡기가 쉽다. 『주식을 이기는 부동산 재테크』라는 책이 있다고 하면 모든 서점이 경제경영 분야와 자기 관리 분야의 재테크와 부동산 분류에 넣을 것이다. 판단의 근거는 시장성일 수도 있으나 이것은 서술 방식에 달려 있다.

인터넷 서점의 분류 체계는 독자 분류와 소재 분류, 목적형 분류, 형식 분류 등이 있다. 독자 분류에는 연령별, 성별, 직업별, 신분별 분류 등이 있다. '좋은 부모되기'라는 분류도 있다. 형식 분류는 그림책과 읽기 책, 그림 에세이, 사진 에세이 등의 표현 형식을 말한다. 목적형 분류는 수험, 학습, 대학교재의 분류다. 그런데 글쓰기 형식을 들여다보면 이런 분류들이 꼭 하나의 형식을 취하는 것은 아니다. 유아용 그림책은 이 닦기 습관 같은 생활 습관을 강조하는 자기계발서 형식을 띤다. 어떤 책은 사회 분야의 글쓰기처럼 느껴진다. 혹은 그림책에서 시의 형식을 발견하기도 한다.

주관적이기는 하지만 주제별 분류를 보는 것도 의미가 있다. 문학 분야가 자기계발이나 경제경영 분야보다 출간되는 책이 많다거나 매출이 높은 것도 인터넷 서점을 통해서 확인해볼 수 있다. 분야별 판매 순위나 판매지수(예스24) 혹은 세일즈 포인트(알라딘) 같은 것을 비교해보면 독자들의 분야별 관심사를 예측해볼 수 있다. 서점의 분류는 철저히 시장과 독자의 반응을 기반으로 한다. 그래서 독자가 책에 접근하거나 책을 판단하는 용어로 사용된다.

저자가 책에 담고 싶어 하는 것

사상, 감정, 지식은 책의 효용에 대한 이야기다. 왜 책을 읽는가? 왜 책을 쓰는가? 사상, 감정, 지식을 위해서다. '따위'에 포함된 단어들도 있다. 재미, 시간 때우기, 장식, 심지어 라면 냄비 받침까지.

책을 쓸 때 저자가 하고 싶어 하는 이야기는 대부분 이 세 가지 범주 안에서 움직인다. 사상, 감정, 지식의 요소를 각각 구현한 책도 있고, 두 가지 이상의 요소가 함께 담긴 책도 있다. 하나의 요소에 집중해 우직하게 파고들면 깊이 있고 진지한 책이 되기 쉽다. 두 가지 이상의 요소를 담게 되면 묵직함보다는 독자의 심리적 접근성이 좋아진다. 여기에 콘셉트라는 개념을 더해보자. 콘셉트는 저자가 책에 담고 싶어 하는 사상, 감정, 지식 따위의 요소를 독자가 이해하고 받아들이기 쉽도록 창의적으로 잡아낸 집필 방식이다. 요약하자면 집필 방향과 방식을 창의적으로 개념화시킨 것이 콘셉트다. 이 개념화 과정에는 저자가 경험적으로 체득한 사상, 감정, 지식 따위의 요소들이

버무려진다. 저자는 이 콘셉트를 근거로 책에 담고자 하는 사상, 감정, 지식 따위에 대한 내용을 집필한다.

수학책 중에 『유난히 설명이 잘된 수학-기하편』이 있다. 이 책의 미덕은 단순함에 있다. 기하는 학생들이 어려워하는 부분 중의 하나다. 저자는 복잡한 기하 문제를 해결하기 위해 그 원리를 60장의 카드로 정리했다. 지식이 담긴 교재에 '재미'라는 요소와 '보다 단순하게'라는 관점을 적용한 것이다. 이에 비하면 『수학의 정석』은 우직하게 지식을 담아낸 수학책이라고 할 수 있다.

수학은 수식과 그림과 글로 구성된다. 수학이라는 학문을 이해시키기 위해 사람들은 특정한 설명 방식을 채택하고 있다. 이것은 수학을 이해하는 방식과 보여주는 방식에 대한 가치관을 반영한다.

소설은 지식보다 감정을 담아내는 책이라고 할 수 있다. 하지만 지식이 담기지 않고서는 감정을 드러내는 데 설득력과 개연성이 떨어질 수 있다. 소설가의 자료 수집 과정이 치열한 이유다.

『아내가 결혼했다』라는 소설은 축구에 대한 참고문헌이 두 페이지에 걸쳐 적혀 있을 만큼 지식 전달을 강조하는 소설이다. '아내의 결혼'이라는 놀라운 소재에 단순한 스토리 구조를 사랑과 축구의 결합으로 보여주고 있다. 페미니즘적 가치관과 축구에 대한 지식 그리고 사랑이라는 감정까지 잘 결합되어 있는 소설이다. 이런 소설은 특히 역사적 사실을 소설 형식으로 기록한 팩션Faction 장르에서 많이 나타난다.

『알도와 떠도는 사원』은 철학 소설이다. 지식을 중심으로 소설을 풀고 있다. 『소피의 세계』는 서간 에세이 형식으로 철학을 설명하고 있다. 『청춘의 독서』는 저자의 청춘 시절, 고전과 명작을 읽었을 때의 시대 상황이나 감정 상태를 책 소개와 절묘하게 결합시켜 표현하고 있다.

지식과 감성과 사상은 독자가 읽기 편하다는 것을 전제로 결합한다. 이 조합의 매개는 구체성이다. 간단한 예로 알 수 있다. '한나라당의 문제는 1퍼센트와 기득권을 위한 정당'이라는 표현은 아무런 감흥을 주지 못한다. 그런데 '2010년 6월 한나라당 의원이 90퍼센트를 차지했던 서울시의회에서 청와대 앞길 조경공사로 서울시 예산 25억 원을 책정한 날, 서울시 독거노인 도시락값 1억 5,000만 원을 한 푼도 남기지 않고 전액 삭감했다'라고 표현하면 한나라당의 성격은 분명히 드러난다. 그리고 독자에게 분노라는 감정이 생긴다. 구체화하지 못하면 가치관과 지식과 감성은 공유하기 어려워지게 된다.

구체적인 조합 후에 우리가 신경 써야 하는 것은 입체적인 설계다. 목적에 위배되지 않고 내용의 구성에 부합한다면 지식, 감정, 사상은 입체적으로 설계되어야 한다. '영웅은 영웅적인 행동만'이라는 캐릭터 설계는 권선징악의 논리에서 빠져나오지 못한다.

중졸 학력, 그리고 학교에서 일진으로 생활했던 가출 소녀가 세계 타이틀을 여섯 개나 차지한 권투 챔피언이 됐다고 하자. 이 이야기에 우리가 넣을 내용은 가족 간의 갈등, 가출한 이유, 권투를 하게 된 계기 등이다. 이러면 구체성은 만족할 만하다. 그런데 뭔가 허전하다. 이 권투 선수는 인간 승리만을 위해 존재하는 캐릭터가 된다. 이 권투 선수는 첫사랑도 있고 첫키스도 하는 우리가 아는 사람이다. 첫사랑 이야기가 재미있게 들어간다면 책 속의 성공한 권투선수 캐릭터가 아니라 현재를 같이 살고 있는 스물여섯 살의 아가씨가 되는 것이다. 이것이 입체적인 설계다.

구체화는 입체적이라는 말을 친구로 가지고 있다. 목적과 내용과 체재는 안타깝게도 평면적이다. 이것을 3차원의 공간으로 가져오는 것이 필요하다.

이것을 다시 4차원으로 가져오는 것이 스토리텔링이다. 바로 시간적 구성을 도입하는 것이다. 동시대적인 감수성을 바탕으로 과거와 현재, 미래를 집어넣어 구성하는 방식이다. 스토리텔링은 기승전결의 구조로 엮인다. 이는 문학 분야에만 존재하는 것은 아니다.

예를 들어 실패 사례가 들어간 요리책은 거의 없다. 하지만 요리책을 보면서 요리하는 사람들은 실패 사례를 잔뜩 가지고 있다. 레시피만 있는 요리책에 저자가 자신의 실패 사례를 같이 실어주면 독자와 더 많은 공감대를 형성할 수 있을 것이다.

모든 분야에 캐릭터와 내러티브 위에 이 스토리텔링 기법을 얹게 되면 공감대의 영역을 늘려갈 수 있다.

2
출판사
만들기

　　　　　　　　　　예전에는 출판사를 하려면 정부
의 허가를 받아야 했다. 그러나 요즘은 신고만 하면 누구나 출판사를
할 수 있다. 서류를 준비하고 행정부서를 찾아다녀야 하는 불편만 감
수한다면 말이다.

　출판사를 만들기 위해선 출판사 이름과 사업계획서, 자금계획서,
출간기획서 등 사업 전략이 우선이겠지만 일단은 행정절차를 먼저
살펴보겠다.

　행정적으로 출판사를 만드는 과정은 ① 출판사 이름 정하기 →
② 사무실 구하기 → ③ 구청에 출판 등록하기 → ④ 세무서에 사업
자 등록하기 → ⑤ 국립중앙도서관에서 ISBN 신청하기 순서로 진행
된다.

출판사를 하기로 마음먹는 순간부터 출판사 이름을 어떻게 지을지 고민할 것이다. 즐거운 고민이다. 자신이 좋아하는 조금은 특별한 무엇인가로부터 출발한다. 남다른 의미가 있었으면 좋겠고, 내가 내고 싶은 책의 성격을 나타내는 단어면서 익숙하게 입에 착 달라붙는 이름이었으면 좋겠고, 세련된 느낌이면서 출판사 대표인 내 성향이 슬쩍 드러나는 명칭이었으면 좋겠다. 이런 생각을 하면서 출판사 이름을 하나씩 기록해둘 것이다. 보통 한 사업자등록증에 하나의 출판 등록이 가능하지만 출판사 이름은 여러 개도 가능하다. 예를 들어 회사 이름은 〈짙은〉이라고 짓고 출판 등록은 〈짙은 빨강〉〈짙은 파랑〉〈짙은 노랑〉 등으로 할 수 있다. 출판 등록을 하면 1년에 한 번 면허세를 내는데 1만 8,000원이다. 출판사 이름이 여러 개면 그만큼 면허세를 더 내게 된다. 출판사 이름을 하나로 지어 운영하면 모든 책은 그 이름으로 내기 때문에 브랜드 파워가 생기는 이점이 있고, 출판사 이름을 여러 개로 하면 출간하는 책의 성격에 맞게 출판사 이름을 사용할 수 있다. 선택의 문제지만 출판사 운영 초기는 한 분야로 집중해서 책을 출간하는 것이 좋다.

출판사 이름을 정할 때 명칭이 중복될 수 있다는 사실을 기억해야 한다. 애써 좋은 이름을 생각했는데 이미 그 이름을 가진 출판사가 있다면 낭패다.

2010년 통계를 보면 약 2만 5,000개에 가까운 출판사가 등록되어 있다. 즉 2만 5,000개의 단어나 문장이 출판사 이름으로 등록되어 있는 것이다. 이름을 짓기 전에 중복된 것인지 아닌지 확인하는 방법이 있다. 문화체육관광부에서 운영하는 출판사/인쇄사 검색 시스템(61.104.76.20/html/)을 이용하면 된다. 이름을 정했다면 이제 사무실을 구할 차례다.

사무실 구하기

출판 등록을 할 때와 사업자등록을 할 때의 '사무실'에 대한 요건이 다르다. 출판 등록을 할 때는 구청의 해석에 의해 결정되고, 사업자등록을 할 때는 법률에 따라 결정된다. 사무실이 사업자 소유 주택인 경우는 매매계약서가 필요하다. 사무실이 전·월세 임대인 경우는 임대계약서 사본이 필요하다. 그리고 전세를 얻은 전세권자가 다시 재임대하는 전대를 하게 될 경우에는 건물주의 전대동의서가 필요하다.

주의할 점은 사무실 임대료를 비용으로 처리하기 위해서는 세금계산서를 받아야 하는데 건물주가 부동산임대사업자로 등록되어 있어야 가능하다. 일반 주택에 세를 들어 사무실로 사용할 경우, 주택 임대인이 부동산임대사업자로 등록되어 있지 않은 경우가 많으니 확인해야 한다.

그리고 소호SOHO 창업인 경우에는 굳이 사무실이 아니어도 된다. 이 경우는 거주하고 있는 주택에서 출판사를 운영할 수 있다는 말이다. 이때는 임대계약서가 아니라 전세계약서를 지참하면 된다. 간혹 구청에서 이 사항을 모를 경우 〈출판사 및 인쇄사 신고 등 업무처리지침)에 나와 있다고 상기시키면 된다.

관할 구청에 출판 등록하기

사업장이 있는 해당 구청 문화체육과에 몇 가지 서류를 준비해서 찾아가면 된다. 필요한 서류는 ① 주민등록증이나 운전면허증 같은 신분증 ② 사무실 임대계약서 ③ 출판등록신청서 이렇게 세 종류다. 특별한 절차는 없다. 서류를 제출하고 1주일 정도 기다리면 출판사신고필증과 면허세 고지서가 나온다. 면허세 1만 8,000원을 내면 등록이 완료된다.

세무서에 사업자등록하기

사업장이 있는 해당 세무서 민원실을 찾아간다. 이때도 몇 가지 서류를 준비해야 하는데, ① 주민등록증이나 운전면허증 같은 신분증 ② 사무실 임대계약서 ③ 출판사신고필증 ④ 사업자등록신청서 등이다. 사업자가 세금 체납 등 세무상 하자가 없다면 바로 사업자등록증이 발급된다. 사업자등록신청서를 작성할 때 업태는 제조업으로 기재하고, 업종은 출판과 전자출판 두 가지를 모두 등록한다.

출판업은 면세사업이다. 부가가치세가 면제된다는 말이다. 다시 말하면 책 가격에 부가가치세가 포함되어 있지 않아서 세무 신고가 과

세사업보다 단순한 편이다. 하지만 제작 과정에 들어가는 종이값, 인쇄비 등은 부가세를 포함시켜 내야 한다.

사업자등록증의 문제는 회사에 다니는 사람일 때 더 큰 문제가 생긴다. 이 책의 도입부에서도 말했듯이 저자는 두 가지 이상의 일을 해야 하는데, 한 가지 일이 회사에 다니고 있는 것이고 나머지 일이 사업자등록증을 내야 하는 일이라면 곤란한 상황이 생길 수 있다. 어떤 회사도 부업을 그것도 본격적인 자영업자를 직원으로 데리고 있기 어렵기 때문이다. 그래서 이런 경우 배우자나 부모님의 이름으로 사업자를 내기도 한다.

몇 가지 세무 상식에 대해 조금 더 알아보자. 전자책도 부가세가 면제되지만, 아직 법으로 정해진 것은 아니다. 〈출판인쇄진흥법〉에 제시된 조항을 의지해서 쓰므로 부가세 면제라고 관습적으로 여긴다.

편집과 디자인 등 외주 프리랜서에게 일을 맡길 경우, 작업비를 지급할 때 원천징수 금액을 제외하고 지급한다. 10만 원 미만일 경우에는 원천징수를 공제하지 않는 곳도 있고 공제하는 곳도 있다.

원천징수는 소득세 3퍼센트와 주민세 0.3퍼센트 등 사례비의 3.3퍼센트에 해당하는 금액이다. 나중에 소득세 공제를 저자와 외주자도 받게 되니 출판사에서 세금 신고를 잘하면 된다. 이것은 저자나 번역자에게 지급할 때도 마찬가지다.

원천징수 세금 신고는 매월 10일까지 국세청 홈페이지의 홈택스에 접속해 처리하고, 저자에게는 원천징수영수증을 끊어주면 된다. 그리고 납부고지서를 출력해서 은행에 납부하면 된다.

출판업은 면세 사업이므로 부가세 신고를 할 필요가 없다. 대신 다음 해 면세사업자사업장현황신고와 5월 종합소득신고를 하면 된다.

보통은 이런 과정이 어려워서 세무사를 쓰게 되는데 매월 월 비용으로 지급되는 금액이 고정비로 계속 들어간다. 보통 10만 원에서 20만 원 정도다. 이왕 하는 사업이니 조금 복잡해도 직접 도전해볼 것을 권한다.

┃ 국립중앙도서관에 ISBN 신청하기 ┃

책 뒤표지를 보면 바코드와 ISBN이라는 일련번호가 나온다. 978-89-969599-○-○ 형식이다. 여기에 출판사의 고유번호가 있는데 969599에 해당하는 숫자다. 출판사 규모에 따라 자릿수가 다른데 사업 초기에는 일반적으로 여섯 자리를 부여받게 된다. 출판사 고유번호를 발급하는 기관은 국립중앙도서관이다. 국립중앙도서관 홈페이지의 한국문헌번호센터(www.nl.go.kr/isbn/)에서 발급 신청을 하면 된다. ① 출판사신고필증 ② 발행자번호신청서 ③ 연간출판예정목록을 제출하면 된다. 출판예정목록은 반드시 지킬 의무가 있는 사항은 아니다.

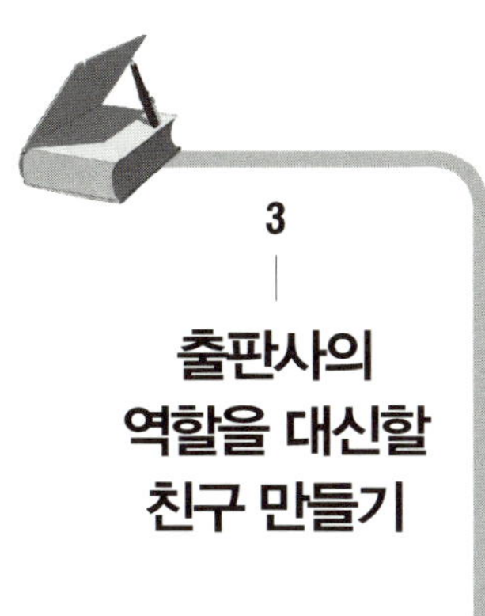

3

출판사의
역할을 대신할
친구 만들기

기획안을 마련해 출판사와 계약한 저자는 그 기획안을 토대로 원고를 어떤 구성으로 만들어갈지 출판사 편집자와 상의하면서 글을 써나가게 된다. 물론 편집자와 상의 없이 저자 혼자서 원고를 완성할 수도 있지만, 결국엔 편집자와의 논의 과정을 거쳐 원고를 수정하게 된다.

기획안이 아니라 원고를 다 써서 출판사에 보내는 경우는 어떨까? 당신이 책을 몇 권 낸 기성 저자가 아니라면, 또 당신의 원고가 아주 뛰어난 원고가 아니라면 대개는 계약하자는 답신을 받기 어려울 것이다. 다행히 출판사에서 당신의 원고를 좋게 봐 계약이 되더라도 처음 원고를 그대로 사용하지는 못할 것이다. 처음부터 끝까지 다 뜯어고치지는 않더라도 상당히 많은 부분을 수정해야 할 것이다.

종이책은 그동안 출간 노하우를 길러온 출판계의 전문가들과 협의를 거쳐 완성된다. 당신의 원고가 출판사의 출간 성향과 어울리도록, 또 성공적인 책으로 태어날 수 있도록 출판사는 의견을 제시한다.

당신이 기획안을 토대로 원고를 쓸 준비를 하는 동안 출판사는 몇 가지 방향에서 고민을 시작한다. 이 책을 읽는 독자는 어떤 사람이며 그들은 주로 어떤 상황에서 이런 종류의 책을 대하는지, 그리고 이 책의 내용이 어렵지 않은지, 어렵다면 어떻게 풀어내야 할지, 그동안의 노하우를 통해 그 해결책을 만들어낸다.

출판사는 당신이 미처 생각하지 못한 점들을 지적한다. 잘못된 철자를 고치고 문장을 다듬는 교정과 교열은 기본이다. 당신이 사용한 자료가 정확한지, 저작권과 명예훼손 등 법적 문제는 없는지, 원고가 기획안에 맞게 진행되고 있는지 등을 파악한다.

출판사는 책을 만드는 곳이다. 책에 대해 좋고 나쁨을 판단하는 것은 독자의 몫이다. 출판사가 만들고자 하는 책은 기본기가 탄탄한 '제대로 된 책'이다. 출판사 편집자가 당신의 원고에 대해 무엇인가 지적을 한다면 제대로 된 책을 만들기 위함이라는 사실을 기억하자. 내 원고의 토씨 하나라도 고치면 안 돼라고 외치는 저자는 없을 것이라고 생각한다. 그가 출판사 사장이거나 밀리언셀러 작가가 아니라면 말이다. 무조건 거부하지 말고 그렇게 지적한 이유를 다시 한 번 되새겨보자. 물론 무조건 받아들이는 것도 경계해야 한다.

출판사 내부 토론과정을 실제 사례를 들어 좀더 들여다보기로 하자. 저자가 연간 10억 이상의 매출을 올리는 20대 패션 쇼핑몰 사장들을 인터뷰해서 책으로 묶어보면 어떨까 하는 제안을 한다. 편집자와 출판사 사장과 마케터는 자신의 경험을 토대로 저자의 제안에 대해 의견을 말한다. 편집자는 원고지 50매 분량으로 20명을 인터뷰하는 게 좋을지 100매 분량으로 10명을 인터뷰하는 게 좋을지 고민해보자, 같은 내용이 계속 반복돼 흥미가 떨어질지 모르니 화보를 넣는 게 좋겠다, 1대 1 문답 형식의 인터뷰보다 르포 형식이 좋겠다 등 원고의 구성과 내용, 형식에 대한 이야기를 시작한다.

사장은 제목과 표지에 대한 이야기를 시작한다. "『한국의 쇼핑몰 부자들』 어때?" 하며 의견을 제시한다. 비슷한 책이 있나 인터넷 서점을 검색해 이런 책이 없다는 것을 확인하고 진행해보자고 말한다.

마케터는 요즘 경제경영서나 창업 관련 책들의 서점 매출이 반 정도 줄었다는 것을 강조한다. 온라인 쇼핑몰에서 입점업체 관리를 위해 필요한 교재로 채택될 수 있게 만들자는 외견도 내놓는다. 이런저런 의견이 저자의 의견과 함께 충돌한다.

이 과정을 통해서 패션뿐만 아니라 식품이나 레저 시장까지 포함한 다양한 분야의 쇼핑몰 사장들 인터뷰로 책의 내용이 바뀔 수도 있다. 이런 회의 중간에 전혀 다른 기획안이 튀어나오기도 한다. 『한국의 빌딩부자들』이 나올 수도 있다.

이렇게 출판사 기획회의는 기본적으로 여러 관점이 충돌하는 논의의 장이다. 합의나 절충을 통해 결정하기도 하지만 또 다른 방식으로 진행되기도 한다. 이런 과정을 거쳐 사소하다 싶은 여러 가지 사항을 하나씩 결정하는 것이다. 어찌 보면 논의 과정이 쓸모 없다고 생각할 수도 있지만, 이 과정을 통해서 책을 기획하는 주체들과 책을 저술하는 저자는 확장된 생각을 하게 된다. 사고가 풍부해지고 모든 측면을 구체적으로 검토하게 된다. 물론 모든 출판사가 이런 기획회의를 거치는 것은 아니지만, 이상적으로는 모든 책에 이런 기획회의가 있어야 한다.

논의가 풍부할수록 저자 또한 많은 내용을 담게 된다. 말을 거듭하면서 자신의 기획과 저술을 풍요롭게 만든다. 물어보고 답하는 일이지만, 저자는 자신이 갖지 못했던 생각들을 떠올리거나 숨어 있는 이야기를 꺼내기도 한다.

하지만 당신이 출판사와 함께 일하는 것이 아니라면 출판사의 역할을 해줄 누군가가 필요하다. 이 사람들을 특정하기는 어렵다. 나오는 책에 따라 말해줄 사람이 다르기 때문이다. 그래서 통칭 '친구'라는 말을 사용했다. 이 친구들은 우리에게 독자이기도 하고 편집자이기도 하다.

평소 인간관계가 좋지 않아서 친구가 없다고 걱정할 필요는 없다. 온라인상에서 친구를 만들 수도 있다. 트위터에서는 타임라인이, 다음 아고라에서는 댓글이, 페이스북에서는 뉴스피드가 그 역할을 해줄 것이다. 이렇게 오프라인과 온라인을 통해서 여러 경로의 친구를 확보해야 한다. 오프라인 친구들도 온라인을 통해서 소통할 수 있다. 얼굴을 자주 볼 수 없다고 하더라도 전화나 문자, 카카오톡 혹은 메신저로 의견을 주고받을 수 있다. 하지만 학교생활이나 직장생활에 바쁜 친구들이 당신의 원고에 친절히 답해주고 혹은 고쳐준다고 생각하지는 말자.

고등학교 동창 몇 명에게 카카오톡으로 연재하는 글의 주소를 보내본 적이 있다. 가장 빠른 대답이 사흘 후에 온 것이었다. 그리고 역시 책 나오면 이야기하라는 반응이 대부분이었다. 책 사준다고….

뜻밖에 친하지 않거나 친해지기 직전의 친구들이 훨씬 더 좋은 반응을 보인다. 오래된 친구는 매너리즘에 빠져 있을 가능성이 높다. 그리고 친구들의 관심도 게이지가 100이라면 책에 대한 관심도는 1 이하일 가능성이 높다. 출판사를 다니는 경우를 제외하고 당신의 글과 책을 열심히 읽어줄 사람은 별로 없다. 큰 기대는 않더라도 관심도 1도 소중하다.

오프라인으로 소통하는 친구는 가능하면 글쓰기 동호회나 직장 동호회 혹은 독서토론 모임 등 책과 관련한 특정 모임에 소속된 사람들이 좋다. 오래된 친구랑 독서토론을 해보았는가? 책이 아무리 좋아도 긴 이야기를 하기가 어렵다. 새롭게 시작하는 모임에서 만난, 적당히 예의를 지키고 서로에 대해 잘 모르는 그런 사람들이 저자의 친구로 적당하다. 책이나 글에 관해 이야기하며 서로에 대해 알게 된다. 당신의 글에 대한 평가와 더불어 더 많은 정보를 일러줄 것이다.

기획회의를 하고 쓴 글을 같이 보며 의견을 제시할 수 있는, 글쓰기 실전에 도움이 될 친구들은 기획의 주제와 연관된 분야의 친구들이나 이미 저술 작업을 하고 있거나 저자를 꿈꾸고 있는 친구들로 구성하면 좋다. 책을 같이 쓸 만한 친구를 만들면 더욱 좋다.

이럴 경우 아주 친한 친구가 되기도 하지만 의견이 너무 일치하거나 아예 다르면 안 좋은 결과를 만들 수도 있다. 이럴 때는 꼭 심판을 두거나 선생님을 두도록 한다. 친구들은 공저자도 되고 선생님도 되고 심판도 된다.

당신이 추리소설 저자고 살인사건을 해결하는 탐정 이야기를 쓴다고 가정해보자. 주인공이 독살당한 피해자를 조사하면서 다섯 가지 성분의 약품이 우연의 일치로 동시에 작용해 살인사건이 일어났음을 발견하고 범인을 추적하는 내용의 스토리로 정했다. 이 이야기의 사실성을 높이기 위해 독약 전문가나 약사의 도움을 받아 약의 효능을 설명하고 그 약의 분량과 투여 방법 등에 대해 자세한 정보를 싣는다면 소설의 사실성과 개연성은 더 높아질 것이다.

독약 전문가는 몰라도 약사 친구는 당신 주변에서 발견할 수 있을 것이다. 인터넷 검색을 통해 독약 전문가를 찾아 인터뷰를 의뢰할 수도 있겠지만 쉬운 일은 아니다. 그리고 전문가에게 전문적인 조언을 들으려면 인터뷰 사례비를 지불해야 하는 게 정석이다. 그 전문가의 소중한 시간을 빌리는 것이기 때문이다. 친구라면 적어도 그런 걱정은 하지 않아도 된다. 친구랑 저녁식사를 하는 것은 자연스러운 일이기 때문이다. 만약 약사 친구가 없다면? 친구의 인맥을 활용하자. 저자가 모든 것을 다할 수 없으므로 이런 조력자는 반드시 필요하다. 게다가 많은 취재원은 이런 식으로 친구들의 인맥으로부터 나온다.

친구들의 역할을 한 방향으로 고정해서는 안 된다. 한 친구가 자료도 주고 의견도 내고 감수도 해줄 것이다. 당신이 눈치가 빠르고 선택과 결정에 거침이 없으며 의사소통 능력이 있다면 예상하지 못했던 많은 것을 얻을 수 있다. 이 과정에서 당신의 능력 중에 가장 중요한 능력은 이야기를 끌어내고 듣는 능력이다. 당신의 말하기는 당신의 귀를 위해서 존재한다. 다른 이의 이야기를 끌어내는 능력이 없다면 저자의 능력은 10분의 1로 줄어들 것이다.

당신에게는 무슨 이야기든 나눌 수 있는 분위기 조성을 위한 기본적인 습관이 필요하다.

ㅣ 첫 번째는 듣는 태도다 ㅣ

강의가 직업인 나에게는 없는 재능이다. 누구를 만나든 내가 말을 더 많이 하려는 못된 습성이 있다. 자꾸 가르치려 한다. 심지어 면접 자리에서 면접관을 가르치려고 한다. 이것은 안 좋은 태도다. 대화 상대가 나의 선생이라는 생각을 가지고 겸손한 마음가짐으로 배울 자세를 갖춰야 한다.

그러나 포인트는 음흉해야 한다는 점이다. 겉으로는 겸손해 보이고 소탈해 보이지만 속으로는 음흉한 속내가 있어야 한다. 높은 데서 바라보는 독수리처럼 무심한 듯 날카로워야 한다. 친구들의 말은 토끼다. 수풀 사이로 뛰어가는 토끼를 잡아채는 것처럼 놓치지 말아야 한다. 저자에게는 겸손하지만 음흉한 마음가짐이 필요하다.

다른 사람들이 말을 편하게 하는 것을 원한다면 당신은 짧지만 핵심적인 말을 하고 성의 있게 듣는 태도를 보여야 한다.

ㅣ 두 번째는 리액션이다 ㅣ

예능 프로그램에서 유능한 진행자는 게스트의 말과 행동에 적절하게 반응한다. 무조건적인 칭찬과 비판은 좋지 않다. "야, 그거 좋은 아이디어다(손뼉 치며 웃어라)." 그리고 몇 마디를 더 얹어야 한다. "그런 생각은 어떻게 했어?" "나중에 내가 책에 써도 되지?" 등 기분 좋은 말로 친구들을 우쭐하게 하는 것이 좋다. 그리고 재미없는 말을 하면 썰렁하다고 타박하는 것도 좋은 방법이다. 언쟁이 생기면 오히려 더 많은 이야기를 들을 수 있다. 의견이 대립하면서 더 많은 근거나 생각들이 쏟아져나온다. 물론 감정이 상하기도 한다. 이럴 경우는 "내가 잘못 생각했어" "오해했네. 미안해"라는 말로 반드시 수습해야 한다.

하늘을 나는 독수리는 결코 흥분하지 않는다. 당신이 감정을 너무 많이 섞으면 해가 된다. 즐겁게 대화했든 화를 내며 논쟁했든 중요한 것은 당신이 친구로부터 어떤 말을 들었느냐다.

│ 세 번째는 진지함이다 │

기획안이나 초고를 보일 때 가능하면 농담은 삼가는 것이 좋다. 당신의 원고다. 당신이 쑥스럽다고 비웃거나 웃음거리로 만들면 안 된다. 당신의 원고를 우습게 보는 친구에게는 가능하면 보이지 말아야 한다. 처음엔 진지하게 시작하고 원고의 중요성에 대해 서로 확인하고 난 후라면 어떤 농담도 가능하다. 대화할 때 처음엔 진지하고 나중에는 즐거운 분위기로 끌어나가야 당신의 원고는 여러 가지 평을 받을 수 있다. 처음부터 농담하는 분위기면 나중에 진지해지기는 더 어렵다.

┃ 네 번째는 메모 습관이다 ┃

친구가 원고에 대한 의견을 이야기할 때 특히 머릿속으로 기억하지 말고 친구 앞에서 꼭 메모해야 한다. 메모도 전체를 다 적는 것이 아니라 말을 먼저 꺼낸 후 적어라. 예를 들어 "세 번째 목차랑 네 번째 목차랑 바꾸는 것이 좋다고? 알았어 잠깐만." 약간 뜸을 들인 후 친구 앞에서 수첩을 꺼내들고 바로 적어라. '3번과 4번 목차 교체' 이렇게 하고 나면 당신은 친구의 의견을 존중하는 저자인 것이다. 그리고 그 말이 당신의 마음에 들지 않는다손 치더라도 꼭 목차를 바꿔 넣어라. 그리고 전자책이 나왔을 때 목차의 순서를 보고 그 친구는 당신이 앞으로 낼 모든 책에 고민이 듬뿍 담긴 세심한 마음으로 여러 의견을 내줄 것이다.

실컷 당신 앞에서 떠들었는데 메모도 하지 않고 적용도 하지 않는다면 아무도 원고에 대해 말하지 않을 것이다.

┃ 다섯 번째는 고맙다는 인사다 ┃

책을 보면 〈머리말〉이나 〈들어가며〉 등 저자의 인사말이 있다. 책을 기획하게 된 이유, 책의 목적, 책을 만든 과정, 독자에게 전하고 싶은 말 등을 쓴다. 보통 끝 단락에 감사의 말을 넣곤 하는데 당신에게 도움을 준 친구들 이름을 꼭 기억해서 고맙다는 인사를 하길 바란다. 출간 과정에서 그의 의견이 반영되지 않았더라도 꼭 친구의 이름을 넣어주면 좋다. 전자책은 책의 형식에 얽매이지 않아도 좋으니 뒷부분에 참고문헌을 넣는 것처럼 도움을 준 사람들 이름을 같이 넣으면 좋다. 책의 판권면에는 발행인, 저자, 마케터, 편집자를 포함해서 기획자의 이름을 넣어준다. 당신에게 의견을 준 사람은 출판에서는 '기획자'의 역할을 한다.

ǀ 여섯 번째는 자신감이다 ǀ

저자의 자존심은 작품이나 기획안 공개를 최종적으로 막는다. 편하게 이야기하기도 어렵고 혹은 두렵기도 하다. 비판을 받는다거나 혹은 오해가 생길까봐 걱정을 하는 것이다. 그리고 자신의 아이디어나 창조적인 고민을 빼앗길지도 모른다고 생각한다. 자꾸 숨기거나 말하지 않는다. 이렇게 친구와 말하지 않으면 창조성도 떨어지고 창작의 계기도 만들기 힘들다. 조금은 자신에 대해 당당해질 필요가 있다. '나는 작가다'라는 생각에 힘을 주자. 그 정도는 친구들도 이해할 것이다.

창작은 우물과 같다. 만약 물이 들어오는 쪽만 있다면 물은 계속 차올라서 넘치거나 혹은 고여서 썩게 될 것이다. 우물은 비슷한 양을 유지하고 있는 것 같아도 보이지 않게 흐르고 있다. 갇혀 있는 것처럼 보이지만 끊임없이 움직인다.

이 우물의 의미는 우리가 퍼서 마시거나 무엇인가를 씻을 때 비로소 생긴다. 아무리 저자의 머릿속에서 많은 생각이 새로 생기고 없어지고 흐르고 있어도 그것은 소용없는 일이다. 우물물은 두레박으로 퍼낼 때 그 효용이 생긴다. 창작 행위에서 두레박은 책이나 영화, 전시회나 콘서트가 될 수 있다. 이 모든 것이 일 년 혹은 수 년에 한 번 나오게 된다. 그때까지 우물은 조용히 흐르고만 있다. 당신의 그 우물을 언제나 맛볼 수 있는 사람들이 바로 친구들이다. 꼭 글이 아니고서라도 가능한 일이다.

저자의 생명력은 당신의 우물에서 물을 퍼마시는 사람들이 있을 때 부여된다. 이 공개적이면서 은밀한 친구들, 당신의 우물을 떠마시는 친구를 만들려면 확실한 의도와 행동이 필요하다.

이런 친구들을 사귀기에 가장 적합한 장소는 '글쓰기 강좌'다. 〈프레시안 글쓰기 학교〉〈한겨레문화센터의 글쓰기 강좌〉 그리고 여러 아카데미에서 진행하는 번역 학교, 기자 학교 등 글을 쓰는 사람들이 모여 있는 공간이 바로 친구들이 모여 있는 곳이다. 이런 강의의 특징이 강의실에서 배우는 것보다 술자리에서 배우는 것이 더 많다는 점이다. 강의가 끝나고 진행되는 뒤풀이에서 강사의 솔직한 이야기와 친구들과의 소통이 이루어진다. 이때 적극적으로 참여하면 이 친구들은 당신과 고민을 같이할 수 있다.

우리는 의도적으로 친구들을 여러 공간에서 만들어야 한다. 홀로 있으면 소통 능력이 떨어지고 소통 능력이 떨어지면 당신이 쓰는 것은 결국 일기가 될 뿐이다.

트위터 친구노 좋다. 혹은 글쓰기 카페 친구도 좋다. 강의가 아니더라도 온라인 커뮤니티를 통해 글과 사진에 관심 있는 사람들과 함께 있는 것이 좋다.

이들은 기획, 편집, 교정, 디자인 디렉터 역할까지 출판사의 도움이
절실한 당신에게 출판사에 버금가는 도움을 줄지도 모른다.

4

입으로
말하기는
글쓰기의
좋은 방법이다

저자는 펜으로 말한다. 맞는 말이다. 하지만 펜으로 말하는 것만큼 입으로 말하는 것도 중요하다. 1장에서 집필 선언이 글을 쓰는 동기가 된다는 내용을 이야기한 바 있다. 주변 사람들에게 앞으로 쓸 책에 대해 말하는 순간부터 집필이 시작된다는 내용이었다. 책을 쓸 때 말이 중요하다는 것은 집필 선언에 국한된 이야기가 아니다. 앞에서 말했던 친구들과의 대화와 책과 저자를 홍보하는 강력한 수단인 강의에 이르기까지, 말은 당신의 생각과 글을 단단하고 유려하게 한다. 그러면 지금부터 입으로 책을 쓰는 과정을 살펴보자.

집필 선언 이후 저자가 입을 열어야 하는 지점은 친구들과의 대화부터다. 당신이 상대방에게 책의 내용을 이야기하는 동안 스스로 내용의 문제점을 깨닫게 된다. 주장하던 논리에서 빠진 구석이나 어그러진 부분들도 발견된다. 그래서 누구든지 붙잡고 당신이 쓰려고 하는 원고와 이미 써놓은 원고에 대해 말로 하는 버릇을 들여야 한다.

만약 글에 자신이 없고 어디서부터 어떻게 써야 할지 감이 안 잡히는 사람들은 자신의 목소리를 녹음하면 좋다. 혼자서 중얼중얼 떠드는 것이 불가능한 사람도 있다. 그렇다면 친구와 대화하는 과정을 녹음해도 된다. 그것은 기자나 연구자가 주로 사용하는 방식이다. 가끔 영화에서 보듯이 연구자들이 녹음하고 있는 날짜와 시간을 말하고 실험의 내용에 대해서 녹음하는 것을 볼 수 있다. 이렇게 녹음하는 것도 좋은 방법이다.

책은 말을 글로 옮기는 과정이므로 녹취한 자료들을 초안으로 두고 수정하고 첨삭하는 방식으로 글쓰기를 시도해도 좋다. 말을 하나도 빼놓지 않고 글로 옮기면 바로 글감이 된다. 10분을 떠들면 A4 2장 분량의 녹취 원고가 나온다. 그렇다면 3시간 정도 떠들거나 대화하면 전자책 한 권 쓸 정도의 원고량이 확보된다. 만약 목소리가 좋고 발음이 정확하다면 당신이 녹음한 3시간은 바로 오디오북으로 바뀔 수도 있다.

말하기 중에 제일 좋은 것은 강의다. 강의를 하기 위해서 당신은 수많은 재료를 마련하고 다듬는다. 그 재료는 강의라는 요리를 더 맛있게 만들기 위해 준비하는 것이다. 그리고 강의를 하면 수많은 질문을 받게 된다. 그 질문을 해결하고 설명하기 위해 당신은 또 공부하고 자료를 정리한다. 수강생의 질문 자체가 연구의 사례가 되기도 하고, 다음 연구의 주제가 되기도 한다.

강의 잘하는 저자는 대체로 잘 팔리는 책을 만든다. 독자를 직간접적으로 만나기 때문이다. 독자의 요구 지점을 강의 중 소통을 통해 파악할 수 있다는 말이다. 그래서 많은 저자가 글 쓸 시간과 함께 말할 기회를 찾게 된다. 강의는 자신의 책을 널리 알리는 좋은 수단이다.

하지만 오프라인에서 강의하기란 그리 녹록한 일이 아니다. 강의 일정을 잡더라도 청중 모으는 것도 쉬운 일은 아니다. 출판사를 통해 책을 출간했다면 출판사가 직접 나서서 강의 일정과 홍보를 해주겠지만, 당신은 홀로 책을 만든 전자책 저자다. 방법은 있다. 동영상 강의나 라디오 강의를 만들어 인터넷과 모바일을 통해 배포하는 것이다. 유튜브(www.youtube.com)나 스마트폰의 팟캐스트는 강의를 올릴 수 있는 좋은 채널이다.

팟캐스트에 가면 50위권 안에 〈식탁 위의 논어〉라는 프로그램이 있다. 철학을 공부한 아빠가 아내와 두 딸을 앉혀 놓고 논어를 강의한다. 논어의 대표 구절을 꺼내놓고 풀이를 한다. 바깥에서 자동차 지나가는 소리가 들리기도 하고 사람들이 차를 홀짝거리는 소리도 들린다. 일방적으로 강의하는 부분도 있고 질문도 하고 논쟁을 하기도 한다. 웃음소리도 들리고 현실을 접목한 이야기도 나온다. 가족의 작은 강의실은 식탁이다. 강의가 끝나고 나면 책으로 나올 가능성이 높다. 그 강의를 다 듣더라도 쉽게 이해할 수 없는 부분은 책으로 보려고 할 것이다. 이렇듯 강의실을 빌리고 홍보를 하지 않더라도 강의를 해서 올려놓으면 필요한 사람들이 들을 수 있게 된다. 유명 저자들은 '아트앤스터디(www.artnstudy.com)' 같은 곳에서 강의를 해 강의 자체를 팔기도 한다.

예스24에서는 '북러닝'을 통해 책의 판매를 높이고 있다. 북러닝은 책을 구매한 사람들에게 저자나 번역자 혹은 해설자의 강의를 동영상으로 제작해 무료로 볼 수 있게 만든 '이러닝' 프로그램이다. 이렇게 강의가 부록이 되는 경우도 있다. 이렇게 강의를 통한 책 홍보도 새로운 미디어 환경에 맞게 제작해야 한다.

당신이 책으로 쓰고 싶은 이야기가 있다면, 우선 30분짜리 총 10개의 강의를 먼저 녹음하라. 그리고 팟캐스트에 올려 청취자에게 공개하라. 그 다음 녹취를 풀어 글로 정리해보자. 부족한 부분은 자료 조사를 통해 채워 넣어라. 마지막으로 차분히 정리한 내용을 가지고 글을 써라. 이렇게 당신 이름으로 된 전자책 한 권이 태어난다.

저자의 말하기는 여러 가지 역할을 한다. 스스로의 논리를 점검하고 이야기가 자연스러운지에 대한 개연성도 확인할 수 있다. 그리고 집필 선언, 친구들과의 대화, 강의 등은 글을 쓰는 데 힘이 된다. 그리고 또 하나 다 쓴 원고를 또박또박 읽어봐야 한다. 말하자면 '입 퇴고'다.

자신의 글을 눈으로 읽어가며 퇴고를 하는 게 일반적이겠지만, 처음 글을 쓰는 저자는 입으로 소리 내어 읽어 내려가는 것도 해봄 직하다. 눈으로 읽는 것보다 소리 내어 읽으면 글의 호흡과 문장의 리듬을 확인하기가 쉽다. 글의 호흡과 문장의 리듬을 느낀다는 것은 주어와 술어의 호응관계, 복문과 중문의 연결 흐름 등을 명확히 파악한다는 뜻이다. 소리 내어 읽으면서 부자연스럽게 느껴지는 것은 그 부분에 잘못된 지점이 있다는 이야기다.

좋은 글은 읽기에도 좋은 글이다. 눈으로 읽는 데 좋은 글을 만들기 위해서는 입으로 읽기에 좋은 글을 만들어야 한다.

또 입으로 확인되는 것이 있는데 바로 뉘앙스다. 보통 말을 글로 옮기게 되면 표현이 평면화되기 쉽다. 저자에 따라 안정적인 느낌의 글을 선호하는 경우가 있지만, 저자의 감정을 잘 신고자 뉘앙스를 강조하는 경우도 있다. 이럴 땐 입 퇴고를 하면 효과적이다.

5

자료 수집은
글쓰기의
필수 요소다

'요리 재료 대백과'라는 책을 만든다고 생각해보자. 우리는 어떤 내용을 채워넣을 수 있을까?

이 사전류의 책을 채우기 위해 여러 가지를 조사해야 한다. 고추라는 재료를 소개하기 위해 모을 수 있는 자료를 모아보자. 우선 고추의 원산지와 지역별 고추의 품종을 소개한다. 그리고 이 품종별로 맛을 소개하고 각 지역에서 어떤 요리를 하고 있는지 정리해서 올려야 한다. 품종별 고추 사진을 모아서 책에 넣어야 한다. 고추를 먹었다는 역사적 기록을 찾아서 정리한다. 고추와 관련된 건강 정보를 싣고 치료 효과가 있는 질병에 대해서도 소개한다. 절대 왕정 시대에 유럽의 왕은 궁녀와 침실에 들기 전에 고추 주스를 먹었다는 기록처럼 야사를 실을 수 있다. 고추의 분포 같은 지리학적 정보에서 고추를 가공해 만드는 식품까지 다양하게 소개할 수 있다. 고추가 특산품인 여러 지역의 고추 축제도 따로 모아 소개할 수도 있다. 이렇게 고추만 가지고도 엄청난 분량의 책을 쓸 수 있을 것이다.

대백과를 채우기 위해 오이, 배추, 시금치, 감자 등에 대한 정보도 필요하다. 고등어, 전복, 다시마도 넣어야 한다. 소금과 설탕, 후추도 넣어야 한다. 우리가 음식재료로 사용하는 수많은 정보를 다 넣어야 책이 완성된다. 이렇게 하다보면 요리 재료 대백과를 만드는 데 30년이 걸릴지도 모른다. 그러므로 자료를 수집하기 전에 저자는 취사선택을 위한 기준을 세우게 된다. 기준과 범위를 정하지 않고 자료를 찾게 되면 글은 쓰지 못하고 자료만 수집하다가 모든 것을 끝낼 수도 있다. 즉 영원히 독자로만 살게 된다. 저자가 효율성을 높여야 할 부분은 글쓰기가 아니라 자료 수집이다.

시간이 흐르면서 누적되는 것도 있고 버려지는 것도 있다. 이런 정보들을 일관성 있게 취사선택하려면 기준이 있어야 하는데 그것이 바로 저자의 세계관이다. 어떻게 저자는 자료 수집을 효율적으로 할까? 특정 사실이나 관계, 감정에 대한 것을 수집할 때 단선적으로 바라보지 말고 입체적으로 정리해야 한다. 몇 가지 사례를 살펴보자.

주가를 한창 올렸던 〈나는 꼼수다〉의 정보 수집 방식은 하나의 주장에 대한 반론을 탐사 보도 형태로 파고드는 방법을 사용한다. '깊이'를 중심으로 진행하는 방식이다. 하나의 입장을 견지하면서 그에 합당한 모든 자료를 찾아 사건의 심연을 건드린다. CBS 라디오 〈김미화의 여러분〉이라는 프로그램은 하나의 사건이 터졌을 때 관련된 당사자 다수를 인터뷰한다. '넓이'를 중심으로 진행하는 방식이다. 제주도가 세계 7대 경관에 선정됐을 때 KT에서 국제전화비로 200억 원을 벌며 그중 일부를 주최 측에서 가져간다고 주장하던 제주도의회 의원도 인터뷰했다. 그리고 KT측과의 인터뷰를 통해 이면의 합의가 전혀 없다는 주장도 방송했다. 제주도청의 입장도 전달했다.

〈나는 꼼수다〉는 거대 권력과의 싸움에서 자신들이 취할 수밖에 없는 입장에서 말한다. 전쟁에서 상대방의 처지를 헤아려보고 싸우지 않는다. 그래서 '나꼼수' 멤버들도 자신들이 취합한 자료를 자신들의 입장에서 발표한다. 하지만 〈김미화의 여러분〉은 특정 이슈에 대해서 다른 입장들을 일일이 검토하고 그 판단은 청취자에게 맡긴다.

논리적이든 무의식적이든 감정적이든 간에 저자의 머릿속에는 한 가지 입장에 대한 선호도가 분명 존재한다. 그렇지만 설득력을 높이기 위해서 다른 사람의 생각을 모아서 분류하고 자신의 생각을 객관화시키려고 노력한다. 그렇게 하기 위해서 저자는 깊이와 넓이에 대한 이 두 가지 방식을 다 활용해 자료 수집을 해야 한다.

소설 속의 등장인물들도 마찬가지다. 사람의 성격과 행동 양식, 인간관계를 깊이와 넓이의 방식으로 정리해내고 이를 이해하지 못한다면 새로운 캐릭터를 만들어낼 수 없다. 당신이 그런 소설 속 주인공이면 하루가 지나지 않아 자살했을 수도 있다. 왜냐하면 평면적이며 전형적인 캐릭터 안에 갇혀 살아야 하기 때문이다. 〈로보트 태권 브이〉의 훈이라면 얼마나 삶이 재미없었겠는가. 오로지 지구를 지켜야 한다는 생각에만 집중하고 그것을 위해서 살아야 하기 때문에 그에게 삶이란 따분한 것이다. 아무리 훈이가 영웅이라 멋져 보여도 사람이란 더 복합적이고 변화무쌍한 현실에서 살기를 원한다. 하지만 소설가로서 소설의 플롯과 사건의 흐름에 무게중심을 두다보면 훈이 부류의 캐릭터를 만들 수밖에 없다. 가끔 전형적인 캐릭터를 벗어나는 소설들을 만나게 되는데 이런 작품이 명작으로 평가받는 경우가 많다. 도스토옙스키의 부조리한 인간 캐릭터처럼 말이다. 그렇지만 이 것도 특정한 사건과 생각 안에서 이해되는 '갈등하는 캐릭터'다.

다시 자료의 수집으로 돌아가자. 사실 본격적인 집필로 들어가기 전에 여러 입장을 검토하고 그것을 뒷받침하기 위해 자료 수집을 할 경우 완성된 원고는 언제 나올지 모른다. 10여 년 간 한 가지 주제를 놓고 연구한 학자들이 쉽게 책을 내지 못하는 이유다. 자신이 놓치고 있는 것이 있는지 시시콜콜 살피다보면 책이 나오는 것과는 요원해진다. 이들은 모든 학설의 갈래들을 다 이해하고 분류할 수 있어야 책을 쓰기 시작한다. 하지만 이런 완결성을 포기하고 한쪽으로 입장을 정하고 글쓰기를 하게 되면 훨씬 더 편하다. 자료의 내용을 확인해 가면서 계속 버리면 된다.

전체를 이해하는 것과 부문만을 선택하는 과정은 실제 자료 수집 과정에서 동시에 일어난다. 한순간에 여러 세계관이 우리의 머릿속을 휙휙 지나가기도 한다. 이것을 말이나 글로 확정짓는 것이 책을 쓰는 행위다. 물론 말이나 글이 현실 전체를 반영하지 못할 뿐더러 완벽한 논리를 구축하는 것도 쉬운 일은 아니다. 그렇다고 애매한 상태로 놔둘 수는 없는 일이다. 완벽하지는 않겠지만, 하나의 입장을 취해서 일 단 글을 써내려가야 한다.

자료를 정리하는 여러 가지 유형

자료 수집은 특정한 목적을 위해 관련 자료를 수집하는 '취재 과정'과 평소의 독서와 공부 혹은 문화생활을 통한 '자료 정리 과정' 등 크게 두 갈래로 진행된다. 이것 또한 개념 때문에 나누는 것일 뿐 글을 쓸 때 어느 쪽에서 자료가 나올지 모른다. 상황에 따라 적절히 선택하는 것이다. 자료 정리 유형 몇 가지를 살펴보자.

평소 정리형

자료 수집의 기본은 평소에 꾸준히 정리하는 것이다. 자료 정리는 일상에서 어떤 매체를 접하는지가 중요하다. 이때 매체는 사람일 수도 있다. 대화를 통해서 얻을 수 있다는 뜻이다. 강의를 들을 수도 있다. 혹은 열심히 책을 읽어 해결할 수 있다. 신문 읽기와 주간지 읽기를 열심히 할 수도 있다. 텔레비전에서 드라마를 보거나 토론 프로그램이나 다큐멘터리를 볼 수 있다. 관심을 두고 있는 주제에 맞는 인터넷 사이트를 꾸준히 살펴보는 것도 정보 수집 과정의 한 방법이다. SNS를 통해서 모으는 자료들도 있다. 보통 트위터에서는 '관심글' 체크로 글을 모은다. 블로그는 다른 블로거의 포스트를 스크랩하거나 복사해서 자신의 블로그에 옮겨놓으면 된다. 이런 과정을 통해 얻는 정보에 키워드를 붙이고 폴더나 자료함에 담아 모아나가자.

얼리어답터형

새로운 것만 추구하는 자료 수집형이다. 이런 유형의 사람들이 얼리어답터Early Adopter다. 다른 이들보다 자료를 수집하는 속도가 빨라서 새로운 정보를 많이 알고 있지만 시간상 현실적이지 않다. 새로운 물결이 세상을 뒤엎는 것 같지만 보편화될 때까지는 시간이 어느 정도 흘러야 한다. 그래서 새로운 자료만 찾는 유형의 저자들이 일반 독자의 공감대를 얻기까지는 시간이 필요하다. 흥미로운 주제로 관심을 끌지만, 정작 필요성에 대한 공감대를 형성하지는 못한다. 반면에 마니아층에서는 절대적인 지지를 이끌어내기도 한다.

유적 발굴형

대표적인 책이 공지영의 『도가니』다. 이 소설의 소재가 됐던 광주 인화학교 사건은 오래전에 수사가 마무리되었던 것이다. 작가는 유적 현장을 파헤치고 유물을 끌어올려 닦고 조사하는 것처럼 이 사건을 취재하고 자료를 모아서 소설로 썼다. 발견된 하나의 실마리를 따라 조심스럽게 땅을 파헤치고 또 다른 흔적을 찾아냈다. 이런 식으로 정보를 하나하나 모아 밑그림을 그리고 유물의 본 모습을 찾아내듯 사건의 실체를 소설로 형상화했다. 이미 언론에 공개됐고 재판도 끝난 사건을 다시 뒤져서 잘못된 진실을 바로 잡았다. 만약 사건일지 형태의 기사였다면 그리 충격적이지 않았을 것이다. 그런데 이것을 현장감 넘치는 소설로 풀어냈다.

자료를 모으고 취재하는 과정에서 새롭게 드러난 진실을 해석하는 저자의 입장이 중요하다. 지금까지 잘못 알려진 사실을 뒤집어야 하기에 저자로서는 굉장히 난감한 일이다. 고대 유적을 발굴한 고고학자가 발굴 과정에서 드러난 유적 밑으로 훨씬 오래된 도시를 발견했을 때의 처지와 비슷하다. 지금 발견된 유적도 충분히 충격적인데 그 유적을 파괴하면서까지 다시 한 번 더 땅을 파야 하기 때문이다.

저자는 과거를 자료화하는 과정을 통해 새로운 세상을 만들어낸다. 지금 자료를 모은다면 이것은 동시대의 일일지라도 시간상으로는 과거가 된다. 얼리어답터 유형이 미래형 자료를 찾아내는 일이라면 유적 발굴 유형은 과거의 일을 재조명하는 일이라고 할 수 있겠다.

│ 자료를 정리하고 수집하는 방법 │

일반적으로 모은 자료를 관리할 때 잡지나 신문 등을 스크랩한 오프라인 자료면 클리어 파일이나 자료함에 보관하고, 인터넷 주소나 파일인 경우엔 폴더에, 텍스트 자료인 경우엔 '한글'이나 '워드' 파일에 복사해서 보관한다. 오프라인 자료는 찢거나 복사하기 어려우면 핸드폰 사진으로 찍어 보관할 수도 있다. 텔레비전이나 라디오 프로그램은 핸드폰 영상으로 찍어 보관하거나 녹취를 풀어 기록해서 보관한다. 손으로 쓴 메모도 핸드폰 사진으로 찍어 보관하거나 컴퓨터에 기록으로 남겨 보관한다. 가능하면 오프라인 자료를 디지털로 전환해 보관하는 게 나중에 사용할 때 편리하다. 대부분 저자가 컴퓨터로 글쓰는 작업을 하기 때문이다.

자료 수집 과정에서 자료를 검색하고 모으는 일은 그나마 쉬운 편이다. 나중에 자료를 제대로 활용하기 위해서는 모은 자료가 어떤 내용인지 왜 그 자료를 모았는지를 알아야 한다. 바로 자료를 분류하는 일인데 이게 만만한 일이 아니다. 하나의 주제를 중심으로 모은 자료라고 하더라도 쓰임에 따라 세부적으로 다시 분류해야 한다.

일단 자료 분류를 위한 큰 밑그림을 그리자. 자료를 모으려는 명확한 이유를 생각의 중심에 놓고 분류의 가지를 뻗어야 한다. 그리고 각 가지에 태그나 키워드, 코드표를 달아보자.

분류하는 방식의 기본적인 사항은 자료 생성 일시, 성격, 중요도, 작성자, 핵심 주제와 간략한 내용, 출처 등이다. 필요에 따라 기본 사항을 선택해서 자료 하나하나에 코드를 달아놓아야 한다. 처음에는 귀찮은 일이겠지만, 익숙해질수록 습관처럼 작업하게 된다.

자료를 수집할 때 주의해야 할 점 중 하나는 저작권이다. 모으는 것까지야 상관 없지만, 그 자료를 사용할 때는 세심한 고려가 필요하다. 사진이나 그림 같은 이미지는 출처를 반드시 기재해야 하며 저작권자에게 저작권료를 지급하고 사용해야 한다. 정가가 매겨진 책으로 판매할 때는 물론이고 블로그 등에 올릴 때도 저작권자의 허락을 얻어야 한다. 사진과 그림뿐만 아니라 신문사의 기사와 책의 내용 발췌도 마찬가지다. 비평을 목적으로 한 부분 발췌인 경우는 큰 문제가 되지 않지만, 콘텐츠 구성을 위해 무단전재하는 것은 저작권 위반이 된다.

현재 많은 블로거가 신문기사와 사진의 무단 사용으로 고발장이나 내용증명을 받고 있다. 저작권을 관리하는 법무법인에서 사전 경고를 하고 관련 저작물을 내리지 않을 경우 저작권 침해와 저작물 무단 사용으로 고소 고발 조치를 하고 있다. 위반 사항이 크지 않으면 100만 원 안팎의 합의금을 물어야 한다.

무료로 게재하는 블로그에서도 사용할 수 없는데 유료로 판매하는 전자책에 사용한다면 문제는 더욱 심각해진다. 자료 가치로서의 의미가 있을 뿐 사용할 수 없는 것이 이미지 파일이다. 전자책에 이미지를 사용할 경우 이미지의 인터넷 주소를 전자책에 링크하는 방법이 있다.

다음은 인터넷을 통해서 자료를 모으는 방법이다. 각자 개성대로 자료를 모으고 있겠지만, 혹시 이 방법들이 더 좋지 않을까 하는 생각에 제안해본다.

블로그

블로그는 긴 글을 모아놓는 데 유리하다. 자신의 블로그에 직접 쓴 포스트를 올리는 것은 문제될 게 없지만, 다른 글을 퍼올 때는 저작권 문제를 먼저 생각해야 한다. 그렇다고 신문기사를 긁어다가 한글이나 워드에 붙여 놓을 필요는 없다. 블로그에 옮겨놓고 글을 올리기 전에 비공개로 설정하면 된다. 저작권 문제가 있는 자료가 아니라면 공개로 설정하는 것이 바람직하다. 그 이유는 이렇게 특정 주제의 자료들이 모이게 되면 그 주제에 관심 있는 독자가 검색을 통해서 당신의 자료를 볼 확률이 크기 때문이다. 저작권 문제가 있는 자료를 올리고 싶다면 본인 블로그에 직접 올리지 말고 해당 자료의 인터넷 주소를 링크하고 핵심 단어를 태그에 적어놓는 방법도 있다.

트위터

트위터는 다른 사람의 트윗을 관심글로 표시해두면 저장이 된다. 그리고 가능하면 따로 저장해둘 필요도 있다. 가끔 계정 폭파라고 불리는 계정 삭제 때문에 글이 다 날아가는 경우도 있기 때문이다. 이렇게 모아둔 글은 인용문을 사용할 때 중요한 자료가 된다.

특히 '봇'이라고 부르는 트위터 로봇은 꼭 팔로잉을 해둘 필요가 있다. '쇼펜하우어 봇', '지젝 봇' 등 평소 관심 있는 저자 이름을 건 봇을 팔로잉해두라. 그러면 그 저자들의 책에서 발췌한 유려한 문장들이 당신의 타임라인에 올라오게 된다. 아쉬운 것은 그 문장의 출처를 밝히지 않아 어느 책 몇 페이지에서 발췌했는지 알 수 없다는 점이다. 그래도 인용문으로 쓰기에는 부족함이 없다. 해당 봇의 트위터 타임라인에 들어가 보면 그동안 발췌한 글들이 수북하게 쌓여 있다. 시간 날 때 과거의 글을 읽어보며 자료를 수집하는 버릇을 들이면 좋다. 순간순간 올라오는 것뿐 아니라 과거의 것까지 자료가 된다. 봇이 타임라인을 지저분하게 한다고 생각하지 말고 자료 창고라고 생각하자.

백과사전

단어나 용어의 기본적인 정의는 포털사이트에서 제공하는 백과사전에 잘 나와 있다. 국어사전과 백과사전의 검색은 저자에게 필수사항이다. 그리고 한 번 확인했던 단어는 자료화할 필요가 있다. 기본 개념을 익숙하게 만드는 데 도움이 되기 때문이다.

백과사전이 중요한 이유는 기본 개념을 체계적으로 설명하기 때문이기도 하지만, 인터넷 자료의 한계인 사실 여부 확인 때문이다. 인터넷에는 수많은 정보가 떠돈다. 공식 기구에서 그 정보의 정확성을 검증하는 시스템이 아니라 개인이 정보를 생산하는 구조라서 사실과 다른 정보들이 상당히 많이 올라와 있다. 심지어는 기존 언론사의 기사까지 의심해야 하는 상황이다. 그리고 잘못된 정보가 여기저기 복사돼 사실처럼 인식되기도 한다. 그나마 인터넷에서 정보의 사실 여부를 안정적으로 확인하는 방법이 바로 백과사전이다. 백과사전은 분야 전문가와 편집자의 손을 거쳐 만들어지기 때문이다.

도서본문검색서비스와 논문서비스

네이버와 다음 등 포털사이트에서는 도서본문검색서비스를 하고 있다. 도서본문검색서비스를 제대로 활용하려면 당신이 원하는 내용이 수록된 책을 검색할 정확한 키워드 조합을 찾아내야 한다. 검색 결과 도서본문서비스에서 확인되면 그 책은 당신이 원고를 쓸 때 꼭 필요한 책이니 서점에서 구입하거나 도서관에서 대여해서 한 번쯤은 읽어야 한다. 그리고 인터넷 서점에 들어가서 그 책의 목차와 도서소개를 확인해보기 바란다. 원고의 미로 속에서 헤매는 당신에게 해결의 실마리를 제공할지도 모르는 일이다. 국립중앙도서관 디브러리(www.dibrary.net)나 국회전자도서관(dl.nanet.go.kr)의 논문검색서비스도 유용하다. 검색을 통해 논문의 본문을 확인할 수 있다. 간혹 본문을 확인하기 어려운 논문은 논문 복사 서비스를 이용해 확인할 수 있다. 도서본문검색서비스와 논문서비스는 나중에 참고문헌 등에 출처를 밝혀야 할 때 꼭 필요하다.

지식iN과 위키백과

네티즌들의 자발적인 질문과 답을 통해 여러 가지 정보를 얻을 수 있는 것이 바로 지식iN 서비스다. 검색을 통해 원하는 답을 얻을 수 없다면 지식iN에서 활동하는 전문가들에게 질문을 던질 수 있다. 일반적으로는 공개적인 질문을 올리지만, 필요에 따라 전문가를 특정해서 질문을 던질 수도 있다.

지식iN보다 더 유용한 것은 위키백과(ko.wikipedia.org)다. 위키백과는 위키피디아(www.wikipedia.org)의 한국어 서비스다. 영어에 자신 있다면 위키피디아에서 자료를 검색해도 된다. 위키백과의 슬로건은 '우리 모두의 백과사전'이다. 특정 출판사에서 만든 백과사전이 아니라 세계 각국의 네티즌들이 자신이 가진 지식을 활용해 정보를 축적해가는 백과사전이다. 개인적인 생각으로는 인터넷에서 가장 위대한 서비스인 것 같다. 세계인이 지식 공유라는 숭고한 목적을 위해 자신의 시간과 정보를 나누는 것이기 때문이다.

위키백과의 기능 중에는 공저로 책을 써가는 기능이 있다. 위키백과는 바로 책을 쓰는 툴을 제공하고 있다. 한 사람이 주제와 제목, 목차를 정해서 올려놓으면 관심 있는 필자들이 자료를 찾아서 한 권의 책으로 만든다. 클릭 한 번으로 PDF 파일로 출력할 수도 있고 바로 책으로 만들 수 있다. 발췌에 대한 링크까지 달아놓아 책의 마지막 부분에는 참고자료도 표시된다.

그리고 위키백과는 저자로 참여한 사람들이 편집 과정을 통해 계속 내용을 보완하고 추가해간다. 잘못된 정보는 다른 저자들에 의해 고쳐지기 때문에 정보의 신뢰도는 높아진다. 수백 개에 달하는 자료의 출처는 정보의 안정성도 보여주고 있다. 전자책 저자가 되기 위해 훈련하는 곳이 바로 위키백과다.

물론 위키백과는 문학과는 거리가 있다. 문학을 제외한 책들은 위키백과를 통해서 만들어질 수 있다. 자료를 모으는 것 자체가 바로 책이 되기 때문이다. 하지만 직접 판매하는 전자책을 저술하는 데 고민해야 할 부분이 있다. 바로 저작권 문제다. 전자책의 저작권은 저자의 것이지만, 위키백과에서 책을 만들게 되면 누구나 이용할 수 있게끔 사용권이 개방된다. 저작인격권은 보장되지만, 저작재산권 주장은 할 수 없다. 책으로 팔 수 없다는 말이다.

또 하나 아쉬운 것은 전자책의 표준 파일 형식인 '이퍼브'로 출력이 되지 않는다. PDF 파일로만 출력되어 컨버팅 작업을 거쳐야 전자책으로 볼 수 있다. 그럼에도 불구하고 위키백과는 전자책을 위한 자료 조사와 저술에 뛰어난 기능을 제공한다. 문학을 제외한 책을 공저로 쓰고자 한다면 꼭 이용해볼 만한 툴이다.

6

책의
분류와
콘셉트 잡기

제목을 달았다. 심호흡을 한 번 하고는 한 페이지를 순식간에 썼다. 속도가 붙었다. 어느새 다섯 페이지가 넘어가고 있었다. 여섯 번째 페이지를 중간 정도 써내려가다 잠시 멈추고 앞 페이지부터 쓴 곳까지 읽어보았다. 목차를 적어놓은 노트를 펼쳤다. 뭔가 어색했다. 일기 같기도 하고 에세이 같기도 하고, 어떤 부분은 대학교 교재 느낌이 났다. 난감했다. 왜 이렇게 흐름이 꼬였을까?

하고 싶은 이야기가 있었고 그 이야기를 많은 사람이 알았으면 했다. 책을 써야겠다고 마음을 먹었고 자료 조사도 충분히 했다. 하고 싶은 내용을 기승전결로 나누고 자료를 세심하게 배치했다.

완벽하게 준비했다고 생각하고 시작한 글쓰기였다. 무엇이 문제였을까? 왜 어색한 느낌을 떨칠 수 없을까? 처음부터 다시 써야 할까? 다시 쓴다면 좀 나아질까?

초보 저자들이 검토해달라고 보내온 원고를 보면 당황스러울 때가 있다. 목차를 살펴보면 기승전결도 나쁘지 않고 나름대로 하고 싶은 이야기를 제대로 풀어냈다. 하지만 뭔가 부족했다. 책으로 나올 원고는 아니라고 판단하여 저자에게 원고를 고쳐볼 것을 조심스럽게 제안한다. 그러면서 이렇게 충고한다.

저자가 하고 싶은 이야기를 풀어낸다고 책이 되는 것은 아니다. 같은 주제를 다룬 원고라도 어떤 것은 책이 되고 어떤 것은 책이 될 수 없다. 주제가 문제는 아니라는 말이다. 책으로 나온 원고는 그 원고가 가지고 있는 본연의 성격이 있다. 책은 그 성격에 따라 목차의 구성과 문체, 문장의 흐름, 표현의 방식 등이 달라진다. 당신의 원고는 성격 규정이 안 됐으므로 이런 부분들이 계속 흔들린다. 일관성을 갖고 있지 않다. 처음으로 돌아가서 당신 원고의 성격을 먼저 정하라.

원고의 성격은 지금부터 말하고자 하는 책의 분야와 콘셉트로부터 출발한다. 책의 분야와 콘셉트에 따라 목차, 구성, 문체, 표현 등이 달라진다. 당신의 원고가 끝까지 힘을 잃지 않고 일관성을 유지하기 위해서는 우선 성격을 정할 필요가 있다. 책의 분야를 정하고 콘셉트를 잡아낼 필요가 있다는 말이다.

┃ 책의 분야를 정하라 ┃

독자는 검색과 분야별 도서 찾기를 통해 원하는 책의 정보를 얻게 된다. 도서관에서는 십진분류법을 사용한다. 처음에는 오프라인 서점에서 십진분류로 책을 진열했다. 점차 출판사와 독자의 관심사가 변하면서 새로 생기거나 없어지는 분야가 생겼다. 십진분류에서의 소분류에 해당하는 도서들이 대분류보다 훨씬 더 많이 출간되어 분류 체계도 변하기 시작했다. 출판 시장의 흐름이 출판 분야에 영향을 주게 됐다.

책의 분야에 대해서 앞서 간략하게 이야기했던 것처럼, 독자의 접근성을 높여서 책을 찾기 쉽게 하는 것이 분류의 역할이다. 서점은 한 종류의 책이 많이 나오게 되면 그 책을 찾기 쉽도록 아예 고정 분야를 새로 만들기도 한다. 인터넷 서점이 생기면서 분류체계는 훨씬 더 다양해졌다. 학문적 분류에도 십진분류에도 없는 분야지만 시장성을 보고 만들어진 분야도 있다. 예스24 청소년 분야에는 '조기 유학 성공기'라는 하위 분야가 새로 생기기도 했는데, 독자의 책 찾기와 서점의 마케팅이 결합해서 만들어진 분야다.

책의 분류는 독자의 책 찾기와 서점의 마케팅 효용뿐만 아니라 하나의 의미를 더 부여한다. 앞에서 거론했던 '원고의 성격'이다. 이것은 관념적인 것으로, 한마디로 딱 잘라서 설명할 수 없는 영역이다. 오프라인 서점에서 소설 코너를 가게 되면 그곳에 진열된 책은 당연히 소설이라 여긴다. 그 서가에 진열된 책을 보면서 독자가 머릿속으로 그리는 것은 소설이라는 개념이라기보다 그 책들의 성격(다른 분야의 책들과 구별되는 소설만의 특징)일 것이다.

분류는 독자마다 다르겠지만 일종의 관념을 떠올리게 한다. 김난도 교수의 『아프니까 청춘이다』는 '자기관리' 분야의 '삶의 지혜' 코너에 가져다놓아도 나무랄 데 없지만, 출판사에서 정한대로 '문학' 분야의 '에세이' 코너로 돼 있다. 이것은 독자가 떠올리는 에세이라는 개념을 자극해 이 책이 '자기계발' 분야가 아니라 공감할 수 있는 이야기인 에세이라는 것을 은연중에 강조하는 것이다. 자기계발 분야의 책일 수도 있겠지만, 저자는 이 책을 에세이로 읽어주길 기대하는 것이다. 책의 분야는 독자가 독서 경험 속에서 무의식적으로 학습하게 된 일종의 관념 속에서 의미가 있다. 이것은 기획 과정에서 콘셉트와 다시 만나게 된다. 책의 성격을 에세이로 규정하고 기획과 집필을 진행하면, 주제는 '자기계발' 영역이지만, 독자는 이를 에세이로 받아들인다.

인터넷 서점이 오프라인과 차이점을 갖는 가장 큰 특징은 중복 분류가 가능하다는 것이다. 이제 독자는 수많은 분류의 개념과 만나게 된다. 스티브 잡스 평전 『스티브 잡스』는 '인물' 분야지만, '경제경영' 분야로 분류되기도 한다. 인터넷 서점 예스24에서는 스티브 잡스 평전을 아래와 같이 분류하고 있다.

국내도서 〉 비즈니스와 경제 〉 CEO/비즈니스맨 〉 기업/경영자스토리
국내도서 〉 비즈니스와 경제 〉 경영 〉 기업/경영자스토리
국내도서 〉 인물 〉 경영자

이렇게 분류하면 독자는 기본적으로 '기업/경영자스토리'라는 축을 중심으로 인간적인 스티브 잡스와 경영자로서의 스티브 잡스라는 두 가지 개념을 생각하게 된다.

분야는 그 영역에 속한 책의 성격을 알려준다. 분야별로 전형성이 있다는 말이다. 짧은 지면에서 이것을 다 논할 수는 없겠지만, 이미 우리는 분야의 특징을 이해하고 있다. 소설, 시, 에세이, 건강, 취미 등 각종 분야에 굵직한 전형성을 떠올려보면 된다. 이것이 구체화되어 나타나는 것이 책의 기본적인 구성이다.

부동산 정보를 다룬 책에는 지역별 공시지가가, 주식 관련 책에는 도표가 있어야 한다. 소설은 등장인물과 기승전결 같은 내러티브 구조가 있다. 요리책은 요리를 만드는 방법과 재료를 소개하고, 요리하는 과정이 사진이나 그림으로 수록된다. 그림과 사진이 하나도 없는 요리책을 살 독자도 없고 만들 출판사도 쓸 저자도 없다. 이렇게 분야별로 공통적인 특징이 내용과 형식 면에서 존재한다.

분류하는 기준은 서점마다 다르다. 각 서점의 강점 분야가 다르기 때문이다. 그리고 이 분류 체계는 출판 시장의 흐름에 따라 계속 변한다. 그래도 공통적인 방식은 있다. 십진분류법을 기본으로 잡고 분야별 출판 시장의 규모를 고려해서 대분류를 나눈다. 그리고 일반적인 인식 체계의 흐름 속에서 대분류의 하위 분류 체계를 만든다. 체계와 명칭은 다르지만 어렵지 않게 공통적인 지점을 찾아낼 수 있어 당신이 쓸 원고의 성격을 규정하는 데는 무리가 없다.

출판 시장의 흐름에 따라 새로운 분야가 만들어진다. 이는 책에 대한 독자의 기대치와 맞닿아 있다. 그래서 분류는 기획할 때 아주 중요한 역할을 하게 된다. 기획할 때의 분류는 대, 중, 소분류를 다 사용한다. 이런 피라미드 형태의 분류에는 각종 테마가 담기게 된다.

'취미/실용 〉요리와 음식 〉식음료' 같은 서점의 분류로 현재의 시장을 살펴보자. 식음료 분류에 들어가보면 와인과 커피에 관한 책이 대부분이다. 얼마 전에는 '홈 메이드 주스'라는 새로운 책이 들어와서 차별성을 보이고 있다. 그리고 막걸리와 사케, 홍차에 관련된 책들도 보인다. 서점 분류로는 식음료가 마지막 하위 분류인데 그 밑으로 분류를 하나 더 만들 수 있다. 식음료 분야는 와인과 커피가 주류를 이루고 홍차와 막걸리, 사케 등이 나머지 부분을 채우고 있다. 이것은 서점이나 출판사의 분류가 아닌 시장을 보는 저자의 분류다. 이렇게 서점의 소분류를 살펴보면서 다시 한 번 하위 분류를 저자가 직접 짜보는 것이 중요하다.

기본적으로 기획과 콘셉트에 대한 것은 저자의 분류로부터 시작한다. 저자가 쓰려고 하는 책이 시장에 이미 있는 책인지 확실하게 차별화된 책인지 확인해야 한다. 이미 나와 있는 책과 비슷한 책을 저술하는 일을 삼가기 위해서다. 저자는 서점의 분류를 열심히 뒤지며 책이 가지는 분야별 전형성을 찾아내고 내용과 소재와 대상 독자의 차별화를 위해 노력해야 한다.

이것은 쓰고 싶은 분야의 자료 조사를 위해서, 읽어야 하는 책을 읽기 전에 특정 관념을 머릿속에 형성하는 일이다. 이것이 바로 콘셉트다. 정확하게는 출간 기획 콘셉트다. 이 콘셉트는 머릿속에서 자의적으로 만드는 것이 아니라 출간된 책들의 분류를 보면서 확인하게 된다. 콘셉트는 보편성과 차별화로 확인하며, 이것은 여러 책을 다 읽는 것이 아니라 제목이나 소개 글 그리고 분야로만 파악하는 것이다.

얼마 전에 유기농 인삼재배를 연구하는 연구원이 자신이 생각하는 인삼과 관련된 책에 대해 기획을 했다. 처음에는 농촌에서 인삼을 재배하는 농민들이 읽을 책을 기획했다. 그러나 인삼재배는 오랫동안 관습적으로 내려온 재배법이 있어서 농민들이 유기농 재배법을 도입하기 쉽지 않겠다는 판단이 들었다. 그래서 독자를 농민에서 인삼에 대해 관심 있는 일반인으로 바꿨다. 이미 시장에는 인삼의 역사나 인삼에 관련된 인물, 인삼의 효능과 요리법 등 인삼과 관련한 모든 분야의 책이 나와 있었다. 즉 소재와 형식만으로는 책을 내는 게 큰 의미가 없었다. 기획 콘셉트가 보이지 않았다.

어쩔 수 없이 독자를 가지고 다시 생각을 고쳐 보았다. 성인 독자와 농민들을 위한 책은 있었으나 어린이를 위한 인삼 관련 책은 없었다. 최고의 품질을 자랑하는 한국의 인삼은 고부가가치 상품이다. 지금 세계 곳곳에서는 중국이나 미국의 인삼이 팔리고 있다. 일본이 김치를 가져가려고 하는 것처럼 그들에게 인삼을 뺏기면 안 되는데 인삼의 기본적인 정보를 전달하는 아이들을 위한 책이 없었다. 그래서 『어린이를 위한 인삼이야기』라는 책을 기획했다.

이렇게 분류를 기준으로 소재와 형식, 독자를 검토하게 되면 아직 나오지 않은 책의 기획 분야를 찾을 수 있다. 새로운 주제를 담은 책은 출간과 함께 확실히 차별화된다. 그 독자군의 범위는 두 번째 문제다. 오히려 기존에 나온 책과 똑같은 책을 쓰는 것이 문제다.

세계관 또는 관점을 통한 차별화 방식도 생각해볼 만하다. 장하준 교수의 『그들이 말하지 않는 23가지』라는 책에서 과학 기술 발달이 가져온 최고의 성과를 인터넷이나 모바일 같은 첨단 기술이 아닌 세탁기로 꼽았다. 여성 노동력의 많은 부분을 줄여주었기에 인류의 반을 차지하고 있는 여성의 사회진출이 원활해졌다는 뜻이다. 이렇듯 관점에 따라서 세상을 해석하는 방식은 다양하게 나온다.

현대에 들어서 한국의 출판 시장은 새로운 차별화를 시도하고 있다. 바로 분야와 장르라는 전형성의 탈피다.

일반 역사책에 학습서에서나 볼 듯한 이미지 도표가 등장한다거나 자기계발에서 문학의 한 장르인 우화가 등장하는 식이다. 주식 차트 책을 탁상 달력 형태로 제본해서 책상 위에 올려놓고 볼 수 있게 하기도 한다. 종교 분야에서는 에세이와 자기계발의 글쓰기나 편집의 형태를 대거 도입하는 추세다.

이런 창조성은 책이 가지는 전형적인 분류의 특성들을 파괴하며 이전과 전혀 다른 분야를 만들어내기도 한다. 또 각 분야의 특정 요소를 채택하는 방식에서 분야 전체를 섞어버리고 새로운 분야를 만들기도 한다.

┃ 책의 분류를 위한 저자의 테제 ┃

지금까지 책의 성격을 규정하기 위해 분야를 꼼꼼히 살피고 차별화되는 콘셉트를 만들어야 한다고 이야기했다. 이제 책의 성격 규정과 차별화를 위한 저자의 테제를 정리해보자. 테제These는 독일어로 '정립'이나 '강령'이라는 뜻을 담고 있다.

테제 1

저자는 자신이 쓰려는 원고의 분야를 파악해야 한다. 그 기준은 책의 소재, 형식, 내용 그리고 대상 독자다. 이것을 기준으로 모든 분류를 바라보고 이 분류를 기준으로 차별화를 만들어야 한다.

테제 2

저자의 분류를 만들기 위해서 시장의 대, 중, 소분류를 파악해야 한다. 여기서 뽑아낸 전형성은 차별화를 만드는 데 아주 중요한 기초가 된다.

테제 3

소분류 아래에 저자만의 하위 분류를 만들고 특징을 찾아내야 한다. 해당 분류의 책을 쓸 때 읽어야 할 유사도서나 특징적인 도서를 찾게 되면 성공이다. 책을 쓰기 위한 본격적인 독서 전에 책 소개와 제목 등 책에 대한 대강의 정보를 통해서 새로운 분류를 만드는 것이다.

테제 4

이전까지 다루지 않았던 소재를 채택해서 쓸 수 있다. 하지만 독자군이 줄어드는 것을 감내해야 한다. 출판은 소재의 영역을 아주 좁게 줄여가는 것을 목표로 차별화를 가져왔다. 이것은 전자책 저자에게 중요한 작품 활동의 근거를 제공한다. 큰 것보다 구체적이고 작은 소재에서 전자책은 탄생한다.

테제 5

형식의 차별화는 다른 분야의 도서에서 갖는 형식을 빌려오는 것이다. 카페 창업 과정을 책으로 낼 때 에세이 형식을 빌려오면『낭만적 밥벌이』가 된다. 독자가 다른 느낌을 받는다. 형식을 과감히 빌려오는 것이 모방이자 또 다른 형태의 창작이다.

테제 6

내용의 차별화는 일반적인 관점과 다른 시각에서 주제를 들여다보는 것이다. 저자는 보편적인 관점에서 원고를 쓸 수도 있고 소수의 관점을 채택할 수도 있다. 각 관점의 장단점을 살펴야 한다. 한쪽을 주장하더라도 다른 관점에 대한 이해를 놓치면 안 된다. 저자가 선택한 것과 다른 관점을 가진 독자도 설득해야 하기 때문이다.

테제 7

차별화는 저자에 의한 판단과 독자에 의한 판단으로 나뉜다. 저자가 개연성이 떨어지는 차별화를 주장하면 독자를 설득할 수가 없다. 그야말로 차별화를 위한 차별화일 뿐이다. 차별화를 하려면 독자 입장에서 판단해야 한다.

테제 8

책과 다른 매체 간의 차별화도 중요하다. 텔레비전, 신문, 잡지, 인터넷 콘텐츠와 차별화를 고민해야 한다. 그리고 타 매체의 특성을 책에 반영시키는 방식도 고민해야 한다. 교양 책을 낼 때 다큐멘터리 방식을 반영시킬 수도 있다. 예능 프로그램의 방식도 생각해볼 수 있다.

｜ 책의 콘셉트를 잡아라 ｜

콘셉트는 차별화와 전형성을 말로 표현하는 것에서 시작한다. 분류가 기획자의 속성을 강조한 것이라면 콘셉트는 독자와 연관성을 가진다. 분류도 독자에 대해 판단한다. '독자가 이렇게 생각할 것이다'라고 사전에 예측하는 것이다. 이와 다르게 콘셉트는 독자를 설득하는, 즉 구매하고 책을 읽게 만드는 설득력에 대한 것이다. 분류에 대한 판단이 좋더라도 설득할 만한 콘셉트가 없다면 아무리 좋은 기획과 글도 독자에게 다가가지 못한다. 예를 들어보자.

티베트 여행기를 쓴다고 생각하자. 사진 에세이 분야에 자리할 생각이다. 대상 독자는 20대 후반에서 30대 중반까지의 여성 독자다.

티베트 이곳저곳을 돌아다니며 사람들을 만나고 풍경을 즐기며 감상을 기록할 것이다. 아름다운 사진도 찍고 여행 일정도 적을 것이다. 여행 일지를 꼼꼼하게 적어 여행 정보도 모을 것이다.

재료는 준비됐다. 여기까지는 티베트 여행기를 다룬 다른 책과 차별점이 없다. 다른 나라를 여행한 여행기와 '차별화'했다고 말하지 마라. 이미 그런 책은 나와 있기 때문이다.

콘셉트를 찾아보자. 저자는 여행하면서 특히 티베트의 호수가 인상적이었다. 그리고 여행 내내 국내의 친구들과 편지를 주고받았다. 편지 내용의 많은 부분이 상담이었고, 상담하면서 무거워진 마음을 티베트의 자연, 특히 호수를 보고 위안을 받았다.

콘셉트를 잡았다. '티베트의 호수'와 '심리 상담'이다. 그래서 제목을 이렇게 달았다. 『마음을 담은 호수의 나라 티베트』.

콘셉트를 잡을 때는 오직 머릿속에 독자만을 남겨야 한다. 이것은 관념적 해설이 아니라 구체적인 언술이다. 분류에 담긴 것들은 싹 잊자. 논리적인 연결성이 없어도 좋다. 오직 감성과 가능하면 직관적인 설명으로 콘셉트를 잡아야 한다.

이것은 쉬운 말로 구성하고 바로 와닿게 서술하는 것이 좋다. 분류가 객관적인 말이라면 콘셉트는 주관적인 말이다. 이 말이 바로 제목이 될 수도 있고 책의 카피나 부제가 될 수도 있다. 책을 기획하는 과정에서 만들어내는 수많은 말들은 하나도 버리면 안 된다. 특히 콘셉트를 여러 가지로 잡게 될 경우 목차에 쓰이기도 하고 보도자료에 들어가기도 한다. 또 표지 글에 들어가서 책을 설명하는 데 중요한 역할을 하기도 한다. 분야의 특징을 잊고 이 순간에는 카피라이터가 되는 것도 멋진 일이다. 자유로운 상상력을 발휘해야 한다. 콘셉트 설계 과정에서 분야가 확장될 수도 있다. 그러면 다시 해당 분야로 돌아가서 분야별 특징을 새롭게 파악할 수도 있다.

앞의 책 『마음을 담은 호수의 나라 티베트』는 분야를 추가했다. 심리학의 '심리 상담' 분야.

또 다른 예를 들어 보자. 친한 친구 중에 르포 작가가 있다. 이 친구는 주로 노동, 민중, 민주 열사를 취재해왔다. 평전을 쓴 경험도 많다. 200명이 넘는 인물을 취재해서 신문에 기고를 하고 책을 내기도 했다. 최근에는 한겨레신문에 박종철 열사의 아버지인 박정기 씨의 일생에 대해 쓴 글을 연재했다. 연재하는 원고를 묶어 박종철 열사의 짧은 평전으로 내보자고 한 출판사에 제안했다. 충분히 의미 있는 작업이다. 현재 20~30대 독자 중에 박종철 열사가 누군지 아는 사람이 얼마나 있을까. 열사의 생애를 알리는 것만으로도 책은 자기 역할을 하는 것이라고 생각했다. 이것저것 이야기하다가 '박종철 열사의 짧은 평전'이 젊은 독자들에게는 공감대가 떨어진다는 것을 알았다. 그래서 '열사 이야기'를 현재화시켜 20대 젊은이들에게 현대사 속의 민주화 운동의 의미와 뒷걸음질치는 한국 정치 상황을 풀어내 열사의 의미를 조금 더 부각해야 한다는 생각에 다다랐다.

　방법은 하나였다. 박종철 열사의 생애를 줄이고 박종철 열사가 지금의 20대들에게 해줄 수 있는 말을 가상으로 구성해보기로 했다. 물론 박종철 열사가 생전에 했던 말과 썼던 글을 가상의 글에 섞어서 마치 살아서 하는 말처럼 들리도록 의도했다. 형식은 편지글에 담아서 에세이 형태로 서술하기로 했다. 여기서의 콘셉트 카피는 '스물셋이 스물셋에게' 즉 박종철 열사의 사망 당시 나이를 기준으로 동갑내기 친구들에게 전하는 말처럼 꾸며보기로 했다. '한국은 바뀌지 않았다'라는 콘셉트도 잡았다. 매관매직, 부정부패의 문제가 청와대와 집권 여당에서 여전히 끊이지 않고 있다는 사실이 10년 전과 비교해 하나도 바뀌지 않았다는 것을 강조하는 말이다. 또 다른 콘셉트는 '민주주의는 국회가 만들지 않는다'로 잡았다. 박종철 열사의 죽음으로 촉발된 1987년 '호헌철폐 투쟁'과 '대통령 직선제 투쟁'은 한국의 형식적 민주주의를 발전시켰지만 미완성으로 남았다는 것을 의미하는 말이다.

이렇듯 콘셉트는 기획회의 과정에서 확장됐다. 우리는 콘셉트를 잡으면서 원래 쓰려고 했던 인물 평전 분야 대신 사회적 발언이 강하게 담긴 편지 에세이로 분야를 바꾸게 됐다. 이것이 바로 콘셉트가 분야를 넘어서 움직임을 갖는 자유다. 이 자유는 우리의 머리를 붙잡고 있는 분류의 전형성이 있기에 가능하다.

분류를 공부하고 콘셉트를 설계하고 나면 다음 단계는 내용의 구성이다. 모든 과정에서 특정한 보편성을 설명하기보다는 구체적인 사례가 이해에 도움이 된다. 출판 기획에서 '보편은 이것이다'라고 정의할 수는 없다. 너무 많은 콘셉트와 분류가 있기 때문이다.

7

책 전체의 설계도, 내용의 구성

목차를 만들기 전에 책 전체의 설계도를 만들어야 한다. 이것이 바로 내용의 구성이다. 목차와 내용의 구성은 순서나 논리에 분명한 차별점이 있다. 예를 들어 설명해보자.

이민해서 살던 가정주부가 마흔 살에 디자인 학원에 입학했고 졸업 후 4년 만에 그 나라에서 열 손가락 안에 드는 의류 업체를 만들었다. 이 스토리를 책으로 만든다고 하면 우선 스토리라인을 짜야 한다. 한국에서 어떤 이유로 이민하게 됐는지, 15년 차 주부가 2년제 패션 디자인 과정을 이수한 과정과 창업의 계기 그리고 기업을 어떻게 키웠는지까지 스토리가 있어야 한다.

콘셉트에는 전업을 통해 자신의 인생을 어떻게 바꿨고 어떤 의미를 배웠는지가 들어가야 한다. 그리고 이 내용을 공감할 수 있도록 교훈도 들어가야 한다. 그리고 현재 진행하는 사업의 전망도 들어가야 한다. 가족들은 집에만 있던 엄마와 아내가 일하는 것에 대해 어떻게 생각하는지에 대한 것도 써야 한다.

이런 형태는 보통 자기계발 분야의 성공학 분류에서 보이는 구성이다. 이런 구성을 파악해 큰 줄거리로 묶는 작업이 필요하다. 내용의 구성은 일단 큰 줄거리인 ① 성공스토리, ② 성공의 원인, ③ 가족생활, ④ 독자에게 전하는 메시지로 정리할 수 있다. 그리고 각각 줄거리에 가지를 붙여간다. 성공스토리 부분은 시기별로 나누고 성공의 원인에서는 에피소드를 중심으로 구체적인 내용을 담는다. 하나의 에피소드마다 각각 구성을 짜서 넣는다. 이렇게 작은 내용을 큰 묶음 아래 배치한다. 구성 작업이 끝나면 저자는 각각의 내용을 채워나가며 글을 쓴다.

또 하나의 예를 살펴보자. 원더걸스는 자신들의 노래를 빌보드 차트 100위 안에 올려 미국에서 한국을 대표하는 걸 그룹으로 인정받았다. 원더걸스의 음반을 가지고 미국의 기존 음반시장을 뚫기 힘들었던 박진영은 주로 아동과 청소년의 옷을 파는 미국 최대의 프랜차이즈 판매점과 미팅을 했다. 의류 매장에서 음반을 팔기로 한 결정에는 단순한 리듬과 쉬운 영어로 구성된 원더걸스의 노래가 10대 초중반에 먹혀들 것이라는 생각이 있었기 때문이다. 그리고 이 거래를 성사시키기 위해서 5,000만 원을 투자해 전용기를 빌리기도 했다. 원더걸스가 비즈니스 미팅자리에서 직접 노래까지 불러서 프랜차이즈 본사 사장을 설득하는 적극성을 보이기도 했다.

원더걸스의 스토리를 책의 구성으로 만들어보자. 큰 줄거리는 ① 프로모션 과정의 어려움 ② 의류 매장을 음반 매장으로 생각하게 된 계기 ③ 전용기를 빌리게 된 과정 ④ 비즈니스 미팅 과정의 현장감 있는 대화 ⑤ 음반 매장에서만 집계되는 빌보드 차트 집계를 의류 매장의 집계까지 포함시켜 빌보드 차트 100위 안에 진입시켰던 과정 ⑥ 관습을 지키기보다는 역발상을 통한 마케팅 방법. 이렇게 6개의 내용 구성으로 이루어진다. 여기서 ①번 프로모션 과정의 어려움이라는 큰 줄거리 아래 다시 촘촘하게 내용을 구성해야 한다.

• 미국 음반 프로모션의 현황 • 외국인 음반의 미국 음반 시장 진입의 어려움 • 각종 프로모션의 실패 사례 • 원더걸스의 마음고생. 그리고 나머지 다섯 항목에 대해서도 같은 방식을 반복한다.

이렇게 자세히 구성을 써놓고 나면 글을 쓰는 것은 어렵지 않다. 내용의 구성은 괄호 쓰기 문제를 푸는 것과 같다. 책쓰기는 많은 괄호를 만들어놓고 채워나가는 것과 같다. 작은 구성 요소에 문장이 하나 들어갈 수 있고 혹은 하나의 문단에 2~3개 문장이 채워질 수도 있다. 분량의 문제는 저자가 쓰면서 결정할 일이다. 잘게 쪼개서 내용을 구성하면 글쓰기의 부담은 그만큼 줄어든다.

내용의 구성을 마치고 나면 목차를 만들어야 한다. 내용의 구성은 원고의 내용을 기본적인 인식의 틀 속에서 콘셉트에 맞게 배치하는 것이고, 목차는 그것을 토대로 책 전체의 리듬감과 재미를 만들어주기 위해 효과적으로 순서를 정하는 것이다. 목차 중간에 주제와 관련된 색다른 내용이 삽입되기도 한다. 흥미를 유도하기 위해 순서를 바꿀 수도 있다.

저자가 원고를 출판사를 통해 출간하는 경우라면 저자의 목차와 출판사의 목차가 다른 구성일 때가 많다. 목차는 전문적인 편집의 영역에 속하는 것이기 때문이다. 그래도 저자가 원고를 집필할 때 목차는 있어야 한다. 다음 세 가지 사항에 주의하며 목차를 만들어보자.

┊ **일관성** ┊

목차를 설계할 때 세웠던 책의 분류와 창조적인 콘셉트를 잊지 말아야 한다. 이야기나 교훈이 콘셉트 밖으로 도망가지 못하게 붙잡아야 한다. 앞에서 예로 들었던 박종철의 편지에서 최초의 기획 의도는 열사의 삶을 보여주는 것이었다. 나중에 콘셉트가 열사의 가상 편지로 바뀌었지만, 기본적인 열사의 삶을 전달한다는 문제의식은 그대로 존재했다. 그래서 목차에 풀어쓰는 연표를 넣기로 했다. 원래 본문에 들어가야 할 연표를 편지의 끝에 박스처리해서 별도의 팁으로 넣기로 했다.

일관성을 잃게 되면 정작 게재해야 할 내용이 빠지게 된다. 독자는 박종철 열사의 삶은 모르고 박종철 열사의 말만 듣게 되는 결과를 만나게 된다. 이 독자는 박종철이 누군지도 모르는데 말이다. 그래서 콘셉트는 목차 처음부터 끝까지 일정한 흐름 속에 유지되어야 한다.

┊ **변화** ┊

글을 쓰고 내용을 구성하는 과정은 생각하는 과정과 같다. 생각은 하면 할수록 확장되고 복잡해진다. 이런 과정에서 애초에 기획했던 내용이 변할 수 있다. 즉 정말 필요한 이야기이지만 빠져야 한다거나, 새로 만들어낸 이야기인데 무척 좋아서 꼭 넣어야 하는 경우가 생기기도 한다. 이럴 때 일관성을 지킨다는 이유로 좋은 내용을 구성에서 빼는 것은 미련한 짓이다. 일관성은 원고의 콘셉트에 대한 원칙이지 내용에 대한 것은 아니기 때문이다.

원더걸스를 취재하는 저자는 음반 매장에서 인터뷰한 청소년들의 반응을 넣어서 현장감을 더할 수도 있다. 기본을 지킨다면 집필 과정에서 계속 샘솟는 생각들은 원고에 반영해야 한다. 목차가 수정되더라도, 아니 어떤 경우는 부득불 목차를 수정해야 하기도 한다.

┃ 자료의 배치 ┃

앞에서 자료 수집에 대해 말한 바 있다. 구성의 완결은 수집한 자료를 적합한 위치에 배치하는 것이다.

그동안 수집한 자료를 원고로 만들 때는 원고지 3.5~4매 분량으로 정리하는 것이 좋다. 보통 단행본의 한 페이지에 해당하는 원고지 분량이 3.5~4매다. 다시 말하면 단행본 한 페이지 정도되는 분량으로 자료를 만들어놓는 것이다. 물론 자료의 양에 따라 그것보다 더 많아질 수 있다. 그 원고를 이렇게 만드는 이유는 건물을 지을 때 쓰는 벽돌처럼 필요한 곳에 옮겨다 쓸 수 있기 때문이다. 내용의 구성 단계에서 애초에 배치한 위치보다 더 적합한 위치가 있다면 벽돌처럼 옮겨다 사용하면 된다.

주의할 점은 앞뒤 문단의 맥락과 적절하게 이어져야 하므로 앞뒤 원고를 그것에 맞게 조정해야 한다는 것이다.

8

전자책의
전반적인
저술 과정

구성이 끝났다면 이제부터 저술이다. 이 부분은 이 책 전체에서 다루고 있어서 간략하게 정리한다. 전자책 저술 과정이 마케팅이나 독자와의 연계를 생각하며 어떻게 이루어져야 하는지를 구체적인 스토리로 만들어보았다.

대형 마트에서 수산물 MD를 8년째 담당한 김 과장은 MD업무를 하면서 수없이 많은 공급 업체 사장을 만났다. 기존 업자와의 미팅은 계속됐고 새로운 공급업자도 끊임없이 나타났다. 매번 똑같은 내용을 설명하는 것도 그렇거니와 마트에 대한 이해 부족 때문에 발생하는 사고도 잦았다. 그래서 마트의 납품 조건과 마트를 활용해서 마케팅하는 방법 등을 기재한 전자책을 쓰기로 했다. 분류 조사와 콘셉트 설계, 내용 구성을 끝낸 상태라 집필만을 남겨놓고 있었다.

회사 일에 치이다 보니 전자책 출간 계획안이 1년째 컴퓨터 안에서 잠자고 있었다. 더는 안 되겠다고 생각한 김 과장은 본인의 블로그에 조금씩 글을 써나갔다. 직장 생활을 통해 수없이 진행했던 판촉 행사의 기획안과 사진들을 활용해 내용 구성을 시작했다. 포털사이트의 블로그에 게재하면서 마트 납품을 원하는 업체 사장들의 방문이 늘기 시작했다. 그리고 블로그 구독자 중에는 구체적인 계약 조건을 물어오는 사람도 생겼다. 질문에 답을 해주고 포스트를 작성하면서 원고는 완성도가 높아졌다. 글을 일주일에 한두 편씩 올리며 그렇게 3개월이 지났다. 우연히 거래처 사장이 김 과장의 블로그를 방문한 후 전화를 했다. 깔끔하게 정리가 잘된 것 같다는 내용이었다.

김 과장은 쉬는 날에 책상 서랍에 있던 600장이 넘는 명함을 집으로 가지고 왔다. 스마트폰에 명함 스캐너 앱을 다운받아서 명함을 스캔하고 엑셀로 연락처를 정리했다. 그리고 그 다음 주부터 블로그에만 올리던 글을 매주 600통씩 메일로 보내기 시작했다.

메일을 받아본 사람들이 여기저기에 추천하기 시작했고, 김 과장은 대량 메일을 보내는 사이트에 가입해 유료로 천 통이 넘는 메일을 매주 보내게 됐다. 전자책에 쓰일 원고 연재에서 새롭게 시도되는 마케팅 기법이나 해외 마트의 마케팅 방법까지 소개하니 독자는 더 늘어갔다.

블로그로 시작해서 메일로 고정 독자를 모으게 됐다. 김 과장의 블로그를 방문하던 파워 트위터가 자신의 트윗에 김 과장의 블로그 포스트가 업데이트될 때마다 내용을 퍼다 날랐다. 이제 주간 방문자 수는 평균 약 3,000여 명이 됐고 메일을 받아보는 사람들도 2,000명이 넘었다. 회사 일은 힘들지만 관심 갖는 수많은 독자를 생각하며 쉬는 날에는 글쓰기에 매달렸다. 여러 주제가 중구난방으로 들어가 있는 글을 정리해 A4 20장(원고지 200매 분량) 정도의 글로 정리했다. 그리고 전자책을 출간해 인터넷 서점에서 정가 1,000원의 가격에 판매를 시작했다. 독자에게 보내는 메일의 하단에는 출간한 전자책 광고를 같이 게재했다.

이 이야기는 가상으로 설정된 것이지만, 모든 집필 과정에 적용될 만한 일이다. 전자책의 저술은 책이 출간되기 전에 독자를 확보할 수 있는 SNS 저술이 가장 좋은 방법이다.

이렇게 저술하게 되면 내용이 노출돼 살 사람이 있겠느냐는 질문을 많이 받는다. 그렇게 생각한다면 시리즈의 첫 책은 무료로 배포해서 당신의 콘텐츠로 당신을 홍보하라. 두 번째 책은 블로그에 내용 일부만을 노출하고 나머지는 판매용 전자책으로 만들면 된다.

조성된 상황에 따라 여러 형태의 저술 방법으로 전자책을 만들 수 있다. 매번 업데이트를 지켜야 하는 연재 형태의 저술은 쉽지 않지만, 직장 생활을 하면서 한 달 휴가를 내고 책을 쓴다는 것은 더 어려운 일이다.

저술에 관한 사례와 집필 방법은 4장에서 본격적으로 다루기로 하자.

9

원고를
입체화시키는
편집

원고가 다 됐으면 이제 책으로 만들어야 한다. 기획된 콘셉트에 맞게 책의 순서를 잡고, 독자들이 더욱 쉽고 흥미롭게 콘텐츠에 접근할 수 있도록 원고를 입체화시키는 과정이다. 앞에서 언급했던 내용의 구성과 목차가 일치하면 더할 나위 없이 좋겠지만 그런 경우는 많지 않다. 원고를 쓴 저자의 시각과 '첫 번째 독자'인 편집자의 시각이 다르기 때문이다. 재정적인 여유가 있다면 전문 편집자의 손을 거치는 게 가장 좋다. 그게 어렵다면 저자 자신이 최대한 독자 입장에서 원고를 바라보며 편집 작업을 진행해 보자.

▎편집자는 필요하다 ▎

『두산동아백과사전』의 정의에 따르면 출판 편집은, '서적에 있어서는 기획, 원고의뢰, 원고접수, 원고정리 및 교정, 제작의 과정을 뜻하는 것이 보통이다. 편집의 생명은 창조성 및 체계성에 있으므로 일을 진행하는 데 있어 자유로운 활동이 강조되지만, 편집은 집필 활동과는 달라서 저작자의 권리를 침해할 수 없으며, 경영자의 지시에 따르기도 해야 한다'라고 정의하고 있다.

종이책 출판에서 편집은 전문 편집자가 진행하는 일이다. 출간의 전 과정을 지배하는 사람이 편집자다. 그렇다고 막무가내로 자신의 주장만 내세우지는 않는다. 저자의 뜻과 저작물을 존중하며 출간을 진행한다. 창조적으로 원고를 다루지만, 편집자 자신의 이름을 내세우기 위함이 아니라 저자의 뜻을 독자에게 정확히 전달하기 위해서 그렇게 하는 것이다. 경영자의 명령을 수행하는 사람이므로 책의 판매도 고려해야 한다. 어찌 됐건 저자로서는 믿고 의지할 수밖에 없는 사람이다. 그렇게 하는 것이 결과적으로 저자에게 유익하다.

그렇다면 전자책의 편집은 어떻게 진행해야 할까. 원고를 맡아줄 편집자가 별도로 있다면 저자는 저술만 하면 된다. 하지만 이것은 비용 문제와 직결된다. 쉽지 않은 경우다. 셀프 퍼블리싱이라면 저자가 직접 편집을 하게 된다. 물론 전문 편집자가 작업하는 것이 좋다. 편집의 목표는 저자의 초고를 독자가 읽을 수 있는 완성된 원고로 만들어내는 것이기 때문이다. 그러면 저자는 편집을 할 수 없을까? 편집자가 우연한 기회에 자신의 책을 쓰게 됐다고 생각해보자. 이런 일은 심심찮게 있다. 아무리 뛰어난 편집자라 하더라도 자신이 쓴 원고를 직접 편집하지 않는다. 원고를 대할 때 객관적인 입장에서 볼 수 없기 때문이다.

편집자는 저자의 머릿속과 원고를 넘나들며 그의 작품에 객관적 시선을 더한다. 경력 있는 전문 편집자가 원고를 만지면 읽기 불편했던 문장이 깔끔해지고 꼬여 있던 논리도 명쾌해진다. 게다가 잘못된 정보와 부족한 자료가 수정되고 보충된다.

편집자는 독자로서 이해 안 되는 부분을 저자에게 묻고 저자는 문장을 다시 고치거나 추가로 설명한다. 그것이 어렵다면 편집자가 직접 주석을 달기도 한다. 그리고 정확한 교정교열로 독자가 읽기 편한 상태로 만들어준다.

어떤 편집자는 꼼꼼해서 원고를 다시 써야 하는 경우도 있고 어떤 편집자는 교정교열 정도로 원고를 만지기도 한다. 어느 경우라도 편집자는 당신의 원고를 읽고 파악하는 사람이므로 이들과의 소통은 흥분되는 일이다. 칭찬을 들으면 좋겠지만 지적을 많이 당하면 화도 날 것이다. 어떤 경우는 책으로 낼 수 없다는 말을 듣기도 한다. 편집자와의 소통 과정에서 마음에 상처를 입는 경우는 다반사다.

이런 상처를 스스로 치유해야 하는 것도 저자의 몫이다. 열린 마음으로 편집자의 지적을 소화해야 한다. 어떤 원고도 편집자와 의견 조율 없이 책이 되는 경우는 없다. 모든 저자가 완벽한 것은 아니기 때문이다. 무조건 반대하거나 찬성하는 편집자도 문제지만 자신의 원고만을 고집하는 저자는 더욱 문제다. 원고의 수정을 절대 용납하지 않는 저자도 많다. 이런 것은 가능하면 피해야 한다.

다시 『두산동아백과사전』에서 정의하는 편집자의 업무를 살펴보자. 편집자의 업무는 일반적으로 다음과 같이 진행된다.

•기획 •저자 교섭 •원고 입수 •출판 계약 •영업적 판단 •자료의 정리 •원고의 체계와 표제의 변경 •삽화의 선택 •레이아웃 기획 •출력본에 의한 견적서의 단가 산출 •교정교열 •광고 문안 작성 •서평 의뢰 •보도자료 작성

이렇듯 편집자는 출판의 전 과정에 직간접적으로 참여해 저자와의 소통을 통해 책을 출간하게 된다. 전자책 작업도 레이아웃 기획과 견적서를 내는 일을 제외하고는 대부분 일은 편집자가 한다. 셀프 퍼블리싱은 이 모든 것을 저자 혼자 해야 하는 일이다. 그러니 정말 쉽지 않은 일이기도 하다. 이럴 경우 남는 업무는 아래와 같다.

•영업적 판단 •자료의 정리 •원고의 체계와 표제의 변경 •삽화의 선택 •교정교열 •광고 문안 및 보도자료 작성 •서평 및 추천사 의뢰

여기에 디자이너의 업무인 표지 디자인까지 처리해야 한다. 가끔 일부 전자책 업체에서 비용을 절감하기 위해서 이 과정을 무시하기도 한다. 그러면서 전자책이 종이책보다 효율적이라고 말하는데 이것은 책을 무시하는 말이다. 편집 없는 출간은 종이책이든 전자책이든 독자를 무시하는 행위며 독자에게 책을 읽지 말라는 것과 같은 말이다.

셀프 퍼블리싱을 하기 위해서는 편집에 대한 연습 기간이 필요하다. 서너 권 정도는 전문 편집자와 일을 해보는 것이 좋다. 그리고 본인이 직접 편집을 할 것인지 아니면 계속 편집자와 같이할 것인지를

결정해야 한다. 편집자는 단순히 문장을 고치는 사람이 아니라 전체 기획에서 원고 구성이나 윤문까지 출간 과정 전체를 관리하는 사람이다.

그렇다면 전자책 편집자는 어떻게 구하고 어떤 조건으로 같이 일할 수 있을까? 프리랜서 편집자는 많은 편이다. 이들과 연락을 하려면 출판 커뮤니티 사이트를 찾으면 된다. 북에디터(www.bookeditor.org)라는 온라인 커뮤니티 사이트, 혹은 1인 출판사 커뮤니티인 꿈꾸는책공장(cafe.naver.com/bookfactory)이 대표적이다. 공식 단체인 대한출판문화협회(www.kpa21.or.kr)와 한국출판인회의(www.kopus.org)의 구인란에서 찾을 수 있다. 아직은 전자책 전문 편집자가 특화된 상황은 아니다. 종이책 편집자가 전자책 편집에 투입되는 경우가 대부분이다. 그래서 위에서 소개한 각종 출판 인력 구인 사이트에 '전자책 편집자 구합니다'라는 공고를 올리면 편집자들이 쉽게 반응하지 않는다. 전자책 편집을 해본 적이 없기 때문이다.

편집 사례비는 보통 원고지 매당으로 계산한다. 편집자의 경력이나 원고의 난이도에 따라 원고지 매당 1,500원부터 2,000원 사이로 결정된다. 더 높거나 낮을 수도 있다. A4 용지 20장이면 원고지 180매가량이며 27만 원에서 36만 원 정도의 비용을 생각하면 된다. 정가가 2,000원 안팎인 전자책 편집에 지급해야 할 돈 치고는 많은 편이다. 여기에 표지 디자인은 종이책 디자인에 비해 부담은 덜하지만, 최소 10만 원에서 30만 원 정도 든다고 생각해야 한다. 전자책 한 권당 40~70만 원 정도가 제작비로 들어간다.

이렇게 보았을 때, 저자가 편집에서 디자인까지 진행한다면 더할 나위 없이 좋겠지만 초반에 출간하는 책은 전문가의 도움을 받아 진행하는 것이 맞다.

만약 비용에 대한 부담이 크다면 앞에서 언급한 '친구 만들기'로 해결할 수 있다. 3~5인의 저자 모임을 만들어서 서로의 원고에 대해 기획과 방향을 논의하고 교정교열을 해주는 방법으로 진행하면 된다. 이렇게 하면 편하게 읽고 이해하기 쉬운 원고를 만드는 것에는 큰 문제가 없을 것이다. 상대방의 원고를 읽으며 어렵거나 이해가 안 되거나 논리적으로 이상한 부분을 찾아서 서로 확인해줄 수만 있으면 된다. 그리고 조금 미흡하긴 하지만, 사전과 인터넷의 도움으로 교정교열을 해결할 수 있다. 기본적인 맞춤법 확인은 부산대학교에서 운영하는 우리말배움터(urimal.cs.pusan.ac.kr)의 '한국어 맞춤법/문법 검사기'를 통해 할 수 있다.

편집 문제를 해결하는 마지막 방법은 전자책 전문 출판사와 계약하는 것이다. 셀프 퍼블리싱의 의도와는 거리가 있지만, 저자로서 선택할 수 있는 방법 중 하나다. 이 경우 저자의 원고는 해당 출판사의 출판 방향과 판매 전략에 부합해야 한다. 계약이 성사되면 대략 저자는 판매가의 15퍼센트 수준의 인세를 받는다. 셀프 퍼블리싱을 할 경우에는 판매가의 60~70퍼센트의 수입을 올릴 수 있는 것에 비하면 낮은 수준이다.

출판사에서 오히려 비용을 요구할 수도 있다. 당신을 전자책 저자로 만들어주는 대신 제작에 들어가는 편집비와 디자인비, 파일전환비 등 제반 비용을 요구하는 것이다. 전자책으로 하는 자비출판인 셈이다. 이런 경우는 판매된 전자책에 대한 수익 분배, 즉 저자 인세가 협의에 따라 달라질 수도 있다.

│ 전자책 저자를 위한 편집의 기초 │

다시 셀프 퍼블리싱으로 돌아가자. 앞에서 밝혔듯이 편집자의 중요성은 두말할 필요가 없다. 하지만 어쩔 수 없이 저자가 편집 작업을 해야 할 경우가 있다. 지금부터 간략하게나마 전자책 저자를 위한 편집의 기본 사항을 살펴보자.

편집 작업은 큰 부분에서 작은 부분으로 점차 범위를 좁혀가며 진행한다.

가장 먼저 해야 할 일이 원고를 독자의 관점으로 가볍게 읽는 것이다. 이 과정은 원고 전체의 흐름과 느낌을 읽어내기 위해 필요하다. 원고가 기획 콘셉트를 유지하고 있다면 다 읽은 후 저자가 무엇을 주장하는지 명확히 드러날 것이다. 읽으면서 문체가 어색하지 않은지, 엉뚱한 내용은 없는지, 저작권 등 문제가 될 만한 부분은 없는지 살펴본다.

이 과정에서 문제점이 발견됐다면 일단 발견된 부분을 삭제하거나 조정한다. 전반적인 문체도 손을 본다. 일반적으로 문체에서 많이 발생하는 문제는 시점과 시제다. 가능하다면 시점과 시제를 통일해서 글을 쓰는 게 바람직하지만, 적합한 표현을 위해 몇 가지 시점과 시제를 섞을 수 있다. 이럴 땐 일관된 원칙을 적용해야 한다.

다음 단계는 목차 구성의 오류를 파악하는 것이다. 가볍게 읽는 과정에서 어색한 느낌이 드는 가장 큰 이유는 목차 구성에 문제가 있기 때문이다. 목차 구성은 각 목차에 해당하는 원고를 원고지 1매 분량으로 요약하여 한 번에 읽어보며 확인하는 것이 좋다. 주요 키워드를 찾아내서 정리하면 쉽게 줄거리를 요약할 수 있다. 요약문을 읽고 나서 가장 효과적으로 원고의 주제를 드러내는 순서를 찾아 목차를 조정한다.

처음 원고는 기존의 목차를 기준으로 집필된 것이어서 목차가 재배치되면 맥락의 선후 관계 속에서 반드시 다시 써야 할 부분이 생기니 주의하자.

다음 단계는 목차 구성의 단위별로 하나씩 문제점을 해결하는 것이다. 목차의 순서상 문제는 해결했으므로 이 단계에서는 전체 원고의 흐름보다는 세부적인 문장과 표현을 집중적으로 검토해야 한다.

물론 이 단계에서도 흐름을 놓치면 안 된다. 목차의 한 파트는 여러 개의 문단으로 이루어져 있다. 문단의 흐름이 한 파트의 주제를 효과적으로 드러내고 있는지 확인해야 하고, 옆길로 샌 문단을 삭제하거나 주제에 맞게 수정해야 한다. 그리고 문단과 문단의 효과적인 연결을 고민해야 한다. 초보 저자들이 흔히 저지르는 실수가 문단과 문단 사이의 긴장감을 놓친 채 별개의 내용으로 구성하는 경우다. 앞 문단 마지막 부분에서 다음 문단을 자연스럽게 이끌어줘야 한다.

그 다음은 문단 안에서의 원고 검토다. 한 문단은 여러 개의 문장으로 연결돼 있다. 이 연결 흐름을 살펴보면 뜻밖에도 순서가 바뀐 문장이 많다는 것을 발견할 수 있다. 한 문단에서 문장의 순서를 바꿀 때는 반드시 교열을 봐야 한다. 문장 하나하나는 원래의 문단 흐름에 최적화된 상태로 쓰여 있기 때문이다.

그리고 문장을 검토하자. 문장 검토는 문단을 검토할 때 교열하는 과정에서 동시에 이루어진다. 문장 검토의 핵심은 호응 관계를 확인하는 것이다. 주어와 서술어의 일치, 시제와 시점의 일치, 복잡하게 얽혀 한 번에 읽기 힘든 복문과 중문의 해체 등을 처리한다. 그리고 같은 단어의 반복에도 주의하자. 이 부분은 저자의 어휘력에 대한 평가나 마찬가지다. 같은 단어들은 동일한 뜻의 다른 단어로 바꿔주는 게 좋다. 문장이 한층 세련된 느낌이 든다.

그리고 생략에 대한 판단이다. 접속부사와 조사 등 문장성분의 생략은 저자의 문체와 관련이 있다. 정답이 있는 게 아니므로 편집자의 원칙이 중요하다. 가능하다면 굳이 필요하지 않은 문장성분은 생략하는 것이 문장을 세련되게 한다. 하지만 독자가 그 문장을 정확하게 이해할 수 있는 수준에 한해서다. 문장성분이라는 것은 각각 나름대로 존재해야 할 이유가 있다. 확신이 서지 않을 때는 생략하지 말아야 한다. 문장성분을 생략했을 때의 문제는 입말에서 습관적으로 하는 생략이 문장에 드러난 경우다. 이 경우는 반드시 생략된 단어를 복구해야 한다. 이것은 책이고 책이 가지는 권위가 있기 때문이다.

다음으로 주의 깊게 봐야 할 사항이 정확한 단어의 사용이다. 이것도 입말의 습관 때문에 발생하는 문제다. 비슷한 뜻으로 사용하는 단어지만 문맥에 맞는 정확한 단어로 바꿔주어야 한다.

그리고 지나친 강조는 불필요하다. 자신의 주장을 강조하기 위해서 같은 문장을 반복한다든가, 느낌표를 남발한다든가, 홑따옴표를 많이 사용한다든가, 괄호로 구구절절하게 설명한다든가 하는 것을 삼가야 한다. 저자가 흥분하면 독자는 흥분한 저자를 강 건너에서 구경만 한다. 담담하게 자신의 입장을 유지하며 감성을 건드리면 독자는 환호한다. 편집자는 저자의 과도한 자의식을 잠재워주는 역할을 해야 한다.

교정 작업은 앞에서 언급한 우리말 배움터를 통해서 해결하자. 조금 더 깊이 있는 교정 작업을 하고 싶다면 교정교열 전문 강좌를 통해 배우거나 매년 개정판이 나오는 편집 매뉴얼 책들을 통해 공부하면 된다.

완벽한 교정교열은 훈련만이 해결책이다. 많은 경험을 통해 실력을 쌓아야 한다. 교정교열에 대한 기본 개념을 확실히 익히고 책을 읽을 때마다 정독하면서 훈련하자.

여기까지는 기본적인 원고 검토 과정이었다. 이 정도 과정으로 편집이 끝날 수 있는 원고면 좋은 원고다. 원고 자체로 흐름과 논리가 있는 원고라는 말이다. 문제는 흐름과 논리가 원고 안에서 검증되지 않는 원고, 사실 관계와 논리 검증에 문제가 있는 원고다.

초보 저자들이 놓치는 부분이 원고의 정확성과 안정성이다. 유명한 정치인을 다룬 원고에서 그의 생몰 연도를 잘못 기재하면 그 원고에 대한 신뢰는 떨어진다. 그리고 잘못된 근거나 오래된 통계자료를 사용해 곤욕을 치르는 저자도 있다. 저작권 사용 허락을 얻지 않은 자료를 게재해 저작권 도용으로 제소를 당하기도 한다. 전자책 저자들은 편집 과정에 이 정확성의 문제를 가장 신경 써야 한다. 꼼꼼하게 원고를 확인해야 독자들로부터 신뢰를 얻을 수 있다.

정확성을 높이기 위해 편집자는 원고에서 거론된 수치와 근거들을 모두 확인한다. 하지만 이 일이 편집자만의 몫은 아니다. 저자도 반드시 함께 짊어져야 할 책임이 있다. 자료 조사 과정에서 정확한 자료를 찾아야 하고, 세세한 부분까지 놓치지 않고 출처를 명기해야 한다. 인터넷을 통해 자료를 구하는 경우라면 특히 더 주의를 기울여야 한다.

하나의 주제에 대해 여러 주장이 있어 정확성이 흔들리는 경우도 있다. 과거의 일을 입장에 따라 다르게 기록하거나 상이한 의견들이 충돌하는 경우는 각각의 입장들을 독자가 모두 읽을 수 있게 해야 한다. 그것이 바로 원고의 정확성이다. 정확성은 정답을 찾는 것이 목적이 아니라 독자로부터 신뢰를 얻는 것이 목적이다.

원고의 안정성은 일관성과 연결된다. 앞뒤가 맞지 않는다거나 처음 의견과는 반대되는 입장을 주장한다면 그 원고는 독자에게 원망을 들을 수밖에 없다. 작성 중인 원고에 논리적 오류나 상반된 주장이 책에 실리지 않게 하는 것이 원고의 안정성이다. 일관성을 지키기 위해 저자는 수차례에 걸쳐 퇴고해야 한다.

이렇게 전자책 저자로서 알아야 할 편집의 원칙들을 간략하게나마 살펴보았다.

현실에서 편집이 적용되는 사례는 원고마다 상황마다 편집자마다 다 다르다. 시를 편집할 때와 소설을 편집할 때, 에세이를 편집할 때가 다르고, A편집자가 편집할 때와 B편집자가 편집할 때가 다르다. 최소한의 기본적인 원칙 아래서 사람마다 적용을 다르게 한다.

이 말은 저자의 편집에 대한 원칙이 중요하다는 말이다. 기본적인 원칙을 가지고 다음 과정에 대한 입장을 세워야 한다. 아니면 자신의 생각과 가장 비슷한 의견을 지닌 편집자와 일해야 한다.

전자책이 가져야 할 구성 요소

책을 구성하는 것은 원고만이 아니다. 완성된 원고에 여러 장식을 붙여야만 책이 완성된다. 장식이라기보다는 옷에 가깝다. 옷을 입고 외출하듯 원고에 갖춰야 할 여러 요소를 덧붙여야 출간이 된다. 책을 구성하는 요소에는 속옷도 있고 바지, 셔츠, 재킷도 있다. 양말도 필요하고 구두도 신어야 한다. 때에 따라서는 모자와 스카프가 필요하기도 하다. 전자책도 마찬가지다. 전자책에 필요한 기본 구성 요소를 알아보자.

표지

표지는 당연히 전자책에도 필요하다. 책의 존재를 알려주는 대문이 바로 표지다. 표지에 들어가야 할 사항은 시리즈 명칭, 제목(주제, 부제, 외서라면 원제도 필요하다), 저자 이름(공저), 출판사 이름, 가격, 국제표준도서번호ISBN, 헤드 카피, 표지 글 등이 있다. 시리즈 명칭에서 헤드 카피까지는 특별히 언급할 필요는 없을 것 같다. 표지 글은 제목과 부제에서 미처 소화하지 못한 책의 성격과 장점을 드러낸다. '노벨문학상 수상 작가가 쓴 첫 번째 동화' '인터넷 서점 100만 건 다운로드' '네이버 블로그 200만 방문자 기록' 등 광고 카피의 역할을

한다. 종이책에서는 종이책을 두르고 있는 띠지가 이 역할을 하기도
한다.

전자책의 서두

이 부분은 쉽게 '도입'이라고 생각하면 된다. 전자책 첫 페이지에
표지가 나오고 다음부터는 '도입'이다. 도입 부분에는 판권, 도서 소
개, 저자 소개, 추천사 등이 들어간다. 때때로 책의 요소는 아니지만,
책과 관련된 알림이나 광고 등이 들어가기도 한다. 이것은 종이책에
서 뒤표지, 책날개, 판권에 해당하는 부분이다.

판권

전자책에도 판권을 표시해야 한다. 저작권자와 출판권자를 표시하
고 독점으로 소유한다는 것을 적어야 한다. 출판사마다 형식이 다르
지만 대부분 아래의 사항을 포함한다. 번역서라면 영문 표기를 병기
한다.

• 책 제목 • 발간일자 • 지은이 • 펴낸이 • 펴낸곳 • 편집 • 디자
인 • 출판등록일과 출판등록번호 • 출판사 주소와 연락처 • ISBN과
도서 가격 • 저작권자 표시 • 출판사 소개

출판사 연락처에는 전화번호, 팩스, 이메일, 홈페이지를 비롯해 트
위터, 페이스북 등 SNS 아이디도 기재한다. 독자의 의견을 많이 받을
수록 출판사에 유익하다. 위에는 기본 사항인 편집과 디자인만 표기되

어 있는데 기획, 제작, 자료 등으로 참여한 사람의 이름을 적어도 좋다.

도서 소개

종이책의 책날개에 해당하는 부분이다. 보통은 본문 내용의 요약이나 발췌 혹은 간략한 서평 형태로 작성한다. 독자가 이 책을 통해 얻을 수 있는 정보나 이 책이 담고 있는 의미 등을 서술하고 가능하면 창의력을 발휘해 꾸며보자. 페이지가 늘어나면 비용이 증가하는 종이책과는 달리 전자책에는 페이지 제한이 없으므로 인상적인 도서 소개가 가능하다. 이미지를 열 장 정도 배치하고 간략한 글을 삽입해 감각적인 편집으로 책의 내용을 알릴 수도 있다. 그리고 이 부분의 내용은 추후에 소개할 보도자료, 출판사 서평, 마케팅 기획 등에 다양하게 이용할 수 있다.

저자 소개

보통은 나이, 학력, 경력, 저서, 현재 하는 일, SNS 주소 등을 넣는다. 요즘은 '1983년 산, 현재 잉여질 중' 이런 형태의 저자 소개도 볼 수 있는데 이 경우는 이런 글을 용서해줄 수 있는 독자를 대상으로 할 때만 쓰는 것이 좋다. 자신을 꼭 숨기고 싶은 경우가 아니라면 기본적인 내용은 다 소개하자. 번역서일 때는 당연히 일반적인 소개 방식에 따라야 한다. 튀게 쓰는 것은 삼가자. 번역자에 대한 소개도 마찬가지다. 전자책이므로 링크 기능을 사용할 수 있다. 홈페이지 주소나 미니홈피 주소 혹은 블로그, 페이스북, 트위터를 링크해서 넣어주면 좋다. 저서가 있다면 그 책을 구매할 수 있는 인터넷 서점도 링크

해보자. 저서별로 간단하게 책 소개도 넣어서 다른 책도 살 수 있도록 홍보를 해주면 좋다. 저서를 더 자세히 설명하고 싶다면 아예 광고문구나 보도자료를 게재해서 소개할 수 있으나 이것은 광고라는 것을 표기하고 게재하는 것이 좋다.

추천사

추천사는 보통 유명인이나 책의 주제와 관련된 전문가의 글을 받아 싣게 된다. 전자책의 경우는 유명인으로부터 추천사를 받기 어렵다. 전자책에서 추천사를 빼도 큰 문제는 없지만 받을 수 있으면 좋다. 초고를 지인이나 친구들에게 보내서 3~4줄 분량의 추천사나 열자 서평 같은 것을 받아 게재하면 좋다. 추천인은 3~5명 정도가 적당하다.

목차

저자는 원고를 쓰기 전에 어떤 구성으로 글을 쓸 것인지 결정하고 원고의 순서를 정한다. 이것은 원고를 구성하는 작업이다. 이 구성이 그대로 목차가 되는 것은 아니다. 목차는 구성에 색깔을 입히는 일이다. 편집 과정에서 편집자는 원고 속에 녹아 있는 키워드들을 건져내 이를 정리하면서 카피로 뽑아내게 되는데 이 카피를 활용해 목차를 만든다. 뽑아낸 키워드를 활용해 목차를 구성하기도 하지만, 가능하면 매력적인 카피로 목차를 만드는 것이 좋다. 독자가 책을 사기 전에 그 책의 효용성을 확인하는 대표적인 방법이 목차를 살펴보는 것이다. 그렇기 때문에 저자는 목차를 통해 궁금증을 불러일으켜 독자가 책을 읽게 할 수 있다. 목차를 만들기 전에 미리 같은 분야 책들의 목차를 살펴볼 필요가 있다. 소설 분야와 자기계발 분야, 역사 분야 등 분야별로 선호하는 목차 구성의 방식이 다르기 때문이다.

장표지

종이책에서는 장별로 별도의 표지를 만들기도 한다. 이것을 장표지라고 한다. 장표지는 해당 장과 다른 장을 구분하는 역할을 하며, 그 장의 성격과 내용을 독자에게 예고하는 기능을 한다. 장표지는 배경색을 깔고 장제목을 써넣는 것이 기본이다. 여기에 해당 장의 내용 요약, 소분류 목차, 본문 발췌문, 인용 발췌문 등을 추가하기도 한다.

서문 혹은 후기

서문과 후기는 같은 역할을 한다. 저자의 집필 의도와 감상을 독자에게 알려주는 구성 요소다. 서문은 책의 앞부분에 있고 후기는 책의 뒷부분에 있다는 차이 정도다. 기본적으로 책의 내용을 요약하고, 저술의 배경을 적으며, 어떤 독자가 읽으면 좋은지, 이 책이 어떤 부분에서 유용하게 쓰일지 등을 담는다. 전자책은 종이책 분량보다 적어서 되도록이면 짧게 쓰는 것이 좋다. 어떤 책은 서문만 봐도 될 만큼 자세히 써놓기도 한다. 서문을 통해 본문에 대한 기대를 유발시키는 정도로 써야지 너무 자세하게 쓰면 본문의 흥미를 떨어뜨릴 수도 있다.

서문과 후기를 통해 책을 쓰면서 도움을 받았던 사람들에게 감사를 표하기도 한다. 수상소감을 발표하는 영화배우처럼 일일이 이름을 밝히고 고맙다는 인사말을 전한다. 특히 가족에 대한 감사의 뜻은 꼭 밝혀라. 가까울수록 서운함의 크기는 더 클 수 있다.

저자는 서문을 쓸 때 만족감과 두려움을 동시에 느낀다. 드디어 책이 나온다는 기대감과 독자의 반응에 대한 걱정 때문이다. 그래도 해방감을 즐겨라. 약간의 흥분과 떨림을 만끽하라. 이는 온전히 저자만의 것이다.

10

보도자료
쓰기

출판사 편집자가 곤혹스러워하는 일 중 하나는 보도자료 쓰기다. 보도자료는 엄밀하게 말해서 마케팅 과정에 속하기 때문이다. 단행본을 편집했던 방식으로 보도자료를 작성하면 긴장감이 떨어진다. 광고를 만든다는 생각으로 접근해야 한다.

보도자료의 첫 번째 독자는 기자다. 하루에 수십 종의 신간이 쌓이는 기자의 책상 위에서 살아남기 위해서는 콘셉트만 간략하게 전달하는 힘이 필요하다. 그리고 매력적인 편집으로 첫눈에 반하게 만들어야 한다. 책의 성격에 따라 다르겠지만, 기본 원칙은 첫눈에, 한눈에라고 할 수 있다. 혹시 광고의 느낌으로 매력적으로 만들어야 한다고 말했기 때문에 오해할지도 모르겠다. 이는 화려하게 만들어야 한다는 이야기가 아니다. 기본적인 정보 전달에 충실해야 한다는 이야기다. 그 다음 인상적인 콘셉트로 방점을 찍어야 한다. 경험 없이 해내기는 어려운 과정이다.

그 다음 원칙은 기자가 기사 작성 콘셉트를 잡기 쉽게 아이디어를 제공하는 것이다. 어떤 편집자는 책을 읽지 않더라도 기사를 쓸 수 있게 친절히 원고를 만들어 보도자료로 제공하기도 하는데, 이는 기자의 자존심을 건드리는 일이다. 기사 작성 콘셉트를 떠올릴 수 있는 실마리를 제공하는 것으로 충분하다.

그 다음은 책에서는 얻을 수 없는 주변 자료를 제공하는 것이다. 책을 읽으면 확인되는 내용을 굳이 반복할 필요는 없다. 그 대신 인터넷 검색으로도 확인하기 힘든 고급 정보를 제공해야 한다. 고급 정보는 책을 쓰거나 편집을 하는 과정 중에 저절로 손에 들어온다. 그래서 편집 중에 얻게 되는 자료를 소홀히 다루지 말고 잘 모아두어야 한다.

보도자료는 신문사로 보낼 때만 필요한 것은 아니다. 보도자료에 담긴 홍보 문안과 기본 정보는 여러 문건에서 활용할 수 있다. 그래서 보도자료를 쓰기 전에 책에 대한 홍보 문안과 기본 정보는 미리 정리해두는 것이 좋다. 이렇게 정리한 자료는 출간기획서를 작성할 때를 비롯해 인터넷 서점 데이터베이스에 등록할 때, 마케팅기획안을 만들 때 사용할 수 있다. 표지 디자인을 위한 콘셉트를 잡을 때 기본 방향을 제시해주는 역할도 한다.

전자책에서 보도자료는 조금 다른 용도로 쓰인다. 언론사를 통해 전자책이 소개되는 경우가 드물어서 전자책 보도자료는 서점에서 전자책을 홍보하는 수단으로 유용하게 사용된다. 전자책은 종이책처럼 내용을 직접 볼 수 없으므로 이 보도자료를 기초로 만든 전자책 설명 문구가 책 내용을 알리는 유일한 방법이다. 전자책 보도자료를 작성할 때 유의해야 할 몇 가지를 살펴보자.

① 보도자료를 만들기 전에 비슷한 분야의 책들을 찾아 그 책을 홍보하는 책 소개를 살펴보고 참고하자. ② 책의 장점을 인상적으로 소개할 콘셉트를 준비하자. ③ 구구절절하게 설명하지 말고, 이 책이 독자에게 주는 의미가 무엇인지 간결하고 명확하게 드러날 수 있도록 보여준다. ④ 문장은 가능하면 짧게 쓴다. ⑤ 과장하면 안 된다. 독자는 현명하다. 지나치게 과장된 설명은 내용의 허술함을 가리기 위한 포장이라는 것쯤은 쉽게 알아챈다. 정직하고 담담하게 쓰자. ⑥ 본문에 쓰인 문장을 활용하는 것도 좋다. 책에 실린 사례를 보도자료에 실어 관심을 끌어내는 것도 좋은 방법이다.

콘셉트의 성격에 따라 전자책 보도자료의 구성은 달라질 수 있지만, 기본적으로 들어가야 하는 구성 요소가 있다. 다음에서 몇 가지를 살펴보자.

| 가격 |

전자책 가격은 출판사의 판매 전략에 따라 정한다. 셀프 퍼블리싱인 경우는 직접 정하면 된다. 대략적인 기준은 원고지 100매당 1,000원 수준이다. 가격을 정하기 전에 같은 분야의 책들을 참고로 하여 책정하는 것이 좋다. 전자책 가격은 종이책 정가 대비 50~70퍼센트로 책정하는 것이 상례다.

앞서 이야기한 전자책의 도서정가제를 기억하자. 신간 전자책은

종이책이 있을 경우 종이책 정가의 70퍼센트 미만으로 가격을 책정
할 수 없다. 위반할 경우 벌금이 있기 때문이다.

| 분량 |

　전자책은 하나의 두루마리에 써내려가는 것과 같아서 페이지의 개
념 자체가 모호하다. 그래서 원고량이 A4 몇 매 분량인지 또는 원고
지 몇 매 분량인지 표시해주어야 한다. 이미지는 제외하고 원고의 분
량만 기재한다. A4 20장 분량이라도 이미지가 100장이면 글은 거의
없다고 보면 된다. 이럴 때는 '이 책에는 A4 3장 분량의 글과 100컷
의 사진을 담았습니다'라는 것을 꼭 소개 글에 넣어야 한다. 이런 안
내가 없다면, 독자는 구매한 지 20분 만에 다 읽고 속았다는 생각을
하게 될 것이다.

| 도서 분류 |

　앞에서 언급했던 것처럼 대분류부터 소분류까지 다 기재한다. 조
금이라도 해당하는 분야가 있다면 그것까지도 기재한다. 주의할 사항
은 전자책 서점마다 분류 기준이 달라서 보도자료를 보낼 때 서점마
다 분류 항목을 각각 다르게 적어보내야 한다는 점이다.

❘ 카피 ❘

한 문장으로 책을 간략하게 설명하는 방법이다. 전형적인 광고 카피를 생각하면 된다. 시중에 유행하는 광고 카피를 사용하면 성의 없어 보일 수도 있다. 가능하면 직접 고민해보는 게 좋다. 너무 생뚱맞은 단어를 사용하면 어색할 수 있으니 조심하자. 평소 사용하는 단어 중에 약간 낯선 정도의 단어를 물색해보자. 그리고 '사랑' '행복' '미래' 등 카피의 단골 단어들은 절묘한 수식어로 보충해주지 않으면 생명력을 잃는다. 책 속에 포함된 키워드를 활용해 카피를 만드는 것도 바람직하다. 그리고 카피를 꼭 하나만 기재할 필요는 없다.

❘ 주제어 ❘

인터넷 서점에서는 책마다 그 책을 상징하는 주제어를 뽑아 태그로 입력한다. 독자가 주제를 검색할 때 쉽게 노출하기 위해서다. 서점에서 뽑기 쉽도록 미리 주제어를 제시해주는 것이 좋다. 그리고 가능하면 인기 검색어와 연관해서 주제어를 뽑는 것도 한 방법이다. 예를 들어 『한국의 대통령』이라는 책이라면 당연히 주제별 검색어에는 '대통령'이라고 써야 한다. 그리고 '이명박' '노무현' '김대중' 등 역대 대통령을 추가시키자.

| 책 소개 |

책 소개 글은 인터넷 서점을 대상으로 써야 한다. A4 용지 반 페이지 정도가 적당하다. 적게 쓸수록 좋다. 책에 대한 추상적인 평가보다는 내용에 대한 구체적인 서술이 유리하다. 첫 문장에서 인상적인 표현을 써서 독자들의 관심을 유도하자. 별다른 감흥이 없으면 독자는 바로 다른 책을 클릭한다는 것을 잊지 말아야 한다.

| 본문 발췌 |

본문 발췌는 하나의 완결된 이야기라고 생각해야 한다. 앞뒤 단락을 다 읽어야 이해가 되는 발췌는 피해야 한다. 그리고 발췌되는 단락은 매력적이어야 한다. 예를 들어 연애 소설에서 '원래 내가 생각한 너는 이렇지 않았어. 내 생각과 너의 실제 모습이 너무 달라 혼란스러워. 당분간 우리 좀 떨어져 있자' 라는 문장을 발췌했다고 하자. 이 문장은 너무 일반적이어서 긴장감이 없다.

'그녀가 울고 있음에도 그는 포크를 떨어뜨렸다가 허리를 숙여주웠다. 머뭇거림은 없었다. 묵묵히 자신 앞에 있는 스테이크를 다 먹었다. 그리고 그녀의 스파게티 접시를 자기 앞으로 덜거덕 소리를 내며 끌어왔다. 쨍그랑. 이번엔 그녀가 유리컵을 떨어뜨렸다. 고의적인 손놀림이었다.'

이런 긴장감 있는 상황을 담은 문장을 발췌해서 다음에 나올 상황

을 독자가 기대하게끔 해야 한다. 경제경영, 사회, 자기계발 분야의
책은 통계 수치가 나온 곳을 발췌하면 좋다.

동영상 파일

동영상을 만들어 유튜브(www.youtube.com)에 올린 후 서점에 링크
한다. 아동용 그림책은 플래시 동화를 만들어 올릴 수 있다. 저자가
강사라면 강의를 편집해서 제작하는 게 좋다. 대신 3분이 넘지 않도
록 재미있는 부분만을 모아 제작한다. 책 소개에 들어가는 동영상은
짧은 것이 좋다. 저자 인터뷰를 녹화하면 효과적으로 사용할 수 있다.

언론용 서평

일간지나 인터넷 신문 등 미디어는 전자책 서평을 다루지 않는다.
유일하게 활용할 수 있는 공간이 오마이뉴스(www.ohmynews.com)다.
시민 기자 제도가 있어서 누구나 뉴스를 올릴 수 있다. 저자 본인이
직접 쓰는 것보다 오마이뉴스 기자로 활약하고 있는 지인을 통해 기
사를 올리는 게 바람직하다. 이렇게 하면 포털사이트에서 올려진 서
평을 검색할 수 있다. 인터넷 서점에 이 서평을 보내게 되면 출판사
서평란에 들어갈 수도 있다.

서평이 쓰기 어렵다면 저자 인터뷰를 가상으로 진행해보자. 책을 쓴 이유, 저자는 어떤 사람인가, 책은 어떤 내용인가 등 20개가량 질문을 만들어 거기에 답하는 형식으로 글을 쓰면 된다. 도움을 받을 수 있다면 인터뷰하는 사진을 싣는 것도 효과적이다. 저자 인터뷰는 네이버의 책 소개 코너에 올려 책을 홍보할 수 있는 좋은 방법이다. 가능하면 꼭 쓰는 것이 좋다.

11

전자책 디자인과 제작, 그리고 유통

| 전자책 디자인 |

전자책은 한글이나 워드, 쿼크 익스프레스, 인디자인 같은 편집 프로그램으로 디자인할 수 있다. 하지만 전자책 뷰어의 기능에 따라 지원되는 파일 형식이 다르므로 공통적으로 적용이 가능한 선에서 디자인해야 한다. 여기서는 기본적으로 지원하는 기능만을 알아보도록 하자.

전자책은 두루마리에 쓰는 것과 같다

전자책은 원 페이지 북One Page Book이다. 전자책 파일 형식인 이퍼브는 한 페이지의 파일이다. 동일한 전자책인데도 뷰어의 사이즈에 따라 페이지수가 다르게 표시된다. 스마트폰에서는 아예 페이지 표시가 안 되는 경우가 많다.

본문 레이아웃은 없다

책을 구성하는 요소를 지면에 창의적으로 배치하는 기술을 레이아웃이라고 한다. 전자책에서는 기본적으로 이 레이아웃을 사용할 수 없다. 아무리 레이아웃을 잘 잡았어도 뷰어의 사이즈가 다 다르므로 애써 잡은 레이아웃이 깨진다. 예를 들어 한 페이지 안에 왼쪽은 이미지를 넣고 오른쪽은 텍스트를 넣고 싶어도 불가능한 경우가 많다. 항상 글과 이미지를 수직으로 나열하는 방식으로밖에 디자인되지 않는다. 스마트폰처럼 작은 곳에서 전자책을 보게 되면 그림이 잘려 보이기도 한다. 본문에서 가능한 디자인은 단락 구분이나 강조하는 글에 밑줄이 들어가는 정도다. 행간 조정은 가능하다.

명조와 고딕, 두 가지의 폰트

글자의 모양인 폰트는 명조와 고딕이 기본이다. 별도의 폰트를 사용하기 위해서는 각각의 전자기기에 설치된 폰트가 적용된다. 종이책에서 사용하는 다채롭고 아름다운 서체를 쓰는 것은 불가능하다. 대신 폰트 사이즈를 키우거나 줄이고 색깔을 넣어 강조하는 것은 가능하다.

수식과 표, 특수문자 처리에 주의하자

수식이나 표는 지원이 안 되는 경우가 많으므로 차라리 이미지로 바꾸어 그림처럼 넣어주는 것이 좋다. 한글이나 워드에서 수식과 표를 만든 후 이미지로 전환해야 한다. 화면 캡처용 프로그램이나 키보드 오른쪽 윗부분에 있는 프린트스크린 버튼을 이용해서 그림파일로 만든다. 특수문자는 적용 안 되는 것이 많으니 가능하면 자판에 있는 특수문자로 해결하는 것이 좋다.

목차는 뷰어의 정해진 양식에 따라서만 보인다

목차는 뷰어에 따라 다르게 보여준다. 공통된 특징은 하이퍼링크 기능이 있어 누르면 해당 페이지로 넘어가는 것 정도다. 목차 구성 전체를 넣어주면 전자책을 탐색해서 보기가 더 쉬워진다.

│ 전자책 제작의 여러 가지 방식 │

전자책은 이퍼브 파일의 형태로 존재한다. 이 파일을 제작하는 대표적인 프로그램으로 나모이북에디터와 무료 프로그램인 시길Sigil이 있다. 사용법을 쉽게 익힐 수 있을 만큼 어렵지 않아 직접 전자책을 제작할 수 있다.

저자가 직접 제작할 경우

전자책을 제작하는 방법은 한국전자책출판협회와 한겨레문화센터에서 배울 수 있다. 일단 나모이북에디터를 구매하거나 시길을 다운로드해야 한다. 시길은 무료지만 이퍼브 코딩을 사용해야 하는 불편함이 있다. 인디자인이나 쿼크 익스프레스는 정품을 가지고 있다면 전자책 변환 프로그램을 무료로 다운로드해서 사용할 수 있다. 컴퓨터에 익숙한 사람들은 직접 제작하는 것이 좋지만, 제작비가 그리 비싸지 않으므로 제작을 대행시키는 것이 효율적일 수 있다.

서점이 제작할 경우

서점에 원본 파일을 워드나 한글 형태로 보내게 되면 서점에서 직접 이퍼브 파일을 만들어서 판매한다. 이럴 때 제작비는 들지 않으나 수익 배분이 70퍼센트에서 60퍼센트로 낮아진다. 보통 이런 방식으로 전자책을 제작한다.

제작 대행을 맡길 경우

빌드북을 비롯해서 열 개가 넘는 전자책 제작 대행사가 있다. 제작비는 10~30만 원 정도로 원고의 상태에 따라 천차만별이다. 이미지나 표가 많이 들어가거나 특수문자, 한자 등이 많이 들어가면 제작비가 올라간다. 쿼크 익스프레스나 인디자인 파일 그리고 PDF 파일로 전달하면 제작비는 더 올라갈 수 있으니 가능하면 워드나 한글 파일로 전달해야 한다. 한글이나 워드 파일을 페이지별로 디자인해서 전달하면 그대로 만들어준다. 디자인이 가능한 부분은 글씨 크기, 진한 글씨, 행간, 단락 구분, 챕터 구분, 링크 등이다. 전자책 제작 대행사는 포털사이트에서 '이퍼브 제작'으로 검색해 확인한다. 전자책 제작 대행사 사이트에는 작업을 진행했던 거래처들이 표시되어 있다. 믿을 만한 곳 3~4개 사를 선택해 견적을 요구하자. 보통 제작 대행을 하는 곳은 자체 전자책 서점과 출판사 그리고 유통 대행 업무를 하고 있어서 전체적인 상담을 받아보는 것도 좋다. 제작사에 원고를 넘길 때는 메일로라도 파일 유출을 하지 않겠다는 확인서를 받아야 한다. 제작 과정에서 파일이 유출되면 불법복제가 생길 수 있기 때문이다.

┃ 전자책 유통 ┃

전자책 유통은 교보문고·인터파크 등 인터넷 서점과 e-KPC·한국이퍼브 등 애그리게이터, 그리고 리디북스·북큐브·유페이퍼 등 전문 전자책 서점을 통해서 유통한다.

가능하면 많은 유통사를 통해 전자책을 배포하는 게 유리하지만, 그만큼 관리하는 데 품이 더 든다. 자신의 역량을 고려해 거래할 유통사를 선택하고 계약을 체결한다. 계약 조건은 출판사에서 전자책을 직접 제작해서 이퍼브 파일 형태로 유통사에 넘겨줄 경우 '출판사 : 유통사=7 : 3', 유통사에서 전자책을 제작할 경우 '출판사 : 유통사=6 : 4'인 경우가 일반적이다. 이퍼브 파일 제작 여부에 따라 수익률이 정가의 10퍼센트 차이가 난다. 가능하면 직접 제작해서 유통사에 제공하는 게 유리하다.

4장

『알마 말러』의 집필 과정을 통해 살펴본 전자책 제작의 예

책의 8할은 글쓰기가 아니라 자료 조사와 생각이다. 투입이 없으면 산출도 없다. 공부하고 자료를 찾아 쌓아두어야 좋은 글쓰기가 가능하다. 자신의 생각만으로 원고가 나온다면 얼마나 좋을까? 한 권의 책을 쓰기 위해 100여 권이 넘는 책을 읽어야 한다. 쓸 거리가 너무 많아 흘러넘칠 때 책을 쓰면 된다. 글쓰기는 당신의 생각이라는 그릇에 자료를 담는 것이다.

1

전자책 원고 만들기, 그 시작에 앞서

소설과 시, 에세이, 자기계발서, 교재 등 많은 종류의 책이 있다. 다양한 종류만큼이나 분야별로 글쓰는 방법은 다르다. 분야뿐만 아니라 작가에 따라 문체는 물론 어휘 선택, 작업의 순서, 글쓰기에서 중요하게 생각하는 문제 등도 다르다. 전자책이라고 해서 특별한 글쓰기 비법이 있는 것도 아니다. 전자책도 분야마다 작가마다 나름의 글쓰는 방식이 존재한다.

지금 이 책을 읽고 있는 당신이 쓰고 싶어 하는 분야가 무엇인지 나는 알지 못한다. 분야별로 원고 쓰는 방식을 일일이 이 책에 담기에는 지면에 한계가 있다. 그리고 무엇보다 중요한 것은 글쓰는 방법은 저자인 본인 스스로 찾아내야 한다는 사실이다. 이 장은 글쓰는 방법을 강의하려고 만든 장이 아니다. 저자 스스로 글쓰는 방법을 찾을 수 있게 고민했으면 하는 마음에서 쓰기 시작했다.

사실 이 장을 고민하면서 서점에서 여러 권의 책을 뒤적였다. 어떤 내용이 적당할까 고민하며 비교할 수 있는 자료를 찾아보고자 했다.

서점에는 글쓰기 코너가 따로 있을 정도로 분야별 글쓰기 책과 창작론 책은 이미 많이 나와 있었다. 이태준의 『문장강화』와 스티븐 킹의 『유혹하는 글쓰기』, 이오덕의 『우리 문장 쓰기』 등을 예비 저자들의 필독서로 소개하는 게 낫겠다고 판단했다(한 번쯤은 읽어야 할 책이다). 가장 중요한 것은 책을 읽는 게 아니라 글을 직접 써보는 것이다. 일단 글을 한 편 써놓고 나야 글쓰기 책에서 말하고자 하는 바를 제대로 알 수 있다. 저자가 말하는 게 이런 내용이었구나 하며 무릎을 치게 되는 것이다. 막상 글을 쓰기 전에는 막연하게 그렇겠거니 하던 것이 글을 한 편 정도 쓰고 나면 눈에 들어오기 시작한다. 글쓰기의 비법은 '다작多作, 다독多讀, 다상량多商量'이다. 많이 쓰고, 많이 읽고, 많이 생각해보는 것이 글쓰기의 비법이다. 직접 글을 써보기 전에는 글쓰기 책은 큰 역할을 하지 못한다. 직접 작업을 해봐야 자신에게 부족한 게 무엇인지 알게 된다.

이번 4장에서는 직접 쓴 전자책 원고를 가지고 원고의 완성 과정을 설명하는 게 효과적이겠다는 생각이 들었다. 추상적인 정리보다는 구체적인 사례로 글쓰기를 간접적으로나마 체험하게 하자고 결정했다. 사례로 들게 될 글쓰기 작업은 오로지 나만의 방법일 수도 있다. 하지만 저자라면 누구라도 방식은 다르겠지만 이 정도의 과정은 거쳤으리라고 생각한다.

소개할 전자책은 1장에서 언급했던 '알마 말러'에 관한 것이다. 곧 전자책으로 출간될 예정이니 전자책 서점을 통해 확인하면 된다. 지금부터 많은 작가를 사랑의 열병으로 내몰았던 알마 말러를 만나보자.

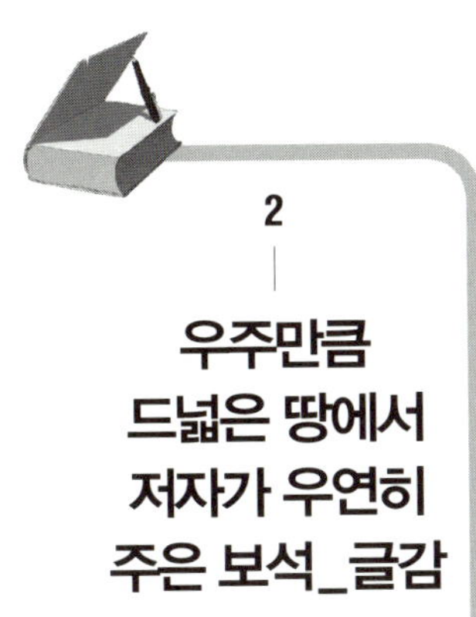

우주만큼 드넓은 땅에서 저자가 우연히 주은 보석_글감

무에서 유를 창조하는 것은 신의 영역이다. 인간은 그렇게 할 수 없다.

흙과 나무와 시멘트와 철근이 있다면 집을 지을 수 있다. 감자와 당근, 양파와 햄이 있다면 볶음밥을 만들 수 있다. 재료는 오감으로 느껴진다. 부수거나 붙이거나 혹은 데우거나 등 물리적인 결합과 화학적인 반응을 거쳐 처음에 가지고 있던 속성과는 다른 결과물이 나오기도 한다. 인간에게 창조의 과정은 이런 것이다. 유에서 유를 창조하는 것이다.

과학자들의 작업을 살펴보자. 과학자는 자신이 주장하는 바에 근거한 가설을 세우고, 그 증거들이 오감의 영역으로 들어올 수 있도록 모델을 만들어 가설을 증명한다. 글쓰기도 과학 실험이었으면 얼마나 좋겠는가? 객관적이고 과학적인 실재가 존재하고 입증할 수 있는 특정한 원리를 가진 그 어떤 것 말이다. 글도 재료를 변형해서 만들어낼 수 있는 것이라면 참 좋겠는데 말이다.

많은 저자들은 다양한 방법으로 실험을 하고 있을 것이다. 이 재료와 저 재료를 여러 방법으로 묶고 합치고 혹은 태우기도 해서 글을 만들고 있을 것이다. 글쓰기는 과학이 아니다. 과학 실험은 방향이 명확하다. 과학자가 세운 가설을 증명하는 것. 하지만 이미 있는 재료를 다루는 과정은 비슷하지만 글쓰기는 방향이 없다. 저자의 의도만 있을 뿐이고 그렇게 해서 도달한 곳이 글쓰기의 결과다.

과학의 재료가 무한하듯 글쓰기의 재료도 무한하다. 우리가 느끼고 알고 있는 모든 것이 글의 재료가 된다. 문제는 저자의 손놀림과 의도다. 실패한 과학 실험이 있듯이 실패한 글쓰기도 있는 법이니까.

글은 형태를 지니고 있다. 글은 눈으로 보거나 말로 들을 수 있다. 하지만 글쓰기의 재료는 글 자체가 아니다. 글의 재료는 관념적이다. 눈앞에 컵이 있다고 하자. 이것을 볼 수 없는 사람에게 컵에 관한 설명을 아무리 자세하게 해도 우리가 본 컵을 제대로 알기는 힘들다. 만약 연인이 헤어지는 마지막 순간, 테이블 위에 그 컵이 있었다면 우리는 더 많은 설명을 해야 할 것이다. 오감으로 느껴지는 것과 혹은 감각에 묶여 있지 않는 그 어떤 것, 인상, 감상, 생각 등 이 모든 것이 글의 재료가 된다. 이것을 단어나 문장으로 표현하는 것이 글쓰기다.

이 과정에서 오해가 있을 수 있다. 우리가 무엇을 쓴다고 할 때, 여기서의 '무엇'은 엄밀한 의미에서 글의 '재료'를 말하는 것이 아니다. 여기서의 무엇은 글감을 엮는 아이디어와 그 방식인 콘셉트를 말하는 것이다.

로맨스 소설을 쓴다고 할 때 로맨스가 직접적인 소재는 아니다. 로맨스는 글의 형식이고 장르적인 특징이 있다. 그리고 『신데렐라』『인어공주』 등과 유사한 플롯을 가지고 있다. 스토리라인이 그 자체로 글감은 아니다. 이루어질 수 없는 사랑을 가능하게 하려고 조선 시대를 배경으로 채택한다면 『해를 품은 달』이 나올 수 있다. 유교 국가인 조선을 무대로 무속적인 소재를 채택하고 판타지 속성을 도입한 소설이 가능한 것이다. 이렇게 콘셉트를 가지고 유교, 조선, 무속, 판타지라는 글감을 묶고 붙이고 태우고 해서 『해를 품은 달』을 만드는 것이다.

소재는 무궁무진하다. 소설보다 훨씬 더 소설 같은 현실에서 소재는 끝없이 펼쳐져 있다. 소재는 객관적으로 존재하는 것이지만 여기에 저자 자신의 주관적인 선택과 콘셉트에 의해 글감으로 탄생하는 것이다. 이 글감을 가져다 자신의 글에 옮기는 것이 글쓰기다. 그래서 소재만 찾아서는 글쓰기를 할 수 없다. 자신이 쓰고자 하는 글의 의도와 방향을 분명히 밝히는 과정을 거치면 소재는 자연스럽게 드러나게 된다. 물론 이것과 반대의 경우도 있다. 소재를 통해서 글쓰기의 의도와 방향이 나오기도 한다.

'무엇을 쓴다'는 것에서 '무엇'은 글의 콘셉트이기도 하거니와 조금 다른 각도에서 바라본다면 글을 쓰는 '목적'이기도 하다.

이제부터 '알마 말러'에 관한 책의 목적을 설명해보려고 한다. 목적이라 함은 왜 이 글을 썼는지에 대한 이야기를 하겠다는 말이 아니라 이 글을 통해서 얻으려고 하는 노림수에 관해 이야기하겠다는 말이다.

3

글의
무게중심
_목적

앞서 서술했듯이 알마는 세 번의 결혼과 열 번이 넘는 연애를 했던 여자다. 가부장적인 도덕관, 즉 가족이나 사랑에 종속되는 순종적인 여성상과는 거리가 멀었다. 한 사람을 향한 지고지순한 사랑을 좇기보다는 순간의 감정에 따라 사랑을 선택하고 버리는 것을 반복했던 예술가의 연인이었다.

손가락 사이로 빠져나가는 바람 같은 그녀를 내 글 속에 잡아낼 수 있을까? 무게중심을 어디에 두어야 그녀를 허망한 눈길로 보내야 했던 수많은 남자들과 다르게 내 글이 흔들리지 않을까? 이토록 달콤하면서도 맵디매운 연애담을 어떤 표현으로 향기를 품게 할까? 고민을 거듭하다 내린 결론은 가치관의 문제에 닿았다. 이런 연애는 과연 옳은가? 지금까지의 가부장적인 1대 1의 관계만이 옳은 연애인가? 연애의 옳고 그름을 판단할 수 있는 것인가?

알마의 연애를 통해 이런 생각에 도전해보기로 했다. 정답을 원한 건 아니었다. 문제를 던져놓고 함께 풀어보고 싶었다.

사랑이란 과연 무엇일까? 사람들은 이 개념에 관해 어떤 생각을 갖고 있을까?

전형적인 가부장적 입장에서 여성은 남성의 영역 밖에 존재하면 안 되는 피지배자다. 이는 비단 남성만 동의하는 것은 아니다. 여성도 가부장 사회의 큰 틀 안에서 이 개념에 동조하는 경향이 있음을 부정할 수 없다. 사랑에 관한 생각도 마찬가지다. 여성에게도 알마의 '행태'는 이해할 수 없는 특별한 여자의 기행으로 치부될 수 있다는 말이다.

연애는 결혼을 향해 달려가는 트랙 위에 있는 것처럼 보인다. 연애의 최종 목적은 결혼일 수 있다. 하지만 결혼이 사랑의 완성은 아니다. 이 목적이 달성되더라도 사랑은 완성되지 않는다. 연애 과정에서는 이상적인 사랑을 꿈꾸고 그에 맞는 상대방을 찾거나 아니면 더 좋은 상대방을 만나려고 노력한다. 결혼하기 전에 혹은 결혼 후에라도 연애 스캔들은 아주 현실적이며 일상적인 일이다. 결혼 전에 열다섯 번의 연애를 경험한 남자가 있다고 하자. 물론 바람둥이 취급을 받았겠지만 부러움도 샀을 테다. 어쨌거나 이 남자가 만난 여자는 열다섯 명이다. 이 남자는 열여섯 번째 만난 여자와 결혼했다. 그 여자는 이 남자가 첫사랑일 수도 있고 스무 번째 사랑일 수도 있다. 떠벌리고 다니기 좋아하는 수컷의 특성 때문에 남성의 연애가 많이 드러날 뿐 여성의 연애도 그에 못지않을 것이다. 그리고 이런 현상은 결혼 전과 후가 다르지 않다고 보는 게 현실에 가까울 것이다.

사랑은 절대적인 정의 안에 있지 않다. 절대적인 것이 아니므로 생각에 따라 다르게 판단하는 게 맞다. 그래서 실제 연애 관계에는 전형성이 없다. 두근거림과 열정이라는 공통점이 있지만 사람에 따라 관계에 따라 여러 사랑이 존재한다.

사랑은 주관적인 감정이며 지극히 개인적인 관계지만 현실에서는 윤리와 도덕이라는 관념 아래에서 객관화된다.

아이가 있는 엄마가 다른 남자와 연애하는 것을 불륜이라고 한다. 윤리가 아니라는 말이다. 이 불륜을 죽을죄라고 규정하는 게 윤리다. 아이와 가족을 위해서 배우자에게 의리를 지키는 사랑만이 사회적으로 인정받는 유일한 가치다. 현실에서는 사랑이 상대적인 개념이라기보다 주류 가치 안에서만 의미가 있는 절대적인 모습을 띤다. 경제적으로 무능한 것도 사랑이라는 개념에서 배제되는 이유가 되기도 한다.

사랑을 보편적으로 정의하기는 힘들지만 다수가 선호하는 사랑의 조건은 있다. 나만 사랑해야 하며 경제적으로 미래를 망치지 않을 만큼 안정적이어야 하며 예쁘거나 잘생기고 키가 커야 하는 등등 여기저기에 사랑의 기본 조건은 형성되어 있고 이것으로부터 사랑이 개념화되기도 한다.

이런 조건이 절대화된다면 사랑은 파시즘과 별반 차이가 없을 것이다. 특정한 개념에만 동의하고 다른 형태의 사랑을 인정하지 않는다면 말이다. 파시즘은 대중적인 동의를 기반으로 발생한다. 일방적인 폭력성을 대중들이 인정해주는 상태다. 사랑의 개념은 가장 오래된 파시즘이다.

나는 알마를 통해 사랑의 개념을 확장해보고 싶다는 생각이 들었다. 꼭 다수가 선택한 사랑의 개념만이 옳은 것인가? 알마의 연애 '행각'을 사랑이 아니라고 말할 수 있는가?

사랑에 관한 이해를 위해 우리가 검토해야 할 방식은 완벽하고 아름다운 사랑이 아니라 불완전하고 더럽게 보이는 사랑으로부터 역으로 추적하는 방식이다. 이런 관점에서 '알마 말러'는 훌륭한 글감이었다. 이런 주제를 남녀평등이나 페미니즘의 시각으로 책을 풀어내는 것은 너무 전형적인 방식이다. 내게는 이론적으로 풀어낼 깊은 지식도 없다.

『알마 말러』(가칭)를 쓰는 목적은 알마의 삶을 소개함으로써 조금은 낯설지만 여성이 스스로 선택할 수 있는 삶의 방식에 하나를 보태보겠다는 작은 희망이었다. 그리고 독자들에게 사랑에 관한 생각의 폭을 넓혀주고 싶다는 생각도 있었다. 마지막으로 이런 사랑이 예술가의 삶에 어떤 영향을 끼치는지도 설명하고 싶었다.

이 지점에서 기억해야 할 사항이 있다. 저자가 기존 통념과 다른 본인의 생각을 주장하기 위해서는 그 주장을 현실화시키는 것이 중요하다. 그 주장을 온몸으로 실천하는 실제 인물을 당사자로 전면에 내세우는 것이다. 저자의 주장을 문장으로 가두는 게 아니라 살아 있는 주인공의 말과 행동으로 표현하는 것이다. 어쨌든 나는 이런 목적을 위해서 '알마 말러'를 전자책으로 내기로 마음 먹었다.

알마의 사랑은 겉으로만 보면 팜므파탈의 유혹이나 불륜녀의 바람으로 치부할 수도 있다. 이런 사랑을 직접 경험해본 사람이거나, 아니면 이해심이 넓은 사람이거나, 세상사에 관해 조금은 해탈한 사람이거나, 자유주의적 세계관을 가진 사람이라야 알마를 이해할 수 있을 것이다. 또는 책이라는 매체를 통해 한 번 걸러진 상태로 독자에게 전달되어야 가능하다. 책은 조금 떨어진 곳에서 사건을 객관적으로 바라보게 하는 기능이 있기 때문이다.

어쨌든 너무 이기적이고 자기만 아는 사랑은 사랑이 가진 자기희생이라는 가치를 소멸시킨다. 내가 좋아하면 시작되고 내가 싫어지면 언제나 그만두는 사랑. 이 사랑은 책임감으로 귀결되는 보통의 사랑을 거부한다. 이것을 이해하기 위해 젊은 남자 배우의 말을 빌려보기로 한다.

MBC 드라마 〈해를 품은 달〉의 남자 주인공 김수현의 미니홈피에 올라와 있던 글이다.

나 때문에 슬퍼하고 죽고 싶어야 돼.

후회도 해야 돼.

누구를 봐도 나만 생각해야만 하고

무엇보다도 나를 절대 의심해서는 안 돼.

나한테 참견해서도 안 돼.

귀찮으니깐.

욕도 잘한다고

하지만 내가 필요할 땐 항상 있어야 해.

애정결핍이니까.

눈치가 빨라야 해.

난 다혈질이니깐.

가르치려들면 그땐 죽어.

아 약 좀 사다 줘.

난 잔병치레가 많거든.

– 〈김수현의 이상형〉 중에서

이 글은 전형적인 옴므파탈의 연애 방식을 설명해주고 있다. 처음부터 끝까지 이기적인 사랑이다. 한 치의 타협도 없이 오로지 자신이 원하는 방식으로만 연애하고 싶어 한다. 그것도 상대방을 발전시키는 것이 아니라 파괴하는 방법으로 말이다. 이 말대로 연애할 상대방이 있을까? 현실에서 분명히 존재하는 캐릭터다. 이런 사랑을 용인하는 상대방도 있다. 이렇게 공격적인 연애를 할 수밖에 없는 사람들도 있다. 그리고 이런 연애에 관한 생각을 다들 마음속에 조금씩은 간직하고 있다. 나는 절대로 저렇지 않다고 생각하는 사람이 있다면 당신은 위에서 이야기한 사람과 연애를 하고 있을지도 모른다.

김수현의 글을 발견한 건 우연이었지만 이 글을 보는 순간 전자책의 서문에 그대로 넣기로 결정했다. 아주 구체적이기도 하거니와 의외로 이에 공감하는 사람이 많을 것이라는 판단에서였다.

『알마 말러』의 목적을 다시 한 번 정리하자. 파괴적인 사랑을 심리적인 치료 대상이 아니라 사랑의 한 형태로 자리 잡게 하는 것과 이런 사랑이 예술가들에게 어떤 영향을 주었는지에 관해 생각해보는 것이다. 요즘처럼 개인적이고 이기적인 문화가 만연한 시대에서 어떤 연애든 이런 모습을 담고 있다. 이 사실을 인정함으로써 사랑을 이상에서 현실로 끌어내리고 싶다는 생각이다. 이런 사랑이 실제라는 것을 많은 사람과 나누고 싶다. 이 책을 쓰면서 사랑과 고통이 왜 동전의 양면처럼 같이 가는지를 알게 됐다.

사랑은 이별과 같이한다. 오랫동안 같이 산 부부도 이미 이별했을 수도 있다. 사랑이라는 것은 생성과 낭만, 행복과 긍정으로 이루어진 천국과도 같은 곳이지만 딱 그만큼 고통과 파멸, 불행과 부정으로 이루어져 있기도 하다. 예술에서 이 모든 가치는 창작의 계기가 된다.

책쓰기의 8할은 자료 조사다 _자료

하나의 생각을 한 사람만이 가졌던 좋은 시절은 영원히 지나갔습니다. 왜 그럴까요? 그 첫번째 이유는 각각의 사람들이 전에 했던 모든 생각은 똑같은 네 가지의 테마로 반복되고 있기 때문입니다. 이 네 가지는 두 사람 간의 러브 스토리, 삼각관계, 권력 투쟁 그리고 여행 스토리입니다. 두 번째 이유는 모든 작가는 자신의 글이 읽히기를 원합니다. 뉴스든, 블로그든, 팸플릿이든 심지어 벽 위에 쓰여 있든지 말이지요.

위의 글은 전 세계적으로 1억 4,000만 부의 책을 판매한 파울로 코엘료Paulo Coelho의 블로그에 올라온 글이다. 코엘료는 이미 모든 스토리들은 네 가지 이야기로 반복되고 있다고 이야기한다. 오로지 한 저자의 생각만으로 창작되는 글은 없다는 것이다. 글에 관한 자존심은 유일무이한 이야기를 창작하여 저자 스스로 찾아내는 게 아니라, 그의 글을 읽는 독자와의 소통과 공감 가운데 자연스럽게 형성된다는 뜻으로 읽을 수 있겠다. 다른 저자의 의견과 생각에 동의하고 그의 주장을 수용하는 것이 저자에게 부끄러운 일은 아니다. 아무리 저자가 독창적인 주장을 하더라도 그 주장의 밑바닥에는 여러 사람의 의견과 생각이 바탕을 이루고 있는 것이다.

창작의 중요성을 무시하는 말이 아니다. 다른 요소도 창작만큼 중요한 역할을 하고 있고, 이런 일련의 과정이 모두 창작의 과정이라는 것을 말하고 싶은 것이다. 자료 조사도 창작의 과정이다. 어쩌면 아이디어 발상보다 더 중요한 창작의 과정일지도 모른다. 아이디어만으로 책이 될 수 없지만, 조사한 자료를 선택하고 연결하다보면 책이 될 수도 있다. 적어도 전자책은 만들 수 있다.

자료 조사는 인터넷 검색부터 시작한다. 검색 결과는 블로그, 웹문서, 뉴스, 도서본문, 책, 영화, 음악, 그리고 트위터 등 다양한 분야에서 확인할 수 있다. 중요한 것은 얼마나 효과적인 검색어를 적용하느냐일 것이다.

다행스럽게도 나는 '알마 말러'라는 검색어 하나로 배가 부를 만큼 자료를 모았다. 약 50여 개의 블로그 포스트와 100여 개의 신문 기사를 스크랩했다. 그리고 알마의 남자들인 구스타프 클림트, 구스타프 말러, 오스카 코코슈카, 프란츠 베르펠Franz Werfel 등으로도 검색할 수 있었다. 이 때문에 자료의 양은 세 배로 늘어났다.

자료를 검색하다가 만나는 난감한 상황에는 자료가 너무 많아서 책을 내야 할 이유가 사라지는 경우와 정보의 정확성을 확인하기 곤란한 경우, 그리고 자료가 너무 빈약한 경우 등이 있다. 두 번째 경우와 세 번째 경우는 구글(www.google.com)의 외국어 번역 시스템을 활용하면 외국 사이트를 검색하는 방법으로 해결할 수 있다. 그것도 어렵다면 오프라인을 통해 자료를 모으고 직접 취재를 해야 하는 상황이 생길 수도 있다. 오히려 이런 자료는 희귀성이 있어 더 좋은 글감이 되기도 한다.

첫 번째 경우에서 저자를 더욱 난감하게 하는 상황은 방대한 정보를 일목요연하게 정리해낸 블로그를 만났을 때다. 물론 블로그라는 한계 때문에 그것이 직접 책으로 나오기는 어렵겠지만 저자의 의욕이 꺾이는 경우다. 그렇다고 여기서 꺾인다면 저자라고 할 수 없다. 자료를 해석하고 편집하는 방법은 저자의 관점과 세계관에 따라 여러 개의 결과물을 만들어낸다. 문제는 저자의 의지다. 의지가 있다면 그 블로그를 능가하는 원고를 만들어낼 것이다.

알마에 관한 자료 조사도 인터넷 검색 결과를 읽고 정리하는 것부터 시작했다. 자료를 찾는 과정에서 그녀의 남자 관계를 한 페이지의 그림으로 정리한 것을 찾았다. 이 그림을 보면서 살생부를 작성했다. 책에 등장할 남편과 주요한 애인들을 정리했다. 성직자 옷을 벗고 알마와 연애했던 신부도 리스트에 넣고 클림트, 말러, 발터 그로피우스Walter Gropius 등 주요한 남자들을 넣었다. 그리고 이 남자 예술가들이 어떤 인생을 살았고 어떤 작품을 남겼는지 추가로 조사했다. 블로그와 신문 기사만으로도 전자책 한 권을 쓰기에는 너무 많은 자료였다. 그리고 읽어야 할 도서 목록을 작성하면서 네이버의 도서본문검색으로 필요한 것을 발췌해 정리해놓았다. 마지막으로 도서관에서 책을 빌리거나 서점에서 구매해 알마에 관한 부분을 따로 정리했다. 해외 사이트에는 아직 국내에 소개되지 않은 자료가 더 많았다. 그리고 가디언(www.guardian.co.uk)이나 뉴욕타임스(www.nytimes.com)에서도 검색을 통해 자료를 모으고 번역했다. 꼬박 한 달 이상 걸린 작업이었다. 자료만 모아놓으면 배가 부르다. 포만감 때문에 일을 다 끝낸 것처럼 느껴진다. 나도 자료만 모아놓고 한 달 넘게 아무것도 하지 않았다. 공부만 잘하는 것은 아무런 의미가 없다. 시험을 잘 봐야 한다. 자료는 찾을 때마다 내용 파악을 하고 인용할 대목이 있다면 따로 써두어야 한다. 그래야 필요할 때 적절하게 활용할 수 있다.

해외 사이트를 검색하다가 알마의 사랑을 기념하기 위한 파티가 포함된 여행 상품을 발견했다. 그녀가 연애하면서 자주 찾았던 호텔과 카페에서 이런 이벤트를 일 년에 한 번씩 열고 있었다. 알마 말러라는 이름이 갖는 현재적 의미를 상징하는 자료였기에 그 부분을 정리해서 따로 모아두었다. 그리고 아래의 내용처럼 글을 써서『알마 말러』도입부의 마지막 부분을 채웠다.

알마의 사랑은 시대를 건너서 여행 상품으로 부활했다. 알마의 공식 사이트에서는 이채로운 여행 코스를 소개하고 있다. 알마가 생전에 연인들과 함께 지냈던 호텔이나 식당에서 파티가 열리고, 그곳에서 알마를 기리는 사람들이 모여 즐거운 하루를 보낸다. 이 사랑의 코스프레 행사에서는 알마의 연인이었던 수많은 예술가가 함께 기억된다.

이제부터 알마의 사랑과 이별, 자유와 예술에 관한 기억 여행을 떠날 것이다. 이 여행이 알마의 파티처럼 즐겁고 황홀한 경험이 되길 바란다. 비범한 이들과의 낯선 만남만큼이나 감동을 주는 예술적 체험도 파티의 맛일 것이다. 사실 이 책을 쓰는 목적은 한국에서 최초로 알마 파티를 열어보고 싶어서다. 앞으로 소개하는 내용에 공감한다면 연락을 달라. 알마 파티의 스태프로 같이 일해보고 싶다면 말이다.

모아놓은 자료를 보면서 두 가지 고민이 동시에 생겼다. 하나는 선택하는 것이고 다른 하나는 버리는 것이었다. '선택한 것을 제외하고 나머지를 버리면 되지 않을까'라는 생각은 순진한 생각이다. 선택한 것과 버리는 것의 경계에 나머지가 존재하기 때문이다. 잘 고르고 잘 버려야 쓸모 있는 나머지가 생긴다.

먼저 자료의 선택에 관한 사례다. 두 개의 입장이 충돌할 때 하나의 입장을 선택할지 아니면 둘 다 선택할지 모두 버릴지 신중하게 고민해야 한다. 알마 여동생의 친부 문제를 다룬 자료에서 이런 난감한 상황을 맞닥뜨렸다.

알마의 여동생 그레테가 엄마의 외도로 낳은 자식이라고 단정한 자료도 있었고 가능성일 뿐이라고 주장하는 경우도 있었다. 역사 기록을 통해 검증해야 하는데 어느 자료를 보아도 팽팽하게 두 개의 입장이 맞서고 있었다.

사람의 기억에는 한계가 있다. 아무리 정확하게 기억하고 있다고 하더라도 반드시 검증해야 한다. 누구나 기억의 오류를 범할 수 있기 때문이다. 더군다나 그것이 수치일 경우에는 집요하게 확인해야 한다. 일반 인터넷 정보와 달리 책은 정보의 정확성이 생명이다.

이 경우는 사실 관계를 입증하기 어려웠다. 그래서 억지로 추론해 주장하지 않고 두 입장을 정리해 글을 썼다. 물론 내 입장도 추가했다.

사진으로 보아도 알마와 알마의 여동생 그레테는 하나도 닮지 않았다. 그러나 알마의 엄마를 직접 인터뷰한 자료가 발견되지 않은 이상 외도로 낳은 자식이라는 이야기는 가설에 불과했다. 그래서 나는 책에 이렇게 썼다.

알마와 그레테의 어렸을 때 사진이다. 뚜렷하게 보이지 않지만 언니와 동생이 닮지 않았다. 알마의 공식 사이트에서는 half-sister, 즉 아버지가 다른 동생이라는 확정적 표현을 쓰고 있다.

정보를 모으는 과정에서 사실 관계를 확인할 수 없는 자료는 자주 등장한다. 이럴 때는 입장 차이를 밝히고 독자 스스로 판단할 수 있게 글을 써야 한다. 사실 알마의 엄마를 제외하고 둘째 딸의 아버지가 누군지 알 수 없다. 그래서 두 입장을 다 소개했고 사진을 본 나의 평가로 끝을 맺었다.

다음은 자료를 버릴 때에 관한 이야기다. 버리는 문제는 앞에서 이야기한 '나머지'와 관계가 있다. 그래서 나머지 이야기를 시작으로 자료를 버리는 문제에 접근해보자.

'나머지'가 뜻하는 바는 바로 디테일이다. 세세한 이야기는 독자에게 책을 읽는 맛을 느끼게 해준다. 『나의 문화유산 답사기』의 저자 유홍준은 '명작은 디테일이 아름답다'라는 말을 했다. 전체를 볼 때 느낄 수 없던 또 다른 감동을 세세한 부분에서 발견했다는 이야기로 디테일의 중요성을 강조하면서 한 말이다.

글도 이와 같다. 작지만 세밀한 묘사와 주제에 벗어난 것처럼 보이지만 결국에는 주제와 맞닿아 있는 세부적인 것들을 모아서 글을 쓰면 독자에게 글을 읽는 즐거움을 줄 수 있다. 하지만 디테일을 위한 자료를 선택하는 게 쉬운 일은 아니다. 잘못 채택하면 아예 쓰지 않는 것보다 못할 수 있다. 흔히 말하는 사족蛇足이 된다는 뜻이다. 이 자료가 맥락 안에서 존재하는 자료인가 아닌가를 판단해야 한다.

알마의 아버지에 관한 자료 조사를 하는 과정에서 비엔나 인상주의 화파를 만나게 됐다. 모네, 마네, 드가, 세잔 등으로 대표되는 프랑스 인상파와는 다른 화풍을 지녔던 비엔나 인상파가 있다는 사실을 알았다. 내가 원래 의도했던 글과는 전혀 관련 없는 것처럼 보이는 이 화파에 관한 소개는 비엔나 인상주의 화파의 시조라 불리는 알마의 아버지를 설명하기 위해서는 불가피한 선택이었다. 그래서 알마의 아버지인 에밀 야콥 쉰들러Emil Jacob Schindler의 화풍과 고흐Vincent Willem van Gogh의 그림을 비교해서 넣고 글을 풀었다. 몸도 약하고 소심했으며 경제적인 곤란을 겪었던 쉰들러의 성격을 그의 작품으로 설명하고 싶었다.

비엔나 인상주의는 파리의 인상주의와는 달리 자신들만의 화풍을 지녔다. 주로 풍경을 소재로 그림을 그렸는데 목가적이고 전원적인 풍경을 사실적으로 그려낸 것이 특징이다. 강한 색채보다는 부드러운 느낌으로 감성을 자극한다. 프랑스의 그것보다 훨씬 귀족적인 느낌이다. 보수적인 화파라고 대놓고 지적을 받기도 한다. 알마의 아버지인 에밀 쉰들러의 그림을 보자. 이 작품은 1883년 작 〈하킹의 봄〉이다. 위의 고흐의 〈길〉보다 훨씬 더 부드럽고 사실에 가깝게 느껴진다. 그리고 편안하게 볼 수 있다. 다음 그림인 〈카이저 렌의 도나우 강변 증기기관선〉을 보면 확실히 알 수 있다. 그림으로 들어가 쉬고 싶을 만큼 평화롭게 느껴진다.

이렇게 알마 아버지의 그림을 소개하는 이유는 예술가 집안에서 태어난 알마를 소개하는 데 도움이 되기 때문이다. 그림으로 화가의 성격을 추정하기는 어렵지만 적어도 이런 그림을 그리는 화가의 성격이 자기 귀를 자르는 화가일 것이라고 생각할 수는 없다.

이렇게 주제와 관계 없는 이야기일지라도 디테일을 살리기 위해 자세한 조사가 필요하기도 하다. 큰 이야기만이 모든 것을 이야기해주지는 않는다. 알마의 사랑이라는 측면에서는 작은 디테일이지만 알마 아버지의 입장에서는 빼놓을 수 없는 큰 이야기다. 디테일은 절대적으로 존재하는 것이 아니라 저자의 선택에 따라 작은 이야기도 될 수 있고 큰 이야기도 될 수 있다. 이것은 글 전체의 맥락 안에 존재해야 한다. 주제를 벗어난 디테일은 사족이다.

디테일을 포기하고 넘어가야 할 부분도 있다. 이 부분이 바로 버리는 자료에 관한 이야기다.

알마의 책에는 알마의 의붓아버지 칼 몰Carl Moll에 관한 부분이었다. 에밀 쉰들러의 제자로 쉰들러가 죽자 그의 아내, 즉 알마의 엄마인 안나와 재혼한 화가다. 비엔나 분리파[제체시온Secession] 창립자 중 한 사람이며 나치에 동조한 예술가였다. 그에 관한 자료는 이 이상 찾을 수 없었고 고민했다. 해외 사이트를 뒤져서 더 많은 자료를 찾을 것인가 아니면 자료 조사를 멈출 것인가. 이에 관한 판단을 위해서는 칼 몰이 알마에게 어떤 영향을 끼쳤는지가 증명되어야 했다. 책의 맥락 가운데 설명될 수 있는 디테일이었다면 자료 조사를 계속했을 것이다. 결국 칼 몰에 관한 자료는 함께 조사했던 나치 부역자 자료와 함께 버려지는 운명을 맞았다.

글쓰기에서 창작만큼 중요한 것은 공부와 자료 조사다. 충분한 공부와 자료 조사가 없다면 글쓰기는 어느 순간 벽에 부닥친다. 이 벽을 넘거나 부숴버리는 것은 조사한 자료에서 톡 튀어나온 한 단어나 한 문장일 때가 있다. 예기치 않은 곳에서 글쓰기의 모티브를 제공하는 실마리를 발견하게 된다.

자료를 제대로 활용하려면 자료마다 분류 태그를 잘 설정해야 한다. 앞서 설명했던 것처럼 자료 생성 일시, 성격, 중요도, 작성자, 핵심 주제와 간략한 내용, 출처 등을 표시해야 한다.

그리고 글쓰기에 앞서 원고의 구성을 마친 다음, 글의 구성과 디테일을 고려해 자료를 선택해야 한다. 물론 이 과정에서 제 역할을 할 수 없는 자료는 과감하게 버린다.

이렇게 자료 정리가 끝나면 다음은 자료를 보면서 당신의 생각을 정리한다. 자료와 생각은 책을 구성하는 두 부분이다.

5

생각하고
또 생각하라
_해석

알마에 관한 자료를 조사하고 나서 몇 가지 단어가 하늘에서 떨어졌다. 팜므파탈, 사랑, 이별, 예술가 등등. 그러나 당장 독자들을 유혹하는 것은 그녀가 뿌린 수많은 예술가와의 염문이다. 쯧쯧 혀를 차면서도 채널을 돌리지 못하고 시청하는 드라마 〈사랑과 전쟁〉의 인기와 같은 맥락이다. 그 이면에는 대놓고 말은 못하지만 사회 통념상 거부해야 하는 일탈적인 사랑에 관한 욕망이 자리 잡고 있을 것이다. 알마는 그것을 숨기지 않고 솔직하게 드러냈다. 사랑과 연애에 늘 목말라 했으면서도 당당했던 이 여자의 세계관은 시대가 흐른 오늘날에도 받아들이기 쉽지 않다. 이 사랑을 근대의 가족 윤리로 해석했다가는 '주홍글씨'를 붙일 수밖에 없다. 〈사랑과 전쟁〉에서조차 소화하기 힘들지도 모른다.

마땅히 사람으로서 해야 할 사랑이라고 하면, 첫사랑을 만나 순결성을 지켜 결혼에 이르고 아이를 낳아 백년해로하는 것이라 말할 것이다. 물론 요즘에 그런 사랑이 어디 있느냐고 말하는 사람도 있을 것이다. 모든 부부의 비밀스러운 속내를 알지 못하기에 단정할 수 없지만 표면적으로는 이렇게 사는 부부는 많다. '아이 때문에 내가 참지'하며 '웬수'니 어쩌니 하지만 살을 맞대고 부대끼면서 아웅다웅 또는 알콩달콩 살고 있는 모습이 우리 주변에 있는 부부들 모습 아니던가. 하지만 이건 일면이다. 다른 면을 살펴보면, 섹스리스와 외도, 이성 친구와의 만남 등도 부부 생활의 한 축을 이루는 현실임을 어렵지 않게 발견할 수 있다. 사랑은 인간이 하는 일이며 인간의 일은 욕망으로부터 출발하기 때문에 어느 부부라도 단정적으로 '내 사랑은 오직 당신'이라고 말하기 어렵다.

사회 시스템을 유지하기 위해 많은 사람이 동의하는 바는 바로 가족을 지키는 것이다. 이는 남자가 아이와 여성을 지키는 방식으로 이뤄진다. 이때 '지킨다'는 의미는 가부장제의 용어다. 남편이 가져다주는 한 달 월급을 '화대'로 표현한 작가도 있다. 가사 노동에 관한 사용자의 '급료'로 표현하기도 한다.

반면에 여성으로서는 결혼을 이기적이며 안정적인 생존 방식으로 말하기도 한다. 결혼상대를 고를 때 사랑하는 대상보다 연봉이나 능력, 소유 재산 등 '조건'에 우선하는 것이 현재의 세태다. 취직과 시집이 결합한 신조어인 '취집'이라는 말은 이런 세태를 방증한다. 사랑 하나만 보고 결혼하겠다고 말하면 바보 취급받기 쉽다. 이를 적자생존의 자본주의 탓이라고 책임을 떠넘길 수는 없다. 인류는 오랫동안 이 방식으로 사랑해왔기 때문이다. 남성 인류는 경제를 책임지며 가정의 주인으로 군림해왔고, 여성 인류는 사랑이라는 이름으로 이 안정된 울타리 속에서 안주인으로 행세해왔다. 사랑의 기본 속성이 이

타적이라는 것은 어쩌면 이기적인 욕망을 충족하고자 하는 마음을 포장한 기만일 가능성이 크다.

깅그리치Newt Gingrich는 미국에서 하원의장을 지낸바 있는, 공화당의 유력한 대선 후보로 거론되었던 정치인이다. 이 사람의 정치력이나 경력을 살펴보면 충분히 대통령 선거에 진출할 수 있는 조건을 갖췄다. 그러나 그는 결코 진출할 수 없다. 오픈 메리지Open Marriage, 즉 개방형 결혼에 대한 주장 때문이다. 현재 부인과 연애할 때는 유부남이었다. 전처에게 깅그리치는 '난 애인하고 자러 갈 거야'라는 말을 서슴지 않고 했다고 한다. 이 말이 어떤 상황에서 나온 말인지 확인할 수 없지만 말 자체로 미국 국민에게는 몹쓸 사람이 됐다. 일부다처제, 다부다처제의 다른 이름인 오픈 메리지 논쟁이 미국 사회에서 일어나기 시작했다.

알마 말러의 사랑을 보면서 그 사랑을 지지하거나 반대하거나 어느 쪽을 정하든 그것은 저자의 자유다. 문제는 지지하거나 반대하는 이유가 얼마만큼 설득력이 있느냐의 문제다. 그렇지만 다른 생각도 든다. 이렇게 어느 한쪽을 선택해 글을 끌고가는 것도 적합하지 않겠다는 생각 말이다. 찬반양론으로 접근하는 방법은 아무래도 요즘 트렌드가 아니다. 독자가 즐거워하지 않을 가능성이 높다. 지금은 해석의 시대다. 찬성이나 반대의 관점을 주장하는 것보다 여러 해석을 제시하고 가능성을 열어놓는 방식을 선호한다. 이럴 때 제시한 해석과는 다른, 즉 예상 답안에 없는 답을 만들어내는 것이 저자의 생각일 수 있다.

기존의 주장에 그대로 동의할 수도 있지만, 저자가 고민을 많이 하면 할수록 책을 읽는 맛이 살아난다. 그래서 글감에 관한 해석을 위해 여러 가치관을 정리할 필요가 있다. '나만의 생각은 없다'라는 겸손함과 '그래도 나만의 생각을 만들어야 한다'라는 긴장감 만이 독자가 선택할 수 있는 폭을 넓힐 수 있다.

윤리관을 배제한 채 알마 말러의 사랑을 냉정하게 바라보았다. 알마는 실제로 사랑을 했다. 경중의 차이는 있겠지만 그와 관계했던 연인들에 대한 사랑은 진실했다. 이런 사랑은 현재도 존재한다. 내가 사랑하는 사람은 내 사랑의 소유물이 아니라 나처럼 살아 숨 쉬며 욕망하는 한 사람이다. 이런 대상에게 나의 이기심과 이상적인 사랑의 개념을 덧씌울 수는 없다. 사랑의 갈등은 이 때문에 발생한다. 갈등이 나쁜 것은 아니지만, 이 과정을 통해 상대방을 이해하지 않고 있는 그대로의 사랑을 말하지 않는다면 그 사랑은 갈등을 넘어 파국으로 치닫게 돼 있다.

나는 끊임없이 분출하는 인간의 욕망을 이성으로 얼마나 제어할 수 있는가에 관한 물음표를 던지고 싶었다. 물론 개개인별로 차이는 있겠지만 인류는 욕망을 제어하는 세계관을 만들어낼 수 없다. 차라리 알마처럼 당당하게 사랑의 본 모습을 바라보는 게 정답일 것 같았다. 욕망 안에서 떳떳하게 사랑하고 상대방의 그 욕망도 인정하는 것 말이다.

다시 말하지만 이런 생각은 온전히 내가 만들어낸 것이 아닐뿐더러, 나 스스로 완벽하게 동의하면서 펼치는 주장이 아니다. 알마 말러의 사랑을 책으로 쓰면서 저자로서 선택한 입장이다. 물론 어느 정도 동의하기에 선택했지만 말이다. 그래서 내린 결론은 알마의 사랑을 윤리적 잣대를 들이밀지 말고 있는 그대로 바라보자는 것이었다. 바로 사실주의적 태도다. 거기에 페미니즘의 입장과 자유연애에 관한 매혹적인 감상을 추가했다. 이것이 알마 말러라는 글감과 소재, 자료를 해석하는 내 관점이었다.

여기에 해석을 하나 덧붙였다. 알마의 지독하도록 파괴적인 연애가 예술가들에게 어떤 자극을 주었는지도 궁금했다.

아래는 알마 말러의 사례를 통해 이별과 창작의 관계에 대한 이야기를 담은 본문 중 일부다.

삶에 있어 인간이 통제할 수 있는 영역이 얼마나 될지 모르겠지만 사랑과 이별만큼은 의지로 통제하기 어렵다. 죽음에까지 이르는 파괴적인 심리적 경험과 나도 모르게 나오는 환희의 호르몬들. 어느 누가 이 상태에 끌려가지 않겠는가.

미셸 푸코의 『광기의 역사』를 잠깐 빌려보자. 한센병이 만연하던 시절 사람들은 한센병 환자를 죽음의 상태로 보았다. '우리가 죽으면 저렇게 되는구나'라고 생각하고 그 죽음을 상징화해서 곁에 두었다. 즉 죽음에 관한 공포를 일상 안에서 죽음을 상징할 수 있는 것으로 대체했다. 이것은 살기 위한 필연적이며 자연스러운 몸부림이었다. 생존 본능에 가까웠다. 생존에 관한 욕망이 좌절될 때 상상은 무한한 날개를 펼 것이다.

광기는 일상에서 좀처럼 그 모습을 드러내지 않다가 일상이 파헤쳐지는 시점에서 상징의 형태로 얼굴을 내민다. 우리가 어렵지 않게 경험하는 광기는 바로 이별의 순간에 찾아온다. 이별은 일상을 파괴하는 힘이 있다. 마음의 괴로움을 조금이나마 덜기 위해 정신과 치료를 받기도 하고 상담을 받기도 한다. 물론 가장 좋은 치료약이 무엇인지 알고 있다. 바로 시간이다. 하지만 그 시간에 이르기까지 고통의 강은 어떤 식으로든 건너야 한다. 이 광기의 시간에 고통의 강을 건너는 것은 바로 창작으로 나타난다. 다르게 말하면 창작은 이별 같은 비일상적인 광기의 에너지를 먹고 자란다고 할 수 있다. 당신이 예술가라면 이별의 순간에 노래 한 곡 또는 시 한 편, 그림 한 점이라도 남겼을 것이다.

이렇게 보면 내 책은 자료와 해석으로 구성된다. 여기에 내러티브 구성을 갖추면 소설이 되고 스토리텔링 구성을 붙이면 평전이 된다. 자료를 모으고 생각이 정리되었다면 이제 이것에 번호를 붙이고 배열해보자. 이것이 바로 구성이다.

6
모듈로
블록 쌓기 놀이
_구성

자료를 모으고 해석하는 과정을 거치면서 자연스럽게 밑그림에 관한 구상이 정리되었다. 알마 말러의 이야기를 3부작 시리즈로 해야겠다고 판단했다. 종이책이라면 한 권 분량이지만 전자책이기 때문에 3부작이 됐다. 원고량으로 따지면 1,000매 분량이다.

1권은 알마의 가족과 첫사랑, 첫 남편에 관한 이야기다.
2권은 알마의 황금기에 관한 이야기다.
3권은 알마의 노년과 사랑에 관한 이야기다.

시리즈 구성은 시간 순서로 잡았고 편하게 읽을 수 있도록 배치했다. 원래의 계획대로 1권은 〈불륜과 사랑〉, 2권은 〈이별과 예술〉, 3권은 〈알마의 순결〉이라는 주제로 쓰고 싶었으나 시간 순서로 쓰는 게 알마 말러라는 인물을 드러내기에 더 적합한 방법이라고 생각했다.

주제별 구성을 시간별 구성에 잘 녹아들게 써야 한다는 목표는 따로 잡아두었다.

이렇게 큰 목차가 나오고 나서 작은 목차를 만들었다. 편의를 위해 1권의 구성만 소개한다.

1장, 사랑과 이별, 예술에 관한 생각

2장, 알마 말러의 부모와 그녀의 어린 시절 이야기

3장, 구스타프 클림트와의 사랑

4장, 구스타프 말러와의 결혼 생활

이렇게 네 개의 장으로 내용을 분류했고, 다시 이 구성을 세밀하게 잘라나갔다.

한 번에 힘 있는 필체로 책을 써내려가는 것은 아무나 할 수 있는 일이 아니다. 세밀하게 잘라놓은 구성을 엮어가며 글을 완성해가는 것이다. 자료 조사를 통해 글감을 분류하고, 구성 목록에 맞춰 구성의 단위들을 만들고, 단위별로 글을 쓰고, 그 글 묶음을 블록놀이하듯 쌓아나가야 한다. 이때 구성의 단위, 글 묶음 등으로 표현한 것을 편의상 공학에서 사용하는 용어인 모듈Module이라 칭하고 이야기를 이어가겠다. 모듈의 사전적 정의는 '프로그램 내부를 기능별 단위로 분할한 부분'이라는 뜻이다. 저자는 이렇게 만든 모듈을 네 살 조카가 블록놀이를 하는 것처럼 끼워나가야 한다. 이렇게 맞추고 나면 곡선은 없는 딱딱한 모형이 나온다.

글쓰기의 실력이 발휘되는 건 여기서부터다. 모듈은 그야말로 주제별로 자료와 해석을 묶어놓은 단위일 뿐이다. 이 단위들의 순서를 정하고 넣고 빼면서 연결하다보면 전체 구성이 완성되는데 아직 이것을 원고라고 하기엔 이른 감이 있다. 주제별로 구성된 모듈이므로 인접한 모듈과 성격이 다른 경우가 발생한다. 성격이 다른 두 모듈을 연결하는 접착제가 필요하다. 자연스럽고 매끄럽게 모듈이 연결될 수 있도록 모듈 속 문장을 조정해야 한다. 그리고 전체적인 맥락 안에서 덜그럭거리지 않도록 마무리 다지기를 해야 한다. 이 과정은 어느 정도 전문성이 필요한데 글쓰는 연습을 많이 할수록 탄탄한 원고가 만들어진다.

1권의 1장인 〈사랑과 이별, 예술에 관한 생각〉은 주로 사랑에 관한 편견을 없애는 것에 중점을 두었다. 이것을 위해 여러 모듈을 개발했다. 1장을 구성하는 7개의 모듈과 모듈에 담긴 본문 중 일부를 소개한다.

모듈 1. 이별과 죽음의 심리적인 공통성

모듈 2. 사랑과 이별에 관한 인지학적인 이해

모듈 3. 죽음과 이별의 상징—미셸 푸코의 『광기의 역사』

모듈 4. 상징을 통해 사랑과 이별이 어떻게 예술의 에너지원이 되는지

모듈 5. 알마 말러의 비인간적인 사랑

모듈 6. 배우 김수현의 이상형

모듈 7. 책을 쓴 취지—지금도 여전히 알마를 기리는 사람들

사랑과 이별은 인지과학에서 많이 다루는 주제다. 사랑하고 있는 사람과 이별한 사람의 뇌를 CT로 촬영하면 색깔이 다르게 나온다. 뇌는 사랑을 위해 호르몬을 적게 혹은 많이 분비하면서 육체적인 병적 증상까지 일으킨다. 실제 몸이 망가질 수도 있다고 경고한다. 사랑할 때 분비되는 호르몬에는 도파민, 페닐에틸아민, 옥시토신과 엔도르핀이 있다. 도파민은 처음 사랑할 때 분비된다. 부족하면 상사병에 걸리기도 한다. 사랑의 정도가 깊을 때 나오는 호르몬은 페닐에틸아민이다. 옥시토신은 사랑의 결실이라고 부르는 아이를 낳기 위한 조건을 만드는 호르몬이다. 인간의 종족 보존 본능에 기여한다. 엔도르핀은 체내 마약 성분으로 불리기도 한다. 오르가슴과 흥분, 쾌락에 관여하는 호르몬이다. 오랫동안 쾌락의 기억이 머릿속에 남아 이별한 상대방에게 강한 집착을 하게 된다. 헤어진 연인과의 추억에 쾌락의 기억이 많이 남은 사람들이 스토커가 될 가능성이 높다. (모듈 2. 사랑과 이별에 관한 인지과학적인 이해)

뇌에서 분비되는 호르몬에 관한 설명을 통해 사랑에 대한 생각을 정리한 모듈이다. 자료를 처음 찾았을 때는 A4 두 페이지가 넘는 분량이었다. 이것을 줄이고 줄여서 다시 서술했다. 사실을 전달하기 위해서 생각보다는 정리 중심으로 만든 단락이다.

그녀의 이름은 너무 많은 예술가의 평전에 등장한다. 구스타프 클림트, 구스타프 말러, 발터 그로피우스, 코코슈카, 두 번째 남편인 베르펠 등 밝혀진 예술가만 열 명이 넘는다. 알마의 나이 55세 때는 추기경 한 명이 알마 때문에 성직자를 그만두기도 했다. 그렇다 보니 그녀의 삶은 비난과 혹평의 황무지에 홀로 피어난 꽃으로 보이기도 한다. 과거에도 현재에도 그리고 미래에도 쉽게 찾아보기 힘든 사랑의 여정이다. 사실 이들의 사랑은 기괴하기까지 하다. 알마가 경험했던 사랑이 정신의학 분야에서 임상 사례로 소개될 만하다. 알마는 페미니스트로 불리기도 하고 팜므파탈의 전형으로 소개되기도 한다. 우리가 상식적으로 생각했던 사랑이나 가족에 관한 윤리관으로 해석할 수 없는 사랑을 한 사람이다. (모듈 5. 알마 말러의 비인간적인 사랑)

이렇게 모듈별로 글을 만들어 블록놀이를 하게 된다. 그렇지만 블록을 끼우는 순서는 바뀌기도 한다. 밑그림에 딱 맞는 블록을 만들지 못하기도 하고 만들어놓은 블록을 다른 밑그림에 넣기도 한다. 순서를 바꾸거나 끼워넣기도 한다. 모듈의 순서는 앞에 번호를 붙이면서 마무리된다. 이렇게 단락을 배치하는 기준은 시간의 순서, 공간의 이동, 묘사와 감상 등이다. 배치의 기준을 일반화시키기는 어렵다. 이것은 자유로운 상상에서 시작된다.

처음에 알마 말러의 전자책은 전혀 다른 모듈로 시작했다. 처음 시작하는 모듈은 내가 왜 사랑에 관심을 갖게 됐는지에 관한 이야기부터 시작했다. 하지만 너무 개인적이고 사변적이어서 글을 객관화시키기 어려웠다. 그래서 과감히 빼버렸다. 조금 칙칙하긴 하지만 이 부분은 저자 후기에 넣었다. 맨 앞에 있는 모듈을 맨 뒤로 빼버린 것이다. 처음 시작이 라캉 이야기로 시작하는 것이 좀 어려워서 사람들이 책을 읽지 않을 것 같다는 두려움은 여전히 있다. 사랑에 관한 일반적인 견해를 드러내지 않고 바로 내 이야기나 알마 말러 이야기로 시작하게 되면 무슨 이야기를 하려고 하는지 독자가 이해할 수 없을 것 같았다. 그래도 여전히 책의 시작을 '3번의 결혼과 10명의 애인'이라는 문장으로 시작하고 싶다는 욕구가 남아 있다.

이렇듯 구성하고 모듈을 만든 후에 배치하는 것은 저자의 상상력과 설득 구조와 관련된다. 아예 이해할 수 없다면 모를까 많은 부분에 자유가 허용되는 부분이기도 하다.

지금 소개하고자 하는 기법은 영화에서 많이 사용하는 기법이기도 하다. 현재의 이야기를 하다가 갑자기 장면을 전환시켜 12시간 전, 24시간 전 등의 형태로 과거를 따라가 현재 발생한 사건의 원인을 보여주는 플래시백Flashback 형식을 책에 도입할 수도 있다. 혹은 동시에 다섯 곳에서 발생한 사건을 하나의 현장으로 모을 수도 있다. 하나의 이야기에서 조연이었다면 다음 이야기에서는 주연이 되는 방식으로도 배치할 수 있겠다.

여행에세이라면 풍경 → 감상 → 만남 → 식사 → 지도 같은 형태로 배치되기도 하고, 혹은 지도 → 식사 → 풍경 → 감상 → 만남 순서일 수도 있다. 어떤 곳에 강조를 두느냐에 따라서도 달라진다. 꼭 기승전결의 배치만을 따를 필요는 없다. 물론 기승전결 구성이 독자에 대한 배려일 수 있으나 독자가 꼭 그 상태를 바라지는 않는다는 것을 알아야 한다. 우리도 독자이며 글의 배치에 관해 식상함을 느끼고 있기 때문이다.

7

진심으로
승부하라
_표현

모든 준비가 다 됐다. 키보드에 손가락을 얹고 자판을 두드리기만 하면 된다. 지금부터가 시작이다. 그런데 이 중요한 부분에서 나는 손을 들 수밖에 없다. 이 부분은 지극히 주관적인 영역이기 때문이다. 바로 표현의 문제다.

독자가 책을 보면서 감탄하게 되는 경우는 세 가지 정도로 생각된다. 하나는 저자가 주장하는 내용, 즉 발언의 주제에 감탄하는 경우다. 두 번째는 저자가 구사하는 문장력과 세련된 표현에 감탄하기도 한다. 세 번째는 탄복할 만한 주장이나 감탄할 만한 표현이 없는데도 눈물이 주르륵 흐르는 경우다. 담담하지만 진실을 담은 글을 만났을 때다. 나는 당신이 저자로서 어떤 글을 쓸지 알지 못한다. 단지 어느 경우에서나 독자의 마음을 움직이는 글이었으면 하는 바람이다. 꼭 감동적인 에세이를 쓰라는 말은 아니다. 당신의 생각과 삶이 무르익어 과장되지 않더라도 저절로 넘쳐나는 마음으로 글을 쓰면 그것이 영어교재라도 독자는 감동할 것이다. 글쓰기는 진심이어야 한다는 말이다.

　그리고 독자를 대하는 태도는 겸손해야 한다. 당신이 책을 쓴다면 그 책 내용에 관한 한 전문가일 것이다. 당신이 쓴 책을 읽는 사람은 당신에게서 무엇인가를 얻고 싶어 하는 사람일 것이다. 그래서 저자는 독자를 대상으로 이것저것 가르치고 싶어 한다. 지금 내가 쓰고 있는 이 글처럼 '~해야 한다'거나 '~하지 마라'고 명령하게 된다. '독자에게 겸손하라'는 당부는 이런 투의 문장을 쓰지 말라는 이야기가 아니다. 내 책의 독자는 당신의 전문 분야 외의 모든 부분에서 당신보다 더 많은 지식과 경험이 있을 것이라는 사실을 인정하라는 것이다. '내 독자는 초등학생이니까 그럴 리 없다'라고 말하지 말라는 말이다. 실제로 그런 독자가 있는지 없는지가 중요한 게 아니라, 일부러라도 가져야 하는 마음가짐인 것이다. 이런 태도는 당신의 글을 담담하게 만든다. 억지로 과장하거나 주장하지 않아도 된다. 한 번이라도 다시 당신의 생각과 글을 되돌아보게 한다. 감정에 따라 부침을 거듭하는 숨 쉴 틈 없는 글이 아니라 일정한 호흡으로 글을 써야 한다. 호흡이 일정한 글이라야 독자도 같은 리듬으로 글을 따라올 수 있다.

　그리고 초등학생도 이해할 수 있도록 쉬운 단어와 간략한 문장을 쓰도록 하자. 앞의 이야기와 다름없는 이야기다. 독자를 쉽게 생각하라는 말이 아니다. 상황과 문맥에 적합한 단어를 사용하자는 것이다. 그래서 어려운 어휘가 등장할 수 있다. 문제는 쉬운 어휘를 사용할 수 있음에도 일부러 어려운 낱말을 사용하는 경우가 있는데, 이는 독자가 당신의 원고로부터 멀어지는 지름길이 된다. 누가 읽더라도 문장 구조를 생각하면서 읽지 않도록 가능하면 중문과 복문을 피하고 단문으로 써라. 단숨에 읽어 내려갈 수 있도록 해야 한다.

그리고 나머지는 스타일이다. 저자마다 다른 글쓰기의 결을 가지고 있다. 자신의 결대로 작업을 하다보면 언젠가 자신의 스타일을 발견할 수 있을 것이다. 하루아침에 되는 일은 아니다. 충분히 많은 독서와 생각과 연습을 통해서 결과물을 만날 수 있게 될 것이다.

알마 말러에 관한 책을 쓸 때 내가 결정한 글쓰기 스타일은 '말하는 느낌으로 쓰기'였다. 결정했다기보다 어깨에 힘을 빼고 쓰다보니 그렇게 됐다. 능력의 한계로 빼어난 표현이나 문장력을 발휘하는 것은 어려웠고, 대신 정확한 표현과 호흡에 무게중심을 두었다. 알마의 이야기는 마구 떨리는 이야기였기에 오히려 차분한 호흡을 유지하려고 애썼다.

아래에 예시로 든 원고는 이런 원칙 없이 손가락이 움직이는 대로 쓰기 시작했다. 그런데 생각지도 못한 결과가 나와버렸다. 내 직업 현장이 강의실이다 보니 글 자체가 강의처럼 나온 것이다. 전반적으로 글의 표현에 가르치려는 의도가 잔뜩 담겨 있었다. 잘난 척하는 문장으로 가득 차 버렸다. 쓸데없는 은유와 과장이 곳곳에서 보였다.

라캉이라는 정말 졸리는 책을 쓰는 사람이 있다. 이 사람보다 더 졸리는 사람은 라캉을 해석하는 첫 번째 사람이고 더 지겨운 사람은 두 번째 해설하는 사람이다. 한 다섯 사람을 지나면 이제야 요점 정리를 해주는 사람이 나타난다. 그중에 한 사람이 롤랑바르트다. 수많은 저작이 있다. 내게 영향을 준 건 『사랑의 단상』이었다. 물론 다섯 번 읽었다.

이런 표현은 주로 강의할 때 내가 사용하는 말투다. 이 문단은 '자크 라캉과 함께 프랑스 구조주의 철학을 대표하는 철학자 롤랑바르트의 『사랑의 단상』이 인상적이었다' 정도의 한 문장으로 써야 한다. 읽는 재미라도 있으면 이해할 텐데 이 문단은 사실성에서도 표현에서도 실패한 글쓰기였다. 이런 글쓰기가 계속되다 보니 나 자신에게 화가 나기도 했다.

'나 때문에 슬퍼하고 죽고 싶어야 돼. 후회도 해야 돼'처럼 단순하지만 마음에 콕 박히는 문장을 쓰고 싶었지만 뜻대로 되지 않았다. '아, 계속 써야 하나!' 하며 원고를 계속 쓸지 심각하게 고민했다. 그래서 내린 결론은 '지금까지 썼던 원고를 다 고치자'였다. 그리고 앞에서 말한 것처럼 어깨에 힘을 빼고, 정확한 표현과 호흡에 주의하면서 써야겠다고 마음먹었다. 그리고 퇴고를 시작했다. 이 원칙이 완벽하게 적용되지는 않았지만, 그런 결과를 만들어야 한다는 일종의 긴장감으로 작용했다. 원고를 처음부터 다시 쓴다는 각오였기에 필요 없는 문장과 억지스러웠던 부분을 과감히 덜어낼 수 있었다. 그러면서 깨달은 건 '나만의 스타일'을 만들 수 있지 않을까 하는 자신감이었다.

글쓰기의 중요한 지점을 다시 한 번 정리해보자. 우선 원고 집필의 기본 원칙을 세워서 글쓰기의 긴장감을 놓치지 말자. 더불어 자신만의 스타일을 충분히 만들 수 있다는 자신감을 갖자. 마음에 들지 않는 초고가 나오더라도 실망하지 말자. 퇴고라는 과정이 있다. 그리고 이 모든 과정에 진심을 담자. '글을 가볍고 직설적으로 쓰는 법을 배우는 일이 고상하게 쓰는 법을 배우는 것보다 시간이 더 많이 걸린다'라고 한 니체의 말을 되새겨본다.

합리적인 전자책 시장의 첫걸음을 위해

A420pw2000 프로젝트? 무슨 암호는 아니다. 풀어보면 A4용지 20장 분량의 전자책을 만들어 2,000원에 팔자는 말이다. 저자는 저술 시간을 줄이고 독자에게는 저렴한 책을 제공하자는 의도가 담겨 있다. 저자와 독자에게 합리적인 양과 가격을 결정해서 전자책에 맞는 시장을 열어나가자는 프로젝트명이기도 하다.

미국의 음반시장은 싱글과 앨범으로 나뉜다. 콘서트를 여는 중간마다 싱글을 발표하고 방송을 통해 차트에 올린다. 이런 싱글을 모아 2~3년에 한 번씩 앨범을 내는 방식이 미국의 음반시장이다. 얼마 전까지만 해도 한국에서 싱글 발매는 상상할 수 없었다. 그러나 디지털 음원 시대가 열리면서 현재는 아이돌 가수 중심으로 대세가 되어가고 있다. 아직도 신곡으로 앨범을 먼저 출시하는 경우도 있지만 대세는 디지털 싱글로 넘어가는 추세다.

출판 시장도 음원 시장을 닮아가리라 예상된다. 책 한 권 분량을 나눠 시리즈 형식으로 내거나 혹은 아예 양을 줄여서 내는 것이다. 종이책은 잘라서 팔 수 없지만 전자책에서는 가능하다.

전자책 집필에 첫발을 디딘 저자가 단행본 한 권 분량의 글을 쓰는
건 보통 일이 아니다. 첫걸음은 가볍게 적은 분량의 책으로 시작해도
좋다. 글쓰기에 자신이 있더라도 A4 20매 분량으로 다섯 번에 걸쳐
책을 내도록 하자. 그게 바쁜 시간을 쪼개 책을 읽는 전자책 독자에게
도 유익하다.

독자가 전자책을 구입할 때 단행본 분량의 책을 기대할 수도 있
다. 종이책은 몇 페이지인지 표시가 되어 있기 때문에 이것을 확인
하면 되지만 전자책에는 페이지 개념이 없다. 그래서 서지정보를 작
성할 때, '원고지 몇 매 분량' 또는 'A4 몇 매 분량' 등으로 표시하는
게 좋다.

보통 300페이지 내외의 단행본은 원고지 1,000매 분량이다. 페이
지당 원고지 3.5~4매 정도다. A4 한 장은 보통 원고지 10매 분량이
다. 즉 단행본 한 권은 A4 100매 분량이다.

원고지 1,000매, A4 100매, 300페이지. 이것이 우리가 단행본의 분
량을 말할 때 떠올리는 수치다.

그런데 이 300페이지라는 수치는 절대적인 것이 아니다. 책의 성격에 따라 변한다. 대하소설이라면 원고지 1만 매가 될 수도 있고, 어린이 그림책이라면 원고지 100매가 될 수도 있다. 300페이지 내외라고 알고 있는 일반 단행본도 원고지 100매가 될 수 있다.

종이책으로 300페이지 정도 되는 책을 전자책으로 바꾼다면 5~6권 정도로 분권해서 내는 게 좋다. 가격도 저렴하게 책정한다. 이미 2장에서 확인했다시피, 책의 가격을 1만 5,000원이라고 하면, 전자책으로는 70퍼센트 수준인 1만 원이 된다. 이를 5~6으로 나누면 2,000원가량이다.

경제경영서나 자기계발서 같은 경우 장별로 나누어 가격을 매겨 팔 수도 있다. 해당 콘텐츠의 내용에 따라 통권을 할 것인지 분권을 할 것인지 결정해야 한다. 베스트셀러라면 통권이 좋겠지만 그렇지 않다면 낱권으로 나누어 파는 게 좋다. 이럴 때 독자는 1권을 먼저 읽어보고 나머지 시리즈를 구매할지 판단할 것이다. 1권은 무료로 배포하는 것도 좋은 방법이다. 이렇게 무료로 공급하는 전자책을 체험판이라 부른다. 인터넷 서점에서 종이책의 미리보기 서비스가 있다면, 전자책에는 체험판 서비스가 있다.

일단 1권을 무료로 본 독자는 다음 권을 볼 가능성이 있다. 아무런 홍보 없이 책을 파는 것보다 아무래도 유리하다. 좀더 유리하게 하려면 다음 권에 대한 기대감을 심어주는 게 좋다. 중요한 순간에 1권을 마무리하면 다음 권에 대한 기대를 높일 수 있다. 그리고 다음 권에 대한 내용을 간략하게 소개해서 관심을 유도할 수도 있다.

A420PW2000 프로젝트. 낯선 개념이지만 앞으로 전자책 장래를 만들어갈 프로젝트가 됐으면 하는 바람이다. 이 프로젝트의 주체는 지금 이 책을 읽고 있는, 그래서 전자책 저자가 되기로 마음먹은 당신이다.

전자책 시대, 새로운 저자의 탄생. 바로 당신이 노트북 키보드 위에 손을 얹는 순간 시작된다.

빅 데이터 비즈니스

스즈키 료스케 지음 | 천채정 옮김 | 244쪽 | 값 14,900원

끊임없이 쏟아지는 거대한 데이터를 어떻게 새로운 가치로 만들어낼 것인가
전 일본 경제경영 베스트셀러! 기업체 주문 쇄도!
세계 비즈니스의 최대 화두로 떠오르고 있는 빅 데이터. 미래 경쟁력의 척도, 빅 데이터란 무엇이고 어떻게 활용할 것인가.

플랫폼 전략

히라노 아쓰시 칼, 안드레이 학주 지음 | 천채정 옮김 | 최병삼 감수 | 204쪽 | 값 12,900원

일본 아마존 부동의 베스트셀러 1위(비즈니스, 경영)
IGM 선정 "CEO에게 추천하는 경영도서"
"21세기의 부는 플랫폼에서 나온다!"–오마에 겐이치.
장(場)을 가진 자가 미래의 부를 지배한다! 미래를 지배하는 최첨단 경영전략. 플랫폼 전략은 이제 경영의 핵심이자 상식이다!

소셜미디어마케팅, 무엇이고 어떻게 활용할 것인가

오가와 가즈히로 지음 | 천채정 옮김 | 정지훈 감수 | 284쪽 | 값 14,900원

일본 최고의 마케터들이 체계적으로 완성한 소셜미디어마케팅의 교과서
IGM 세계경영연구원 추천도서
트위터, 페이스북, 유튜브, 미투데이… 새로운 성장의 키워드, 소셜미디어와 소셜미디어마케팅. 일본 기업과 직장인들이 열광하고 선택한 경제경영 베스트셀러!

소셜커머스, 무엇이고 어떻게 활용할 것인가

유윤수, 윤상진 지음 | 376쪽 | 값 16,900원

소셜네트워크로 부를 창출하는 소셜커머스의 모든 것
새로운 기회의 시장 탄생!
"미래 비즈니스의 마지막 영토를 차지하라!"
소셜커머스의 개념정립에서부터 국내외 사례와 문제점, 새로운 시장의 전망까지 소셜커머스의 교과서와도 같은 책.

페이스북 비즈니스 – 페이스북 페이지 완전정복

구창환, 최규문, 정단비 지음 | 352쪽 | 값 16,900원

"페이지를 선점하는 자, 미래 비즈니스 전쟁의 승자가 될 것이다!"
홈페이지에서 제품홍보 마케팅, 개인브랜딩 도구에 이르기까지 소셜네트워크로 할 수 있는 최강의 비즈니스툴, 페이지에 주목하라.

페이스북, 무엇이고 어떻게 활용할 것인가

구창환, 유윤수, 최규문 지음 | 384쪽 | 값 16,900원

국내 최초로 출간된 세계 최대 소셜네트워크 페이스북 실천교과서
최강의 미래 비즈니스 툴, 페이스북을 주목하라! 레이디 가가 1360만, 버락 오바마 1000만, 가입자수 5억명, 트위터 사용자의 3.5배, 방문자수 매달 30억명, 60만개 이상의 어플리케이션을 갖춘 새로운 네트워크 세상.

실시간 혁명

제이 베어, 앰버 나스룬드 지음 | 이영래 옮김 | 328쪽 | 값 16,000원

급변하는 소셜미디어와 스마트의 시대,
기업과 조직은 무엇을 준비하고 어떻게 변화할 것인가
충분한 시간과 정보는 사치다! 지금 필요한 것은 즉각적인 소통과 실행이다! 실시간 혁명의 시대, 더 빠르고, 더 현명하고, 더 고객과 소통할 수 있는 조직으로 만들어줄 7가지 방법.

니치 – 왜 사람들은 더 이상 주류를 좋아하지 않는가

제임스 하킨 지음 | 고동홍 옮김 | 336쪽 | 값 16,000원

교보문고 북모닝 CEO 선정
"경영자라면 사원들에게 돌려 읽힐 것이고, 경쟁자는 외면하길 바랄 것이다." – 조선일보
국내외 언론이 일제히 주목한 화제의 책! 애플과 스타벅스, 몰스킨은 왜 니치전략을 선택했을까? 이제 니치는 틈새가 아니라 주류다. 변화와 위기의 시대, 니치는 정치, 경제, 문화의 대세다!

전자책 시대, 저자는 어떻게 탄생하는가?

1판 1쇄 인쇄 2012년 10월 25일
1판 1쇄 발행 2012년 10월 30일

지은이 이동준

발행인 김기중
주간 신선영
책임편집 김수정
기획 유상원
펴낸곳 도서출판 에밀
주소 서울시 마포구 서교동 479-8 남궁빌딩 4층 (121-839)
전화 02-3141-8301
팩스 02-3141-8303
출판신고 2012년 10월 10일 제2012-000321호

ISBN 978-89-969599-0-8 (13800)